KiWi Paperback

KiWi 608

Über das Buch:
Minnesota zur Zeit Ronald Reagans. Justin Cobb ist vierzehn, sein Zahnarzt nennt ihn den »King Kong der oralen Obsessionen«. Justin ist Daumenlutscher, nur mit dem Daumen im Mund fühlt er sich komplett. Sehr zum Verdruss seines Vaters Mike, Jäger und Sportfanatiker, ein waschechter Macho, der seine Familie nur »Leute« nennt. Mike will die überbissbedingten Zahnarztrechnungen nicht mehr bezahlen und ordnet eine Hypnosebehandlung an, mit Erfolg. Justin muss auf seinen Daumen verzichten. Doch nicht nur er, jedes Mitglied der Familie Cobb hat eine innere Leere zu füllen. Mike muss jedes Jahr eine Hirschkuh erlegen. Audrey, Justins viel zu schöne Mutter, träumt von einem Rendezvous mit Don Johnson. Joel, sein kleiner Bruder, wird Tennis-Freak und ist fixiert auf Designerklamotten. Eine ganz normale amerikanische Familie also.
Allein Justin spürt, auf welch schmalem Grat sich das nach außen intakte Familienleben bewegt. Als die bekannten Pubertätsüberlebenshilfen wie Aufputschmittel, Sex, Alkohol und Hasch versagen, ergreift Justin die Initiative, um seine offenbar völlig überforderten Eltern zur Vernunft und damit das Familienleben einigermaßen ins Lot zu bringen.
Skurril, irre komisch und herzergreifend – der garantiert liebenswerteste Daumenlutscher der zeitgenössischen Literatur.

Der Autor:
Walter Kirn ist Literaturkritiker und schreibt für »New York Magazine«, »Time«, »The New Yorker«, »The New York Times Book Review«, »Vanity Fair« und »GQ«. In den USA sind vor »Daumenlutscher« zwei Bücher von Walter Kirn erschienen: der Erzählungsband »My Hard Bargain« und der Roman »She Needed Me«, auf den Martin Scorsese eine Filmoption erworben hat. Walter Kirn lebt auf einer Farm in Livingstone, Montana.

Walter Kirn

Daumenlutscher

Roman

Deutsch von Kristian Lutze

Kiepenheuer & Witsch

1. Auflage 2001

Deutsche Erstausgabe
Die amerikanische Originalausgabe
erschien 1999 unter dem Titel »Thumbsucker«
bei Broadway Books in New York

Deutsch von Kristian Lutze

Umschlaggestaltung: Barbara Thoben, Köln
Umschlagfoto: GettyOne Stone
Gesetzt aus der Versailles
Satz: Pinkuin Satz und Datentechnik, Berlin
Druck und Bindearbeiten: Clausen & Bosse, Leck

ISBN 3-462-02990-8

Für Maggie und Maisie,
in Erinnerung an
Konteradmiral Robert Knox

Hunderte und Aberhunderte von Wahrheiten,
und alle waren sie wunderschön.
Und dann kamen die Leute des Weges.

– *Sherwood Anderson,*
Winesburg, Ohio

Inhalt

Mund zu Mund

1

Es war das Einzige, was ich schon immer getan hatte. Selbst Atmen konnte man im Mutterleib noch nicht. Nur wenn meine Schulter, mein Arm, meine Hand und mein Mund einen Kreis bildeten, fühlte ich mich mit mir selbst verbunden. Und in dem Sommer, in dem ich vierzehn wurde, versuchten sie, diesen Kreis zu durchbrechen.
Der Drang war weder Hunger noch Durst, sondern mehr beides zusammen. Er konnte mich jederzeit überfallen: während ich in der Winterdämmerung auf den Schulbus wartete und mich über Marcel ärgerte, den französischen Austauschschüler, der in Sozialkunde hinter mir saß und Spaß daran hatte, mir mit den Fingerknöcheln auf den Hinterkopf zu hämmern. Oder wenn ich summend am Badezimmer im Erdgeschoss vorbeiging, die Hände auf die Ohren gepresst, um nicht zu hören, wie Mike, mein Vater, schrill und amelodisch ein Lied über die Lieferanten seines Sportartikelgeschäftes sang: »Oh, Orvis, ihr Schweine, lasst mich in Ruh« oder »Gebt mir eine Chance, Smith & Wesson, nur eine kleine Chance«. Oder wenn ich in Wayne's Café in der Innenstadt saß und meinem gefräßigen, kleinen Bruder Joel dabei zusah, wie er so viel Butter auf sein Muffin schmierte, dass seine Zähne darin ekelhafte, klippenartige Abdrücke hinterließen. Wenn mein Daumen meine Lippen berührte, war die Wirkung

sanft und überwältigend zugleich. Um dieses Gefühl der Selbsteinkehr noch intensiver zu erleben, beobachtete ich mich manchmal dabei im Spiegel. Daher wusste ich genau, wie ich in dem Moment, in dem sich meine Lippen um meinen Daumen schlossen, aussah. Meine Augen über den gierig eingesogenen Wangen glänzten, als ob ich gerade Augentropfen genommen hätte. Meine Stirn entspannte sich und wurde vollkommen glatt. Aufgrund des rhythmischen, ochsenfroschartigen Anschwellens meines Halses und der luftigen Bewegungen meiner Kaumuskeln wirkte es, als würde ich tatsächlich Nahrung zu mir nehmen. Ich jedenfalls glaubte es.

Als Mike seinen Feldzug gegen meine Angewohnheit begann, schien ihn die Sache an sich gar nicht zu stören. Er mit seinem Kaugummi, seinen Zigarren und seinem Red-Man-Kautabak hatte möglicherweise sogar Verständnis; auch er war ein Mensch, der den Mund gern voll nahm. Er ärgerte sich nur, dass ich einen Überbiss entwickelte und er die Rechnungen des Kieferorthopäden bekam. Als er sich eines Abends wieder einmal darüber beschwerte, sagte ich: »Ich dachte, deine Versicherung zahlt alles.« Wir saßen im Wohnzimmer und sahen im Fernseher Ronald Reagan, für den Mike gespendet und den er gewählt hatte. Er hatte noch immer einen Reagan-Aufkleber auf seinem Ford, angefressen und zerfetzt, weil meine Mutter versucht hatte, ihn mit einer Rasierklinge abzulösen.

»Ihr glaubt wohl, eine Versicherung ist umsonst, Leute«, sagte Mike und spuckte braunen Tabaksaft in eine Bierdose, die er gegen die Unterlippe presste.

»Genau genommen, zahlt mein ganzer Laden für das, was du deinen Zähnen antust, Justin.«
»Das wusste ich nicht«, sagte ich. »Manchmal bin ich dumm.«
Mike warf einen Blick auf Reagans kantiges, sonnengebräuntes Gesicht und seufzte. »Eine Versicherung *verteilt* die Kosten nur und tilgt sie nicht etwa. Geht das nicht in eure Köpfe, Leute?«
So nannte Mike unsere Familie: Leute. Es gab mir immer das Gefühl, ein Störenfried in seinem Leben zu sein.
Unser Zahnarzt war ein Mann namens Perry Lyman. Er arbeitete in einem nördlichen Vorort von St. Paul und pendelte zwischen unserer kleinen Stadt Shandrom Falls und seiner Praxis. Bevor Anfang der siebziger Jahre die ersten Fremden zugezogen waren, war Shandrom Falls ein verschlafenes Marktstädtchen für Schweine- und Milchbauern, doch die großen, preiswerten viktorianischen Häuser und die Nähe des St. Croix River – laut offiziellen Angaben ein »Wildgewässer«, aus dem man angeblich sogar trinken kann, obwohl ich davon abraten würde – lockten einen Strom von jungen, berufstätigen Frischluftfanatikern an. Sie führten neue, exotische, im Mittleren Westen bis dahin unbekannte Sportarten ein: Ski-Langlauf, Radwandern und Kajakrennen. Jeden Monat wurden Rallyes und Sportfeste abgehalten, die auf Aushängern in Mikes Laden angekündigt wurden. Mike nahm an allen Wettbewerben teil und hielt sich sogar ganz wacker, aber der Siegerpokal ging jedes Mal an Perry Lyman.
Mir war klar, warum. Perry Lyman war solide, nüchtern und in der Lage, seine Kräfte einzuteilen, während Mike von Anfang an so verbissen kämpfte, dass er regelmäßig auf halber Strecke ausge-

brannt war. Perry Lyman betrieb Sport offensichtlich aus Spaß, während Mikes Interesse daran rein spartanisch war, als handele es sich um eine Art Überlebenstraining, eine Vorbereitung auf den Tag, an dem die moderne Zivilisation zusammenbrechen würde und die Menschen große Entfernungen paddelnd oder auf Skiern zurücklegen müssten, um Nahrung und Vorräte heranzuschaffen. Mikes Erfahrung als Footballspieler auf dem College (nur eine Knieverletzung im letzten Studienjahr hatte seine Profikarriere verhindert) hatte ihn – mit den Worten seines alten Trainers gesprochen – eines gelehrt: »Ein Gewinner geht jedes Training an, als wäre es das Spiel.« Dieser Spruch zierte auch Mikes Visitenkarten und hing in einem goldenen Rahmen in seinem Laden.
Perrys Ansatz war entspannter. Er war eine Art Hippie, ein Aussteiger, wenn auch mit streichholzkurzem Haar und normaler Kleidung; manchmal trug er ein Armband aus winzigen Muscheln, das er jedoch jedes Mal ablegte, bevor er den Mund eines Patienten berührte. Und er rauchte Gras – als er einmal meine Klammer anpasste, habe ich eine angesengte Arterienklemme auf seinem Schreibtisch entdeckt, deren Verwendungszweck ich dank des Anti-Drogen-Standes des Sheriffs auf der Landwirtschaftsschau kannte. Auch in anderer Hinsicht war Perry ein Hippie. Hypnose war ihm lieber als Betäubungsmittel, und für die Korrektur kleinerer Deformationen verschrieb er einfache Übungen. In dem Jahr, bevor er mir meine Klammer verpasste, ließ er mich meine Schneidezähne doch tatsächlich mit den Fingern nach hinten drücken. Jeden Abend nach dem Essen presste ich eine Stunde lang, was mir vor allem leichte Kopfschmerzen einbrachte.

Obwohl Perry Lyman den wahren Grund kannte, tat er so, als wären ominöse nächtliche Zungenbewegungen, die unter Jungen in meinem Alter angeblich weit verbreitet waren, für meinen Überbiss verantwortlich. Bei der Erklärung dieser Zungenkrämpfe machte er mich mit dem Begriff »unbewusste Spannungen« und dem Konzept des unkontrollierten Verhaltens bekannt. Sofort erkannte ich darin die Allzweckausrede, nach der ich mein Leben lang gesucht hatte.

»Wenn die Menschen nichts für ihre Taten können«, sagte ich, »warum bestraft man sie dann?« Ich dachte an John Hinckley, der Reagan angeschossen hatte.

»Das hat nichts damit zu tun, dass man den Täter ändern will«, sagte Perry Lyman. »Die Gesellschaft reagiert damit lediglich ihre Wut ab.«

»Ach so.«

»Es gibt auch so etwas wie ein kollektives Unbewusstes. Das ist kompliziert.«

»Ich finde, das klingt ganz logisch.«

An dem Tag, als mir meine Klammer angepasst wurde, saß ich auf Perry Lymans gepolstertem Stuhl und betrachtete die regenbogenfarbenen Poster, die verkündeten, »Ein Werk der Schönheit ist ewige Freude« und »Lieben heißt loslassen«. Während ich durch meine verstopfte Nase zu atmen versuchte, spachtelte Perry Lyman mir den Mund mit einer grauen Paste mit Pfefferminzgeschmack zu und ließ mich dann zubeißen, um einen Abdruck zu nehmen. Zwei Wochen später überreichte er mir mein »Gerät«, ein pinkfarbenes, krabbenförmiges, mit Draht umwickeltes Plastikgestell, dessen zerfurchte Oberfläche genau meinem faltigen Gaumen entsprach. Ich sollte das Ding jede Nacht und so oft wie möglich auch tagsüber tragen, was ich trotz einiger Probleme auch zwei Wochen lang tat. Die Drahtbügel waren aber offenbar zu eng und drückten schmerzhaft auf mein Zahnfleisch. Wenn ich die Klammer trug, lispelte ich ein wenig, worüber die Leute sich lustig machten. Außerdem roch sie schlecht, und zwischen den lebensecht wirkenden Falten sammelte sich ein leicht schäumender gelber Schleim. Ein Gutes hatte die Klammer allerdings: Da sie das Bewusstsein für meinen Mund als Ganzes erhöhte, konnte ich mich in der Öffentlichkeit nicht so leicht vergessen.

Denn das war meine lähmende, allgegenwärtige Angst. Ned Lesser, ein nur aus Haut und Knochen bestehendes Pflegekind mit Verdauungsproblemen, sah sich zu einem Schulwechsel gezwungen, nachdem unsere achte Klasse herausgefunden hatte, dass er unter seiner Jeans Windeln trug. Ich erwartete vergleichbaren Gruppenterror, sollte ich mir je eine Blöße geben. Mein Trick bestand darin, mich nie zu entspannen. Ob ich allein mit einem Joghurt in der Kantine saß und versuchte, in meiner Unbeliebtheit edel zu wirken, oder ob ich während eines Softballspiels nutzlos im rechten Spielfeld herumstand und mir wünschte, eine Sportskanone wie mein kleiner Bruder zu sein, stets musste ich hellwach bleiben und auf der Hut sein.

Der Mensch, in dessen Gegenwart ich am allervorsichtigsten sein musste, war Rebecca Crane, meine erste große Liebe. Rebecca war mir geistig und körperlich weit voraus, sie war mit vierzehn schon fast eine Frau. Sie hatte lange braune, in der Mitte gescheitelte Haare und ein schmales Gesicht in der Form eines Fußes. Wie ich lächelte sie nur selten, was allerdings nichts mit ihren Zähnen zu tun hatte, die perfekt, weiß und gerade waren. Rebecca war ein düsteres und ernstes Mädchen, das sich hingebungsvoll für gefährdete Arten einsetzte. Sie schrieb Gedichte über Robbenbabys, in denen Worte wie »Holocaust« vorkamen, und einmal wurde sie vom Direktor verwarnt, weil sie an der Schule Petitionen in Umlauf gebracht hatte. Ich fand es erregend zu beobachten, wenn ihre grimmigen haselnussbraunen Augen bei einem ihrer Vorträge über die Leiden von Tümmlern und Alken aufleuchteten, und lauschte gebannt; ohne die störende Präsenz der Klammer hätte ich mich in ihrer Gegenwart garantiert vergessen.

Eines Tages spazierten Rebecca und ich an den Bahngleisen entlang, um Vögel zu beobachten. Um uns herum waren gemähte Heuwiesen. Ich wollte möglichst allein und in der freien Natur mir ihr sein, wo unsere krasse gesellschaftliche Ungleichheit nicht so auffallen würde. Die Klammer fest am Gaumen fühlte ich mich sicher und gegen einen Fehltritt gefeit, sodass ich mich vollständig entspannte – das war so ziemlich das erste Mal, dass ich dieses Risiko einging.

»Es ist heiß. Ich ziehe mein Hemd aus«, verkündete ich. Das war für meine Verhältnisse ein kühnes Unterfangen. Mit vierzehn hatte ich die Statur eines Spermiums: einen riesigen, ovalen Kopf auf einem schmächtigen, sich verjüngenden Körper, der wahrscheinlich eines Tages einfach abfallen würde, wenn ich nicht mit dem Gewichtheben anfinge, wozu Mike mich ständig drängte.

»Nur zu, zieh es aus«, sagte Rebecca, während sie mit ihrem Feldstecher eine Weide absuchte. »Sieh mal: ein Rotschulterstärling!«

»Zieh du deins auch aus«, sagte ich.

»Dann kriege ich einen Sonnenbrand auf dem Bauch, mein Vater wird ihn entdecken und mich fragen, was ich gemacht habe.«

»Dein Vater sieht sich deinen nackten Bauch an?«
»Er überprüft meinen Körper auf Zecken. Deiner nicht?«
»Bei mir macht das Audrey, meine Mutter«, gestand ich. »Aber das ist okay. Sie ist Krankenschwester.«
Rebecca ließ ihr Fernglas sinken. »Warum redest du deine Eltern mit Vornamen an?«
»Mike sagt, wenn ich ihn ›Dad‹ nenne, kommt er sich alt vor und ich ihm kindisch. Und wenn er hört, dass ich Audrey ›Mom‹ nenne, kommt *sie* ihm alt vor.«
Schließlich konnte ich Rebecca doch überreden, ihr Hemd auszuziehen. Ihre BH-Träger hinterließen rote Streifen auf ihren blassen Schultern, und ich konnte sehen, dass ihre Körbchen echte Gewichte trugen. Der Anblick erregte mich, doch als ich an jenem Abend im Bett daran dachte, wie Rebeccas Vater, ein stämmiger Bauunternehmer, ihren Körper auf Zecken untersuchte, wurde ich nervös. Als ich am Morgen die Augen aufschlug, schmiegte mein Daumen sich kuschelig von innen an meine Wange, während meine Klammer auf dem Kissen lag und mich anstarrte wie ein seltsames, kleines Meereswesen. Ich habe sie nie wieder in den Mund genommen.

Am vierten Juli, dem Nationalfeiertag, verlor Mike vor den Augen der halben Stadt ein Kajakrennen gegen Perry Lyman. Er wurde mit großem Abstand Zweiter, dabei hätte er seinen Rückstand noch verringern können, wenn er sein Paddel nicht weggeworfen hätte, als er erkannte, dass er nicht mehr gewinnen konnte. Als Audrey, Joel, er und ich an jenem Abend im Lions Park auf einer Decke saßen und das Feuerwerk der Freiwilligen Feuerwehr bewunderten, schlug er plötzlich mit seiner Hand auf mein

rechtes Handgelenk und riss meinen Daumen so heftig heraus, dass ein ploppendes Geräusch ertönte.
»Du siehst aus wie ein Baby«, sagte Mike. »Absolut jämmerlich. Wann wirst du endlich damit aufhören? Mein Gott.«
Ganz von allein, so schien es, schlüpfte mein Daumen wieder hinein.
»Du *versuchst* nicht mal aufzuhören«, sagte Mike.
»Tue ich wohl«, murmelte ich mit dem Daumen im Mund.
»Nun, ich werde dir helfen, es ein wenig ernsthafter zu versuchen.«
Mikes erster Plan war »Daumex«, eine Cayennepfeffer-Mischung, auf deren Etikett ein pulsierender Daumen gezackte Schmerzwellen ausstrahlte. Ich saß am Küchentisch und las eine Ausgabe von *Die moderne Krankenschwester,* während Audrey die Flüssigkeit mit dem Plastikstab aus der Flasche auf meinen Daumennagel auftrug. Wie immer, wenn sie meine Leiden und Wehwehchen behandelte – ob sie mit einer roséfarbenen Lotion einen Ausschlag von giftigem Efeu linderte, mit einem Gummiballon Ohrenschmalz entfernte oder mit einer geöffneten Sicherheitsnadel einen Splitter herauszog –, war ihr Gesicht von einer vollen, konzentrierten Schönheit, die mich erröten ließ. Sie war so umwerfend wie die Frauen aus den Hochglanzmagazinen, mit Augen, die nur aus bodenlosen schwarzen Pupillen zu bestehen schienen, und einer Haut von der Farbe eines Sahnekaramellbonbons. Sie schien von einem anderen Planeten zu stammen, meine Mutter – einem mit leichterer Atmosphäre und weniger Schwerkraft. Die Männer in unserer Familie konnten ihr nicht das Wasser reichen, nicht einmal Joel, den alle Mädchen süß fanden, und manchmal fragte ich mich, warum sie bei uns blieb.

»Wie sehr magst du diese Rebecca?«, fragte sie mich und schloss sofort eine Reihe von Fragen an, die ich ziemlich persönlich fand. »Hast du schon versucht, sie auf den Mund zu küssen?«

»Hier steht, bei extremen Reaktionen auf Insektenstiche soll man Adrenalin spritzen.«

»Du kannst es mir ruhig sagen, Justin. Ich werde auch nicht böse.«

»Warum solltest du böse werden, wenn ich jemanden küsse?«

»Ich werde nicht böse, das habe ich doch gesagt. Also *hast* du?«

»Ich wette, eine Adrenalinspritze fühlt sich gut an.«

Den Rest des Tages verbrachte ich mit Rebecca am Fluss. Jedes Mal wenn sie nicht guckte, leckte ich verstohlen an dem »Daumex«. Einmal erwischte sie mich dabei, und ich tat so, als würde ich an meinem Fingernagel kauen. Auf den ersten brennenden, pfeffrigen Schock folgte eine Taubheit, und als wir uns auf den Nachhauseweg machten, hatte ich das ganze Zeug sauber abgeleckt. Ich spürte, dass Rebecca darauf wartete, dass ich sie umarmte oder meine Hand unter ihre Bluse schob, aber ich wollte das Risiko nicht eingehen, dass mein Daumen, hatte ich erst einmal bekommen, worauf ich so lange gewartet hatte, aus purer Erleichterung in meinen Mund wandern würde. Ich war wieder auf der Hut.

»Es ist an der Zeit, dass wir offen und ehrlich miteinander reden«, sagte Perry Lyman. Wir saßen uns gegenüber: ich mit einem Papierlätzchen im Zahnarztstuhl, er an seinem kleinen Schreibtisch rastlos mit dem rechten Fuß auf dem Pedal seines Mülleimers herumwippend. »Die Klammer wird nichts nützen, wenn du sie nie trägst, und eine feste Zahnklammer zahlt dein Vater nicht. Es wird Zeit, sich den eigentlichen Ursachen zuzuwenden. Ich weiß, was dein Problem ist. Ich kann dir helfen aufzuhören.«

Ich beobachtete, wie der Deckel des Mülleimers auf- und zuklappte.

»Es ist eine nachvollziehbare Angewohnheit«, fuhr Perry Lyman fort. »Genau genommen ist es seltsam, dass die Menschen je damit aufhören. Es ist der natürliche Ersatz für die weibliche Brust.«

Das wusste ich, und es zu hören half mir irgendwie auch nicht weiter.

»Wie bist du als Baby gefüttert worden? Mit der Flasche?«

»Kann schon sein«, sagte ich. »Ich kann mich nicht erinnern.«

»Irgendwelche Spannungen zu Hause? Sorgen?«

Ich nickte. »Jede Menge.«

»Irgendwelche unangenehmen Erinnerungen?«

Es waren so viele, dass es mir schwer fiel, eine auszuwählen. Da war die Geschichte, als ich aus dem Eishockeyteam von Peewee ausgestiegen bin, nachdem ich mir bei einem Check die Rippen geprellt hatte, und Mike auf der Heimfahrt über meine Schulter hinweggriff, anhielt und mich aus dem Wagen stieß. Oder als er nach einem Streit mit Audrey über einen antiken Spiegel, den sie gekauft hatte, in seinem Laden eine Schrotflinte aus dem Regal nahm und mich warnte, dass er sich eines Tages den Schädel wegpusten würde, wenn »ihr Leute nicht irgendwann vernünftig werdet«. Dann war da noch das Desaster in Camp Overcome, wo Woody Wolff, Mikes geliebter Footballtrainer von der University of Michigan, ein Sommer-Ferienprogramm leitete, das dazu gedacht

war, Bettnässer, Stotterer und Daumenlutscher wie mich zu therapieren. Nach zwei Wochen mit mitternächtlichen Dauerläufen, kargem Frühstück aus Pflaumensaft und kaltem Haferschleim und zermürbenden Vier-Stunden-Vorträgen über die Selbstbeherrschung wurde meine Angewohnheit schlimmer denn je. Ungezügelt. Unerschütterlich.
Ich mied den Blick meines Zahnarztes. »Keine bewussten.«
»An die wichtigen Dinge erinnern wir uns ohnehin nie. Die Psyche wird in der Wiege und im Kinderwagen geformt. Eine Katze lässt eine angeknabberte Maus in dein Kinderbettchen fallen, und mit siebzehn wäschst du dir manisch die Hände. Irgendeine beschränkte Babysitterin hält dir den Mund zu, damit sie in Ruhe ihre Seifenopern gucken kann, und du fragst dich mit vierzig, warum du es nicht schaffst, eine Ehe zu führen.«
Ich fand das Gespräch faszinierend. »Was ist denn mit den Chromosomen? Und den Genen?«
Perry Lyman blickte zu seiner Wanduhr. »Genetik, Psychologie, Moral. Die Terminologie verändert sich, die Probleme nicht. Ich würde es gern mit Hypnose versuchen, Justin.«
»Hypnose?«
»Das ist weiß Gott besser als Chiliextrakt. War das die Idee deines Vaters?«
Ich nickte.
»Wie ich höre, hat er für das Radrennen am Labor Day gemeldet.«
»Er trainiert jeden Tag vor der Arbeit«, sagte ich. »Einundzwanzig Meilen.«
»Ohne Scheiß? Was für eine Zeit fährt er?«
»Hat er mir nicht gesagt. Also Hypnose?«
Perry Lyman ließ den Mülleimerdeckel langsam zu-

klappen. »Ich glaube, ich kann dir helfen, es zu schaffen. Wirklich.«

Wegen eines Wildwasser-Rafting-Trips nach Oregon konnte Perry Lyman nicht sofort mit der Hypnose beginnen. Ich verbrachte die Woche mit Warten. Jeden Morgen malte Mike mir mit violetter Tinte seine Initialen MFC – Michael Forrest Cobb – auf meinen rechten Daumen. Dabei packte er mich fest am Handgelenk, damit ich stillhielt, und meine Finger wurden taub. Abends überprüfte er, ob die Initialen verblasst oder verschmiert waren. Er versprach mir einen tragbaren Fernseher, wenn ich einen Monat lang durchhalten würde, aber ich wusste aus Erfahrung, dass er die Abmachung vergessen würde, wenn ich meinen Teil erfüllte. Er hatte die Angewohnheit, die Deals, die wir abschlossen, zu vergessen.

»*Schwörst* du es?«, fragte ich ihn am zweiten Abend, als Mike meinen Daumen inspizierte. »Schwörst du, dass es nicht so sein wird wie mit der Honda und den Klimmzügen?« Vor zwei Jahren hatte Mike mir ein Crossmotorrad versprochen, wenn ich beim Sportfest eine Ehrenurkunde gewinnen würde. Ich hatte sie um zwei Klimmzüge verfehlt und gar nichts bekommen, eine bittere Erinnerung daran, dass eine Abmachung eine Abmachung ist.

»Welche Honda? Wann?«, fragte Mike.

Ich konnte es nicht glauben. »Ich will, dass du den Fernseher morgen kaufst und ihn samt Quittung in der Verpackung aufbewahrst.«

Eines Nachmittags überrumpelte Rebecca mich mit der Frage, was die Buchstaben auf meinem Daumen zu bedeuten hätten. Sie hatte eine Bronchitis und war zu Hause, in eine Heizdecke gehüllt. Ihren kodeinhaltigen Hustensaft teilte sie mit mir. Ihre feuchten braunen Augen sahen benebelt und vertrauensselig aus, und einen kurzen, übermütigen Moment lang erwog ich, ihr die Wahrheit zu sagen. Ich spürte das Geständnis langsam in mir aufsteigen wie eine Luftblase in Honig.

Dann geriet ich in Panik.

»MFC«, sagte ich. *»Motherfucking cocksucker.«*

In Rebeccas starren Augen standen Tränen. Sie hatte schon immer behauptet, dass ich vor tiefsinnigen Gesprächen Angst hätte und nicht bereit wäre, meine Ängste und Schwächen einzugestehen. Sie war sicher, dass es uns einander näher bringen würde, doch ich wusste, dass sie erwartete, dass ich damit anfing.

»Warum musst du bloß so verdammt cool sein?«, fragte sie. »Habe ich dir jemals wehgetan? Vertraust du mir nicht? Welchen Sinn hat es, Zeit miteinander zu verbringen, wenn wir nicht offen miteinander umgehen?«

»Motherfucking cocksucker«, sagte ich.

Ich schloss die Augen und ließ die Schultern hängen, aus einem Kassettenrecorder auf Perry Lymans Schreibtisch plätscherte Musik mit Harfe, Klavier und Vogelgezwitscher. Seine Stimme war leise und sanft. »Sicherheit umgibt dich. Frieden durchdringt dein Wesen. Eine nie gekannte Geborgenheit umfängt dich.« Während er sprach, umkreiste er mich und wirbelte nach Desinfektionsmitteln riechende Luft auf. Bei den klebrigen, schmatzenden Geräuschen, die seine Kreppsohlen machten, fragte ich mich, wie oft er seinen Fußboden wischte.

»Stell dir vor, du bist auf einem Pfad«, sagte er nach ein paar weiteren Aufwärmminuten. »Du bist tief in einem Wald. Du siehst eine Lichtung, in ihrer Mitte ein gelber Lichtschein, der ein wildes Tier anstrahlt.«

Ich fragte mich, ob ich schon »weg« war, schloss jedoch aus der Tatsache, mich das noch fragen zu können, dass ich noch nicht »weg« war. Perry Lymans aufreizend sanfte und sich ihrer eigenen Resonanz bewusste Stimme sprach weiter von dem Tier, nannte es mein »Kraftwesen« und drängte mich, es genauer zu betrachten. Schließlich gelang es mir, mir ein Reh vorzustellen. Direkt von vorne gesehen hatte es das Gesicht von Ned Lasser, dem Windel-Jungen, doch als es den Kopf abwandte, war es wieder ein Reh.

»Wenn du das Bedürfnis hast, an deinem Daumen zu lutschen«, sagte Perry Lyman, »rufst du dein ›Kraftwesen‹ zu Hilfe. Es wird dich trösten und dir Kraft geben. Ruf es jetzt zu dir.«

»Komm her«, flüsterte ich.

»Im *Kopf.*«

Ich tat es im Kopf.

Als ich von dem Stuhl aufstand, war ich überrascht, wie schlapp und warm meine Beine sich anfühlten. Ich erinnerte mich an einen Artikel über eine Profi-Eishockey-Mannschaft, die vor einem Play-off hypnotisiert worden war. Ich fragte Perry Lyman, ob er Selbsthypnose anwandte, um Rennen zu gewinnen.

»Ja. Das tue ich tatsächlich. Ich habe das Gefühl, es schärft meine Sinne.«

»Und was ist Ihr ›Kraftwesen‹?«, fragte ich.

Perry Lyman warf einen Blick auf das Poster über seinem Schreibtisch, ein Poster aus dem Sierra-Club.

»Das ist Privatsache.«

»Kommen Sie schon.«
»Tut mir Leid. Es ist einfach nicht dasselbe, wenn jemand anders es weiß.«
Das Poster zeigte ein Rudel rennender Wölfe.

Wenn die Menschen versuchen, etwas aufzugeben, ersetzen sie es durch etwas anderes. Eine Frau hört auf zu rauchen und fängt stattdessen an, Pizza zu inhalieren. Ein Mann gibt die Donuts dran und macht sich auf den Weg nach Las Vegas. Nachdem Perry Lyman mich hypnotisiert hatte, verschwand mein Bedürfnis, am Daumen zu lutschen, einfach und mit ihm jegliches Vergnügen. Mein Daumen wurde zu einem neutralen Objekt, als hätte ich das Ende eines Besenstiels in meinem Mund.
»Was guckst du so deprimiert?«, fragte Mike mich eines Morgens, als er sich nach seiner Fahrradrunde mit einer Schüssel Bran Flakes an den Tisch setzte. Sein rotes, schweißnasses Gesicht strotzte vor Energie. »Wenn du ein langes Gesicht ziehst, zieht es dich irgendwann runter.«
»Hör auf, Woody Wolff zu zitieren.«
»Der war von mir.«
Ich konnte nur noch an Rebecca denken. Plötzlich musste ich wie eine Klette ständig in ihrer Nähe sein. Sobald der Wagen ihres Vaters morgens davongefahren war, rannte ich mit Naturführern und Ferngläsern beladen zu ihrer Veranda und klingelte. Als ich merkte, dass ihr Interesse an der Vogelbeobachtung nachließ, fing ich an, Filmzeitschriften zu kaufen, wie ich sie sie mit ihrer Schwester hatte lesen sehen. Tag für Tag bombardierte ich Rebecca mit Fragen über Hollywood-Trivialitäten und mit Scherzrätseln.

»Was ist das Geheimnis von Farrah Fawcetts Schönheit?«
»Wer?«
»Sie benutzt Eiweiß als Haarspülung.«
»Ich sagte, ›wer‹.«
»Wie, ›wer‹?«
»Wer das wissen will.«
Ich sah zu, wie Rebecca allmählich anfing, mich zu verachten. Gerade jetzt, wo mir ihre Meinung über mich so ungeheuer wichtig war, schien unsere bisherige Sternstunde – als ich ihr befohlen hatte, ihr Shirt auszuziehen, und ich sie, selbst schon mit nacktem Oberkörper, so lange angestarrt hatte, bis sie nachgegeben hatte – absolut unwiederholbar. Meine Verhaltensweisen, mit denen ich ihre Aufmerksamkeit zu gewinnen versuchte, nahmen immer bizarrere und verhängnisvollere Formen an. Ich beschimpfte mich in ihrer Gegenwart selbst, erklärte, ich wäre dumm, klein und verwachsen, um es ihr dann übel zu nehmen, wenn sie mich nicht vor mir selbst verteidigte. Als ich sah, wie viel Mitgefühl sie für durchgeknallte Filmstars aufbrachte – Drogensüchtige, Ehefrauen-Verprügler und Hotelzimmer-Demolierer –, bedauerte ich, ihr meine Schwäche nicht gestanden zu haben. Damit hätte ich sie für mich gewonnen, da war ich mir sicher, doch jetzt war es zu spät.
Eines Tages stand Rebecca mit ihrem Vater auf der Veranda, seine breiten, schwieligen Hände lagen auf ihren Schultern, und sie sagte: »Justin, wir finden, dass du mich belästigst. Wir finden, dass das keine gesunde Teenagerfreundschaft ist. Wir wollen, dass du nicht mehr hierher kommst.«
»Zieh Leine, Junge.«
Zum letzten Mal suchte ich Trost bei meinem Daumen. Das Reh mit dem Gesicht des Windel-Jungen

verschwand, doch selbst nachdem ich es verscheucht hatte, spürte ich nichts – keinen Trost, keine Erleichterung. Mein Daumen fühlte sich genauso tot an wie mein ganzer Körper.
Ich gab ihnen allen die Schuld, vor allem jedoch Perry Lyman. Er hat so getan, als wäre er mein Freund, dabei hatte er mir meine Seele geraubt.

Der Kurs des Labor-Day-Radrennens führte auf seiner letzten und 25. Meile durch einen Highwaytunnel. Die aus dem Dunkel hervorbrechenden Radfahrer waren für dramatische Schnappschüsse besonders geeignet, weshalb die Zuschauer sich gern am Ende des Tunnels versammelten. Ich stand mit Joel auf der gegenüberliegenden Seite im Straßengraben, sodass niemand sehen konnte, was wir vorhatten.
Perry Lyman nahte, den Kopf gesenkt, und fuhr in dem ruhigen, flüssigen Rhythmus, der ihm für gewöhnlich den Sieg garantierte. Der verschwommene Punkt hinter ihm war Mike. Ich signalisierte Joel, das Poster, das ich an einen Stock getackert hatte, hochzuhalten, bevor ich am Straßenrand entlangtrabte. Ich sah, wie Perry Lyman zu Joels Poster herüberblickte, und bemerkte, wie sein Vorderreifen anfing zu schlingern. In diesem Moment fing ich an zu heulen. Joel heulte auch. Finstere, unheimliche Laute drangen aus meiner Kehle. Sie machten mir Angst. Und sie brachten Perry Lyman aus der Fassung. Seine Gesichtszüge entgleisten, er drehte sich um und zeigte mir im Vorbeifahren einen Vogel. Er konnte nicht ahnen, womit er das verdient hatte – das mit blutroter Farbe bespritzte Wolfsrudel des Sierra Club und mein wahnsinniges Geheule. In diesem Moment wusste ich, dass ich seine Macht gebrochen hatte, ge-

nau wie er meine gebrochen hatte. Auf dem Foto, das Audrey von ihm machte, als er aus dem Tunnel kam, hatte er den Gesichtsausdruck eines Mannes, der weiß, dass er verlieren wird.

Er wurde Siebter, Mike Erster.

Als wir an jenem Abend an dem Tisch in unserem Garten saßen und Joel und Audrey nach drinnen gegangen waren, um Messer zu holen, sagte ich zu Mike: »Du schuldest mir einen Fernseher.«

Er angelte in einer Schale mit gesalzenen Nüssen nach den Mandeln. Er schwelgte immer noch im Taumel seines Sieges, und ich wusste, dass er mir mehr durchgehen lassen würde als gewöhnlich. Vor ihm stand eine überschäumende Dose Bier, daneben eine zweite, noch ungeöffnete. Seit Reagan im Frühjahr angeschossen worden war, hatte Mike sich zum Abendessen immer ein zweites Bier gegönnt.

»Ich wusste, dass du es vergessen würdest«, sagte ich und griff nach dem Bier. »Ich wusste, dass du deinen Teil nicht einhalten würdest.«

»Meinen Teil von was?«

Mike beobachtete, wie ich das Bier aufmachte und herunterkippte. Ich öffnete meine Kehle und ließ die kalte Flüssigkeit in mich hineinströmen.

»Sachte, sachte«, sagte er. »Immer schön langsam. Ein Schluck oder zwei.«

Ich glaube, wir wussten beide, dass das unmöglich war.

2

Als Nächstes verlor ich die Lust am Essen, meinen Appetit. Es geschah Ende Oktober und dauerte vier Tage. Es war, als würde sich mein Mund gegen mich wenden. Meine einzige Quelle der Lust verwandelte sich in ein ausgetrocknetes Loch.

Wir hatten den ganzen Monat Wild gegessen, um die Gefriertruhe zu leeren, bevor Mike begann, sie aufs Neue zu füllen. Wir hatten mit den Koteletts, die ich durchaus mochte, angefangen und uns nach und nach bis zu Würstchen und Braten vorgearbeitet, die meine Mundhöhle mit einem wachsartigen, ranzigen Fettfilm überzogen. Ich sagte, meiner Meinung nach sollten wir das Fleisch einfach wegwerfen, das erste Mal, dass ich meine Stimme so erhob, doch Mike erwiderte, das wäre eine Frage der Moral. So kurz vor der neuen Saison für die Jagd mit Pfeil und Bogen würde er sich schlecht fühlen, erklärte er der Familie, wenn sich die Jagdbeute des vergangenen Jahres mit der des neuen überlappte.

»Ah, die Ethik der Barbarei«, sagte Audrey. Der Qualm des Bratens, den sie den ganzen Nachmittag lang gegart hatte, hing in grauen Schwaden über ihrem Kopf.

»Die Jagd ist die Grundlage der Zivilisation«, erwiderte Mike. »Das kannst du in jedem anthropologischen Standardwerk nachlesen.«

»Das habe ich. Während du unterwegs warst, die

ganze Ohio State University zu bezwingen, hat dein Schatz tatsächlich Seminare besucht. Und die Grundlage der Zivilisation, mein Lieber, ist die Landwirtschaft.«

Mike stach beim Zerlegen so heftig auf den Braten ein, dass das Fleisch auf dem Bett aus verschrumpelten Möhren herumrutschte. Im Laufe der Jahre war es ihm gelungen, mich davon zu überzeugen, dass Wild besser als Rind oder Schwein schmeckte, obwohl mir meine eigenen Geschmacksnerven etwas anderes sagten. Doch in diesem Jahr kaufte ich es ihm nicht ab. Ich schmeckte, was ich schmeckte, und es ekelte mich an. Ich erinnerte mich an einen Artikel, in dem ich gelesen hatte, dass die Muskeln eines gejagten Tieres ein Angsthormon produzieren, das auch beim Kochen nicht abgebaut wird. Ich fragte mich, wie viel von dieser Substanz jetzt in mir steckte.

Die Hälfte des Bratens war noch übrig, als wir mit dem Essen fertig waren. Audrey wickelte ihn in Klarsichtfolie und verstaute ihn ganz hinten im Kühlschrank neben einem offenen Päckchen Backpulver, was bedeutete, dass sie ihn nie wieder anrühren wollte. »Vielleicht möchte deine Familie ein bisschen Wild mit nach Hause nehmen.«

Am nächsten Morgen sollten Mikes Eltern zu einem ihrer seltenen Besuche nach Minnesota kommen, wo für sie der Wilde Westen begann. Deshalb waren alle gereizt.

»Meine Mutter hält Wild für edle Wesen«, sagte Mike. »Sie glaubt, die Tiere hätten Gefühle.«

»Das glaube ich auch«, erwiderte Audrey.

»Menschliche Gefühle. Nicht bloß Urtriebe.«

»Und was, bitte sehr, sind Urtriebe?«

»Hunger. Durst. Lust. Schmerz.«

Audrey schloss die Kühlschranktür. »Es beunruhigt mich, dass du sie alle so runterbeten kannst.«
Nach dem Essen ging Mike in den Garten, um das Bogenschießen im Dämmerlicht zu üben. Er visierte eine Zielscheibe aus Papier an, die an einem Stapel Strohballen befestigt war. Im Gegensatz zu mir, der ich es aus Schuldgefühlen zumindest vortäuschte, hatte Joel nie irgendwelches Interesse an diesen Aktivitäten im Freien gezeigt. Er durfte zum Spielen zu Nachbarn gehen, während Mike von mir verlangte, dass ich in der Nähe blieb und ihm zusah. Er kerbte einen Pfeil ein, spannte die Sehne und ließ los.
»Früher musste ich mich zur Jagd aus dem Haus schleichen«, sagte er. »Meine Mutter litt unter der Vorstellung, die Jagd wäre grausam. Wirklich grausam ist es, einen Jungen daran zu hindern, zu einem Mann heranzuwachsen, weil man selbst eine schlechte Erfahrung gemacht hat.«
»Was ist denn passiert?«
»Irgendwer hat sie mal geschlagen. Ihr damaliger Freund. Eine Ohrfeige, für die Dad und ich unser Leben lang bezahlen mussten. Einmal haben wir uns aus dem Haus geschlichen, um uns in der Stadt einen Boxkampf anzusehen, und als wir nach Hause kamen, hatte sie sämtliche Schlösser ausgetauscht.«
»Komisch, dass du dann Football spielen durftest.«
»Da hat Dad die Grenze gezogen.«
Mike traf ins Schwarze. Und gleich noch einmal. Ich zog die Pfeile heraus.
»Deine Mutter irrt sich, was die Zivilisation angeht«, sagte er. »Zivilisation ist ein perfekter Blattschuss.«

Mikes Eltern fuhren am nächsten Tag um die Mittagszeit in ihrem neuen Wohnmobil, dem Horizoneer, vor. Mike hatte sie gebeten, zu Thanksgiving zu kommen, damit ihr Besuch nicht in die Jagdsaison fiel, doch Grandma hatte darauf bestanden, Joel und mich noch vor Einbruch der kalten Jahreszeit zu sehen. Sie bekam ihren Willen. Soweit ich Mikes Umgang mit ihr beobachtet hatte, war er ihr nie wirklich gewachsen gewesen. Weihnachten schickte er die Geschenke, um die sie gebeten hatte, Edles wie Schmuck und Kristall, und gab sich im Gegenzug mit Souvenir-Kaffeebechern zufrieden. Und obwohl sie ihn wegen jeder Grippe und jedes entfernten Muttermals zu sich nach Buffalo zitierte, besuchte sie uns nur, wenn sie sowieso in der Gegend vorbeikam.

Ich war nervös, als meine Großeltern das Wohnmobil vor unserem Haus parkten. Ich hatte sie zum letzten Mal vor einigen Jahren bei einem Familientreffen im Osten gesehen, doch das Einzige, was mir von diesem Ereignis in Erinnerung geblieben war, war ein Sackhüpfen in einem schlammigen Feld. Trotzdem erklärte ich ihnen, dass ich sie vermisst hätte, als ich sie umarmte. Grandma Cobb fühlte sich hart und gepanzert an, als wäre ihre Unterwäsche mit Metall verstärkt, während Grandpa sich irgendwie breiig anfühlte, wie eine überreife Banane. Seine haselnussbraunen Augen hinter der von lauter Schuppen gesprenkelten Bifokalbrille wirkten sanft und abwesend, und ich mochte ihn sofort lieber als sie.

»Ich hol euer Gepäck rein«, sagte Mike und klang schon jetzt erschöpft von ihrem Besuch.

»Wir übernachten im Horizoneer«, erwiderte Grandma. »Wir brauchen nur eine Verlängerungsschnur.«

»Wir haben das Gästezimmer vorbereitet«, sagte Mike.

»Uns gefällt es in unserem Wohnmobil.«

Grandpa trug einen braunen Koffer ins Haus und stellte ihn auf die Anrichte in der Küche neben ein Paket auftauender Wildbretwürstchen, aus denen Audrey eine Spaghettisoße zubereiten wollte. In dem Koffer befanden sich, mit aufknöpfbaren Samtgurten befestigt, ein silberner Cocktailshaker, ein Flachmann, vier Gläser, ein Messbecher und ein paar Rührstäbchen. »War 'ne lange, trockene Fahrt«, meinte er und schmatzte mit den für sein Alter erstaunlich vollen Lippen. Er mixte einen doppelten Manhattan für Grandma und wartete, bis sie ihn probiert und genickt hatte, bevor er auch für Audrey und sich einen Drink zubereitete. Mir fiel auf, dass seine Hände fett und schwammig und seine Finger krallenartig eingerollt waren. Sie passten zu seinen dichten, buschigen Augenbrauen und der vernarbten roten Nase.
Audrey briet Würstchen und schnitt Tomaten in Würfel, während Grandma Mike in Sachen Verwandtschaft auf den neuesten Stand brachte. Die Namen meiner Onkel und Tanten sagten mir wenig, ich konnte mir deren Leben nur schwer vorstellen, und von ihnen zu hören gab mir ein Gefühl von Einsamkeit. Mike hatte mir einmal erzählt, dass er, als er zum College gegangen war, seine Familie hinter sich gelassen hätte, wo sie hingehörte. Er sagte, er erwarte, dass auch ich das eines Tages tun würde.
»Wendy ist wieder bei den Wiedergeborenen Christen«, sagte Grandma. »Sie haben sie in der Kirche praktisch als Geisel genommen. Sie fühlt sich schuldig wegen ihrer Fehlgeburten oder was weiß ich, aber das ist doch kein Grund, seine Jugend zu opfern.«
»Mom«, sagte Mike, »mein Gott. Die *Kinder.*«

»Und Rupert, dein kleiner Neffe, den du noch nie gesehen hast, muss immer noch alle möglichen Tests machen. Das arme Baby ist inzwischen fast kahl. Sie behandeln ihn im St.-Joseph's-Hospital, einem katholischen Krankenhaus.«
»Hast du irgendwas gegen katholische Krankenhäuser?«, fragte Mike.
»Du bist nicht mit einer irischen Mutter aufgewachsen«, sagte Grandma.
»*Du bist* eine irische Mutter.«
»Aber geläutert.«
»*Wodurch?*«
»Amerikanisierung.«
Grandma wandte sich von Mike ab und lächelte Joel an, ihr Make-up war rissig und blätterte um den Mund herum ab. Violetter Lippenstift hatte die Kronen ihrer Schneidezähne beschmiert. »Wie schön, dich zu sehen, mein Junge. Wirklich reizend. Ich würde dir ja gern sagen, dass du gewachsen bist, aber ich habe, offen gestanden, keine Ahnung.«
Grandpa zückte seinen Flachmann, um sein Glas aufzufüllen, wobei er ein großes Gewese darum machte, die Menge genau abzumessen, um am Ende dann doch einen Spritzer mehr hinzuzugeben. In der Küche war es still geworden, es herrschte eine Ruhe, als ob ein Sturm die Stromversorgung unterbrochen und uns gemeinsam im Halbdunkel zurückgelassen hätte.
»Stell dir vor«, sagte Audrey. »Ein Wohnmobil mit Dusche. Klingt das nicht gemütlich, Mike?«
Mike antwortete nicht; er starrte aus dem Fenster. Die Jagdsaison wurde am übernächsten Tag eröffnet, und der Wetterbericht versprach wechselhaftes Wetter und möglicherweise sogar Schnee. Er hatte sein Herbstgesicht aufgesetzt, ruhig und sorgenvoll.

»Wonach riecht es denn hier?«, fragte Grandma. »Irgendwas stinkt doch.«
»Erzähl Audrey von dem Horizoneer«, sagte Grandpa.
»Gleich. Was ist das für ein schrecklicher *Gestank*?«
Mike stand auf. »Ich habe einen Laden zu führen. Für uns ist zur Zeit Hauptsaison. Gewehre. Waffenscheine. Ich kann es mir nicht leisten, den ganzen Tag wegzubleiben.«
»Es ist Wild«, sagte Grandma. »Du zwingst mich, *Wildfleisch* zu essen.«
Mike verließ die Küche und Audrey sagte: »Es tut mir Leid. Ich mag Wild auch nicht.«
»Niemand mag es.« Grandma klappte eine silberne Zigarettendose auf und entnahm ihr eine Zigarette. Grandpa zückte ein Feuerzeug und gab ihr Feuer. Er war ihr permanenter Kavalier, ihr Diener.
»Das ist also euer Leben«, sagte Grandma. »Verdient er genug?«
»Er baut ein Geschäft auf«, erwiderte Audrey. »So was braucht seine Zeit. Ich könnte dir was in der Mikrowelle aufwärmen. Lasagne vielleicht?«
»Nicht, wenn sie im selben Kühlschrank gelegen hat. Max, hol das Gepäck aus dem Wohnmobil. Ich habe es mir anders überlegt. Ich möchte doch im Haus schlafen.«
»Deine Koje ist schon vorbereitet. Deine Laken. Dein spezielles Kissen.«
»Ich möchte in der Nähe meiner Enkel sein«, sagte Grandma. »Und wenn du schon gehst, bring mir gleich eine Fleischpastete mit.«
Grandpa leerte sein Glas und machte sich auf seinen Botengang, während die Minibar offen auf der Anrichte stehen blieb. Von außen sah sie aus wie ein unauffälliger Aktenkoffer, aber im Innern waren die

einzelnen Fächer mit goldenem Knittersamt ausgepolstert. Ich wollte mich in einem von ihnen zusammenrollen und den Deckel zuziehen.

Am nächsten Tag wurde Grandma magenkrank, während sie Joel und mir Dias zeigte. Mike war im Wald und bereitete seinen Unterstand für die Jagd vor, Audrey hatte Dienst in der Notaufnahme des Bezirkskrankenhauses, und Grandpa lag unter dem Horizoneer, ließ Frostschutzmittel ab und füllte es wieder auf.

»Das ist dein Vetter Brent«, sagte Grandma. »Er gewinnt all seine Laufwettkämpfe. Aus dem wird mal was. Er sieht gut aus.«

»Wie alt ist er?«, fragte Joel.

»Genauso alt wie Justin.«

»Er sieht älter aus«, bemerkte Joel.

»Das liegt an seinem Gespür für die richtige Kleidung«, sagte Grandma. »Hier ist er auf dem Kabinenkreuzer im Park Club. Der Junge neben ihm ist der Sohn von Homer Morse, dem größten Lebensmittelhändler in Buffalo.«

Die Dias ärgerten mich, und ich konnte nicht still sitzen. Meine Cousins und Cousinen, zwei Jungen und zwei Mädchen, sahen verwöhnt und gemein aus, die Sorte von Kindern, die einer Zukunft an einer Elite-Uni, guten Jobs und großen Villen entgegensehen konnten. Die Jungen hatten eine modisch struppige Kurzhaarfrisur und den Teint von Filmstars, der ihre schlanke Statur noch betonte. Die Mädchen trugen pinkfarbene Polohemden, und ihr von fachmännischen Strähnchen durchzogenes, blondes Haar wurde von juwelenbesetzten Spangen in Form gehalten. Sie gehörten zu einer Welt der Country Clubs und

Strandpartys, die vielleicht auch meine Welt hätte sein können, wenn Mike in Buffalo geblieben wäre, wo eine Straße nach den Cobbs benannt und Grandpa als Leiter der Anzeigenabteilung für die Lokalzeitung Vizepräsident der Rotarier gewesen war.
Grandma klickte weiter zu einem auf dem Kopf stehenden Dia von Dr. March und Tante Jean, Mikes älterer Schwester, die mit einem Katamaran über den Eriesee auf eine leuchtend orangefarbene Wolkenbank zusegelten. Grandma rückte das Dia zurecht, doch nun stand es auf der Seite. »Was soll's«, meinte sie. »Ich weiß nicht, warum ich mir überhaupt die Mühe mache. Ihr Jungen werdet diese Leute ohnehin nie treffen.« Sie hustete, und ich fand, dass es irgendwie gezwungen klang. Vorgetäuscht.
»Ich bin blass«, sagte sie. »Ich bin blass und klamm. Fühl mal.«
Sie nahm Joels Hand und drückte sie an ihre Stirn.
»Vielleicht brauchst du was Salziges«, schlug Joel vor. »Erdnüsse?«
»Nüsse verstopfen den Dünndarm«, sagte Grandma. »Was ich brauche ist ein Ginger Ale oder Gatorade.«
»Wir dürfen zu Hause keine Limo trinken«, erwiderte Joel.
»Gatorade enthält Mineralien. Es ist ein Gesundheitstrunk.«
»Wir haben nur Wasser und Milch«, antwortete Joel.
Grandma schwankte zitternd nach vorn, spreizte ihre Knie und kotzte in den Karton des Diaprojektors. Sie fuhr sich mit einem Finger in den Mund, um die Reste herauszukratzen, und schüttelte ihn ab. Sie sank auf das Sofa zurück, schloss die Augen und verschränkte die Hände wie sich aufrollende Blätter im Schoß.
»Dieser Wildgeruch hängt im Teppich«, sagte sie.
»Wir merken es gar nicht mehr«, sagte Joel.

»Es ist bereits in euch. Ihr seid immun.«

Grandma beugte sich vor, als wollte sie sich erneut übergeben, doch außer einem kohlensäurehaltigen Rülpser kam nichts. »Das habe ich gerade noch aufgehalten«, sagte sie, klopfte sich auf die Brust und rieb sich den Oberkörper. »Einfach runtergeschluckt. Einer von euch Jungen, lauf und hol Max. Ich brauche meinen Eimer.«

Eine Stunde später war das Gäste- zum Krankenzimmer umfunktioniert. Grandmas geflüsterten Anweisungen folgend, stellte ich einen mit Lysolspray desinfizierten Eimer neben das Bett, schloss einen Luftbefeuchter an und bestückte den Nachttisch mit Plastikbechern und Gatorade, das Audrey auf dem Nachhauseweg vom Krankenhaus eingekauft hatte. Außerdem legte ich Papiertaschentücher, Schmerztabletten und ein *True Detective*-Magazin bereit, das ich unter dem Vordersitz des Horizoneer gefunden hatte. Zum Lesen hatte Grandma sich aufgerichtet und auf ein Kissen gestützt. Sie hatte ihr Haar heruntergelassen, ein statisch aufgeladener, grauer Pferdeschwanz, der mich durch seine Länge schockierte.

»Ich brauche einen Fernseher«, erklärte sie. »Meine Lieblingssendungen fangen an. Im Wohnmobil haben wir einen tragbaren. Lauf und hol ihn.«

»Grandpa ist zur Apotheke gefahren«, sagte ich.

»Dann eben, wenn er zurückkommt.«

»Wir haben ein Radio.«

»Ich kann Radio nicht ausstehen«, sagte Grandma.

»St. Paul hat einen Oldie-Sender.«

»Ich hasse Oldies.«

Als ich nach unten kam, um eine neue Schachtel Kleenex zu holen, betrat Mike in seinem Militäroverall das Haus, in der Hand die neue Armbrust, die er als Vorführmodell für seinen Laden zugeschickt bekommen hatte. Er hatte sein Gesicht mit Schlamm und Fett geschwärzt, sodass das Weiß seiner Augen besonders hervorstach. An seiner rechten Hüfte hing ein Jagdmesser mit gezackter Klinge an einem Ledergürtel.

»Heute ist ein großer Tag«, sagte er. »Sie ist dort draußen.«

»Wer?«, fragte ich.

»Die Hirschkuh, die ich seit September im Blick habe. Ich suche mir gern schon vor Beginn der Saison ein Tier aus. Es macht das Ganze bedeutungsvoller. Mehr Mann gegen Mann.«

Ich erzählte ihm von Grandmas Übelkeit.

»Wo ist Dad?«

»Unterwegs, um eine schmerzstillende Salbe und Zeitschriften zu kaufen.«

»Zeitschriften über Morde?«

»Und Detektive.«

»Glaub mir, sie liest diese Heftchen nicht wegen der Detektive so gern. Die Frau ist geradezu besessen von wahlloser Gewalt.«

Mike polterte die Treppe hinauf, und ich folgte ihm, wobei ich die Schlammbrocken, die sich aus dem Profil seiner Stiefel lösten, von dem Läufer aufsammelte und in meine Tasche schob. Audrey kam gerade mit Grandmas Eimer aus dem Krankenzimmer, und Mike musterte den Inhalt.

»Das ist bloß Spucke. In dem Eimer ist nichts als Speichel.«

»Das weiß ich«, sagte Audrey leise. »Rede einfach mit ihr. Sie möchte die Aufmerksamkeit ihres Jungen.«

Ich stand in der Tür neben dem Eimer, als Mike das Zimmer betrat und sagte: »Ich bin's.« Grandma lag auf der Seite, ein gefaltetes Heizkissen unter der Wange. Sie sah deutlich schwächer aus als noch vor fünf Minuten.

»Mach dir keine Sorgen, Schatz«, sagte sie. »Mir geht es gut. Alle waren so nett zu mir, so verständnisvoll …« Plötzlich richtete sie sich auf und hielt sich den Bauch.

»Ist schon in Ordnung, Mom«, sagte Mike. »Du bist sicher. Wir lieben dich. Ich war heute nur nicht zu Hause, weil ich mich auf die Saison vorbereiten musste.«

Grandma sank auf ihr Kissen zurück. »Es steigt hoch, aber dann hört es auf.«

Sie putzte sich mit einem zerknitterten Papiertaschentuch die Nase und tupfte dann behutsam die restlichen Tropfen ab, bevor sie ihr Taschentuch öffnete und den Inhalt begutachtete.

»Du steigerst dich zu sehr in das Ganze hinein«, sagte Mike. »Meinst du, diese Heftchen sind eine gute Idee, Mom? Warum lässt du Audrey nicht ein gutes Buch für dich heraussuchen?«

Grandma nahm ihr Glas und trank einen Schluck Gatorade, wobei sie ihre Kehle massierte, um die Flüssigkeit herunterzuwürgen.

»Ich reise ab«, sagte sie. »Ich bin dir im Weg. Ich fahre. Ich störe dich bei deinem blutigen Sport.«

»Wie du willst. Ich habe dich vorher gewarnt.«

»Du kannst es nicht einmal bis zum nächsten Wochenende verschieben. Nicht einmal eine Woche kannst du warten.«

»So funktioniert das nicht. Die anderen Jäger würden einen Vorsprung bekommen.«

»Schön, dann bleiben wir im Wohnmobil. Schick einfach die Kinder raus. Hab deinen Spaß und tu so, als ob wir gar nicht da wären.«

Grandma streckte ein blasses Bein aus dem Bett, und Mike machte Anstalten, ihr zu helfen. Sie wies ihn zurück und pflanzte ihren Fuß auf den Boden, als wollte sie ihn auf seine Festigkeit überprüfen, bevor sie einen langen, seufzenden Rülpser ausstieß. Ich griff nach dem Eimer, doch bevor ich damit bei ihr war, hatte sie alles, einschließlich Mikes Stiefel, voll gespuckt. Er blickte an seinen Beinen hinab und seufzte.

Mike verließ das Haus um drei Uhr morgens. Das künstliche Rehbock-Aroma aus der Flasche, mit dem er sich eingerieben hatte, wehte in mein Zimmer und hinderte mich daran, wieder einzuschlafen. Ich schaltete das Radio neben meinem Bett ein und lauschte Ron Ben Strong, einem Evangelisten aus der Gegend, der seine Schäfchen über einen Satelliten der Regierung unterrichtete, der laut Strong ins All geschossen worden war, um die Häuser der Christen auszuspionieren und die Titel der dort gelesenen Bücher zu registrieren. Ich war, wie der Rest meiner Familie, nicht religiös, aber ich fing an, Menschen zu beneiden, die es waren. Sie schienen genau zu wissen, was und wen man zu fürchten hatte.

Nach einem Frühstück aus Eiern und Wildwürstchen, von denen ich nur zwei Bissen herunterbekam, gingen Joel und ich zum Wohnmobil. Ich klopfte. Beim Besuch eines Pflegeheimes, in dem Audrey früher einmal gearbeitet hatte, hatte ich gelernt, dass alte Menschen ihre Privatsphäre brauchen, weil sie ständig an ihren Körpern herumfummelten und sich mit eingewachsenen Nägeln, Hühneraugen und dergleichen beschäftigten. Da ich ohnehin schon mit meiner Übelkeit kämpfte, wollte ich nicht auch noch unvermutet in irgendwas Ekliges platzen.

Grandpa bat uns mit einer Geste herein, die für den winzigen Raum zu ausladend wirkte. Grandma winkte uns von ihrem ausklappbaren Bett in der Schlafnische hinter dem Bad zu. Auf ihrem Schoß lag eine aufgeschlagene Zeitschrift, und von einer Zigarette in dem Aschenbecher auf der Bettdecke stieg blauer Rauch auf.

»Ich habe gerade etwas Wichtiges gelernt«, erklärte sie Joel und klopfte mit dem Finger auf die aufgeschlagene Seite. »Wenn man an einem einsamen Ort, wo einen niemand schreien hört, überfallen wird, soll man trotzdem schreien. Das nimmt dem Angreifer den Wind aus den Segeln.«

»Okay«, sagte Joel.

»Überfälle sind impulsgesteuerte Verbrechen«, fuhr Grandma fort. »Und man muss sich inzwischen auch nicht mehr nur vor den Schwarzen fürchten. Es sind auch die Europäer.«

»Psst, Alice«, sagte Grandpa.

»Das muss er wissen.«

»Aber er muss es nicht jetzt wissen. Sei still.«

Wir verbrachten den Vormittag damit, bei den Quizsendungen mitzuraten, die in dem tragbaren Fernseher des Wohnmobils liefen. Bei dem ersten Ratespiel ging es darum, den Preis gewöhnlicher Haushaltsgegenstände zu erraten. Grandpas Schätzungen waren alle genau auf den Punkt, als hätte er die Gegenstände erst gestern persönlich ausgezeichnet, während Grandmas Vermutungen schlichtweg überhaupt keinen Sinn ergaben. Einen Gasgrill schätzte sie auf eintausend Dollar, eine Kaffeemaschine auf drei und einen Wok auf neunzig. Ich fragte mich, wann sie zuletzt in einem Geschäft gewesen war, und kam zu dem Schluss, dass Grandpa all ihre Einkäufe erledigen musste.

Während Grandpa auf dem kleinen Herd unser Mittagessen zubereitete, fiel mir auf, dass ich langsam anfing, mich in dem Horizoneer wohl zu fühlen. Grandpa rührte unsere Käsemakkaroni in null Komma nichts zusammen und bewegte sich dabei in seiner Miniküche wie ein Pilot im Cockpit. Wir aßen an einem Tisch mit eingelassenem Schachbrett, und Grandpa konnte uns, ohne von seinem Drehstuhl aufzustehen, Colaflaschen aus dem Kühlschrank reichen. Verglichen mit diesem kompakten, praktischen Wohnmobil erschien mir das Haus, in dem ich aufgewachsen war, riesig und verschwenderisch – eine leere, widerhallende Hülle, in der ich mir oft verloren vorkam.

»Kaffee, Justin?«, fragte Grandpa.

»Nein danke. Ich trinke keinen Kaffee.«

»Kaffee ist gut. Es ist Zeit, dass du damit anfängst.«

Wir tranken den Kaffee aus Plastikbechern, deren Böden beschwert waren, damit sie nicht umkippen konnten. Der erste Schluck verbrannte meine Zunge. Der zweite linderte den Schmerz wieder. Nach dem dritten Schluck wollte ich noch eine Tasse. So ging es mit allem, was ich mochte.

»Es ist nett hier drinnen«, sagte ich. »Dieses Leben gefällt mir.«

»Irgendwann nehmen wir euch Jungs mal mit auf eine Fahrt«, sagte Grandpa.

»Vergiss es!«, sagte Grandma. »Unser Sohn würde sie nie mitfahren lassen. Sie würden merken, dass man mit uns Spaß haben kann, dass wir nicht die Ungeheuer sind, als die er uns hinstellt.«

Grandpa goss mir Kaffee nach. »Hör gar nicht hin. Sie ist diese Woche nicht ganz bei sich. Ihr ist ein Beruhigungsmittel ausgegangen, das man offenbar nirgendwo in Minnesota auftreiben kann.«

»Man kann es schon auftreiben«, verbesserte Grandma ihn, »aber nicht als Kapseln. Ich nehme nur Kapseln. Mein Hals ist für Pillen zu empfindlich.«
Sie kniff sich in den Hals und verzog das Gesicht, als würde sie nach Luft ringen, bevor sie ihr Mörder-Magazin wieder aufschlug. »Alle mal herhören: Ich habe ein Rätsel für euch. Was ist tödlicher, Pistolen oder stumpfe Gegenstände? Es ist nicht so, wie man denken würde, also lasst euch mit der Antwort ein wenig Zeit.«

Beim Abendessen schien Mike etwas zu verbergen. Er war einfach zu aufmerksam und freundlich. Seine Wangen waren vom Abreiben des Rehbock-Aromas rosig, und er grinste zwischen zwei Bissen fettigen Wildbratens. Der Rauchfilm auf dem Panoramafenster der Küche verzerrte die niederfallenden Schneeflocken.
»Grandma hat uns Tipps über Verbrechen gegeben«, sagte Joel.
Mike verteilte geröstete Zwiebeln auf seiner Bratenscheibe. »Ich bin froh, dass ihr euch Zeit genommen habt, sie gemeinsam zu besuchen. Mom und Dad haben ihre Macken, aber es sind gute Menschen. Ich glaube, das Wohnmobil hilft. Darin fühlt Mom sich sicher.«
»Können wir im Wohnmobil schlafen?«, fragte Joel.
»Das ist vielleicht gar keine schlechte Idee«, sagte Mike. »Gönnt euren Eltern ein bisschen Zweisamkeit.«
»Das wäre nett«, sagte Audrey. »Ich glaube, die Idee gefällt mir.«
Mikes Lächeln wurde breiter. »Ich habe heute Abend meine Hirschkuh erwischt.«

Audreys Lippen wurden schmal.
»Ich habe sie direkt anvisiert. Ein leichter Treffer. Voll ins Schwarze. Ein sauberer, kräftiger Brustschuss.«
»Wo ist sie? Hast du sie mit nach Hause gebracht?«, fragte Joel. Mein kleiner Bruder liebte tote Tiere. Wenn Mike Enten rupfte, sammelte Joel die abgeschnittenen Flügel ein und lief hüpfend und damit schlagend unsere Auffahrt hinunter.
»Das Tier ist noch da draußen. Es ist weggerannt. Und dann ist die Sonne untergegangen. Ich werde es morgen finden«, sagte Mike. »Es hat eine Blutspur hinterlassen.«
»Du wirst es noch heute Nacht finden«, sagte Audrey. »Himmel Herrgott ...« Sie stand mit ihrem Teller auf und kratzte die Reste in den Mülleimer.
»Gut«, sagte Mike. »Ich hol mir einen Schlafsack und nehme gleich im ersten Morgengrauen die Spur von dem Ding auf.«
»Von dem *Ding*«, sagte Audrey.
»Na dann eben von dem Tier.«
»Hör auf.«
»Das kostbare Bambi.«
Meine Großeltern hatten Recht: Das Leben im Horizoneer war netter.

Grandpa trank Bourbon Sour, und Grandma war leicht benommen von ihrer Schlaftablette, sodass es mir vorkam, als würden wir in dem Wohnmobil eine Party feiern. Als Ersatz für das Abendessen, das ich nicht angerührt hatte, schaufelte ich Eiscreme in mich hinein, während wir Scrabble spielten. Grandma gewann, indem sie Quatsch-Wörter legte, wie zum Beispiel »plip« – ein Geräusch wie *plop*, behauptete sie – oder »klabesk«, ein Wort, dessen Bedeu-

tung sie angeblich vergessen hatte. Der Schnee vor dem Fenster war zu Matsch und Schlamm geschmolzen, und ich dachte an Mike im Wald auf der Spur der Hirschkuh. Der Schneeregen würde die Spur verwischen und seinen Schlafsack durchweichen, doch es entsprach Mikes Vorstellung von Spaß, den Widrigkeiten der freien Natur zu trotzen.
Nach dem Spielen machten wir Popcorn aus einer Fertigpackung, deren Folie sich beim Erwärmen aufbauschte wie eine Kochmütze. Grandpa gab Joel und mir Kissen und Wolldecken, und wir breiteten uns Kopf an Fuß im Gang aus. Verstreute Popcornreste kratzten an meinen Beinen und im Rücken, und ich war mir sicher, noch gar nicht geschlafen zu haben, als ich plötzlich hochschreckte und in dem runden Fenster im Dach eine Verkehrsampel entdeckte.
Das Wohnmobil bewegte sich, und Grandma saß am Steuer. Nur mit einem Flanellnachthemd bekleidet, im Mund eine brennende Zigarette, starrte sie mit glasigen Augen auf die hektisch hin und her flappenden Scheibenwischer. Grandpa saß immer noch auf seinem Hocker am Tisch, wo er, den Kopf auf dem Schachbrett, eingeschlafen war.
Ich stolperte an ihm vorbei auf den Beifahrersitz des Wohnmobils. Durch die von Schneeregen verschmierte Windschutzscheibe sah ich eine Stadt: Reihen unbekannter Geschäfte, alle geschlossen.
»Wo sind wir? Wohin fahren wir?«, fragte ich Grandma.
»Manchmal haben diese Pillen die entgegengesetzte Wirkung. Sie putschen mich auf«, sagte sie. »Ich werde rastlos.«
Wir ließen die Stadt hinter uns und fuhren über eine schlammige, von Schlaglöchern übersäte Landstra-

ße durch endlose Maisfelder. Die Luft aus der voll aufgedrehten Klimaanlage wehte Grandmas Haare nach hinten und ließ ihre Nasenspitze rosa leuchten.
»Wir haben uns verfahren«, sagte sie.
»Könnte Wisconsin sein. Hast du eine Brücke überquert?«
»Vielleicht. Ich habe nicht nach unten gesehen«, sagte sie.
Sie konnte mir nicht sagen, wie lange sie schon unterwegs oder in welche Richtung sie losgefahren war. Die Felder wurden flacher und wechselten von Mais zu Sojabohnen, was darauf hindeutete, dass wir in westlicher Richtung fuhren. Ein paar vereinzelte Wagen kamen uns entgegen, darunter auch ein Horizoneer, der in nächtlicher Solidarität seine Hupe ertönen ließ.
Grandma betrachtete mein Spiegelbild in der Windschutzscheibe. »Wir fahren nach New York. Dann triffst du die anderen Cobbs. Wir haben da einen ziemlichen Clan – wir sind nämlich wer. Dein Vater denkt, es wäre zu langweilig und behütet dort. Nun, er hat gut reden – er ist ein großer, kräftiger Mann. Frauen und Kinder können sich eine derartige Einstellung nicht leisten.«
Ich schaltete das Mittelwellenradio des Wohnmobils ein, um einen Hinweis auf unseren Standort zu bekommen. Ich empfing Sender aus allen Himmelsrichtungen: den Landfunk aus Omaha, Polka aus North Dakota und eine Bibelshow aus dem entfernten Colorado. Wir waren in den Great Plains, wo sich alle Signale überschneiden.
»Ich glaube, wir müssen umkehren«, sagte ich. Ich durchwühlte das Handschuhfach auf der Suche nach einer Karte, fand jedoch nur leere Asthma-Inhalatoren und ein Krimiheftchen, auf dessen Titelbild eine

mit schwarzem Isolierband gefesselte und geknebelte Frau abgebildet war.
Grandmas Kopf wiegte hin und her und sackte auf ihre Brust; ich bereitete mich innerlich darauf vor, das Steuer zu übernehmen. Die einzigen anderen Fahrzeuge auf der Straße waren Pick-ups, in denen Jäger mit orangefarbenen Kappen saßen. Sie lenkten mit einem Finger, rauchten und tranken Kaffee, und als das Wohnmobil langsamer als sechzig fuhr, hupte einer von ihnen und drohte mit der Faust.
Plötzlich war Grandma eingeschlafen, und ich musste mich dicht an sie drängen, um das Steuer zu halten. Ich spürte die Ausmaße und die schwerfällige Manövrierbarkeit des Horizoneer und rief Grandpa. Stattdessen wachte Joel auf. Er räusperte sich, sagte »tu's nicht« und schlief wieder ein.
Einfach nur geradeaus zu fahren erforderte permanente Manöver. Auf dem Highway gab es tückische Seitenwinde und Bodenwellen. Wir fuhren stetige neunundsechzig, die durch Grandmas auf dem Gaspedal eingeklemmten Fuß vorgegeben wurden. Allmählich hatte ich den Dreh raus, und mein Stolz wuchs. Es gelang mir, mich auf den Fahrersitz zu drängen und Grandmas Fuß vom Gaspedal zu schieben. Ich hatte schon immer vermutet, dass ich fahren konnte.
Wenig später hörte ich, wie Grandpa aufwachte. Ich trat auf die Bremse und steuerte an den Straßenrand. Grandpa taumelte nach vorn, verlor den Halt und landete seitwärts auf dem Beifahrersitz, als ich den Wagen zum Stehen brachte. Ich wartete darauf, dass er meine Heldentaten würdigte, doch er war zu erschöpft und hatte außerdem keine Brille auf.
Ich musste ihm die Situation erklären. All meine triumphalen Augenblicke blieben unbemerkt.

»Manchmal ist die Frau ein bisschen verwirrt«, sagte er.
»Sie hat gesagt, sie wollte nach Buffalo fahren.«
»Sie ist sehr empfindlich.«
»Mike sagt, sie tut nur so.«
»Er sollte es besser wissen. Deine Großmutter kann auch nichts für ihre Nerven. Sie kämpft mit ihnen. Die Menschen, die sie hätten lieben sollen, waren nicht immer gut zu ihr. Brutale Nachbarschaft. Brutale Familie. Brutale Männer. Das Leben im irischen Viertel von Buffalo war kein Zuckerschlecken.«
Grandpa nahm Grandmas Hand und versuchte, sie aufzurichten. Sie wachte auf und murmelte einen Schwall von Flüchen – nicht die üblichen Schimpfwörter, sondern hässliche und eigenartige, wie man sie nur selten hört.
»Ist ja gut«, sagte Grandpa und strich ihr zerzaustes Haar nach hinten.
»Fotze«, sagte Grandma. »Pimmel.«
»Ich bin's. Max.«
Ich entschuldigte mich, öffnete die Tür und kletterte ins Freie. Nach so viel Wildbraten und Anspannung war das Würgen eine regelrechte Erleichterung. Vielleicht hätte ich es herunterschlucken können, doch ich ließ es kommen, bis alles raus war – nicht nur das Essen, sondern auch die Lust aufs Essen, welche Leere ich auch immer damit gefüllt hatte.

Sie waren schon weg – auf dem Weg nach Florida, wie sie mir erklärt hatten, um an einem Konvoi von Horizoneern teilzunehmen –, als Mike an jenem Morgen mit der ausgenommenen Hirschkuh nach Hause kam. Nachdem ich ihm geholfen hatte, das Tier aus dem Kombi zu laden, schnitt er die Sehnen der Hinterbeine durch, fädelte Paketschnur zwischen die Knochen und hängte die Hirschkuh an einen Dachsparren in der Garage.

Ich sah ihm tapfer und müde zu, im Mund noch den Geschmack von Magensäure. Mike zu erzählen, wo ich die ganze Nacht gewesen war, verkniff ich mir, weil ihn das nur noch mehr gegen seine Eltern eingenommen hätte. Meine Abenteuer hatten ihn sowieso nie interessiert. Mit Mike wurde man das Gefühl einfach nicht los, dass jeder nur mit seinem eigenen Leben beschäftigt war und das anderer Menschen nur am Rande berührte.

»Ein Prachtexemplar, was?«, sagte er. »Sie ist noch fast zwei Meilen gelaufen, frag mich nicht, wie. Ich wünschte nur, Mom und Dad wären hier, um das zu sehen.« Er strich mit der Hand über die starre Flanke der Hirschkuh und hinterließ eine aufgeraute Spur in dem schlammverkrusteten Fell. In der klebrigen Höhle, die einst die Organe enthalten hatte, sah ich eine weiße Spinne über eine Rippe krabbeln.

»Die beiden haben ihre Hochs und Tiefs«, sagte Mike. »Das ist mir bewusst. Aber auf jeden Fall lieben sie euch Jungs. Und darauf kommt es an.«

Blut tropfte auf eine unter dem toten Tier ausgebreitete, orangefarbene Plastikplane, sammelte sich zu einer Lache und floss weiter.

»Aber sie sind irgendwie süß, so zusammen in ihrem Wohnmobil. Und Dad ist der reinste Heilige. Der Mann gibt und gibt immerzu.«

Ich blickte zu Boden. Manchmal war es schwer, Mike zuzuhören.

»Du denkst wahrscheinlich, dass die Jagd mich befriedigt«, sagte er. »Aber das tut sie nicht. Jede Saison denke ich: ›Das war's. Es reicht.‹ Ich betrachte mein Wild und empfinde nur Traurigkeit. Diese großen braunen Augen, die geschmeidigen, langen Beine. Soll doch zur Abwechslung mal ein anderer den Bösewicht spielen.«

Die Spinne krabbelte über den Hals der Hirschkuh auf ihre Zunge und machte sich von dort auf den Weg in den Rachen.

»Aber im nächsten Herbst überkommt mich ein völlig anderer Gedanke. Ich kann es nicht kontrollieren. Er setzt sich in meinem Gehirn fest. Und ehe ich mich versehe, bin ich wieder da draußen mit meinem Bogen unterwegs.«

»Welcher Gedanke?«, fragte ich.

»Es ist albern. Völlig unsinnig.«

»Erzähl es mir«, sagte ich. »Ich möchte es verstehen.«

Mike berührte die Stirn des Tieres.

»Fleisch für ein weiteres Jahr.«

Mike ließ die Hirschkuh ein paar Tage hängen, bevor er sie eigenhändig zerlegte. Er warf die Fleischstücke in einen Eimer, während ich mit seinen Messern bereitstand. Ich konnte ihm nicht zusehen. In meiner Hemdtasche steckte eine Postkarte von Grandma, auf der sie ihre Reise beschrieben und als P. S. hinzugefügt hatte: »Lass dich von ihm nicht zwingen, irgendwas zu essen, was du nicht magst. Wenn man Dinge schluckt, die man hasst, bekommt man Allergien.« Die Gelegenheit, ihren Rat zu befolgen, kam prompt. Als Mike mit Hacken und Kratzen fertig war, hielt er ein Steak hoch und fragte mich, ob ich es roh probieren wollte. Das wollte ich nicht. Er biss ein Stück ab und verzog beim Kauen das Gesicht, als würde er ein bitteres Medikament schlucken. *Jedem das Seine*, dachte ich. In unserer Familie hatte jeder seine eigene Medizin, und das Übel, das sie austreiben sollte, war immer der andere.

3

In jenem Winter veranstaltete die Firma Knox, Hersteller eines Gelatinegetränks für kräftigere und gesündere Nägel, einen Aufsatzwettbewerb zum Thema »Was ich an mir am attraktivsten finde«. Audrey beschloss mitzumachen – nur zum Spaß, sagte sie. Der erste Preis war ein »Dream-Date in Miami« mit dem Schauspieler Don Johnson, »dem Casanova unter Amerikas Cops«. Im Preis enthalten waren ein Hin-und-Rückflug-Ticket, eine Übernachtung in einem Fünf-Sterne-Hotel, ein Einkaufsbummel in Palm Beach sowie ein Abendessen inklusive Getränke in einem Nachtclub in South Beach. Audrey meinte, Mike würde verrückt werden, wenn sie gewänne.

Die ganze Idee war mir unheimlich. Ich wollte, dass sie verlor.

Als Mike eines Nachmittags in seinem Geschäft einen neuen Tennisschläger mit extrabreitem Kopf präsentierte, für den er das Exklusivverkaufsrecht ergattert hatte, setzte Audrey sich mit einem Notizblock und einem violetten Filzstift an den Küchentisch. Anstatt mit ihrem Aufsatz anzufangen, malte sie Kreise, Spiralen und Rauten und betrachtete Don Johnsons Gesicht auf der Knox-Schachtel. Er hatte Grübchen und einen feucht glänzenden Lausbuben-Wuschelkopf. Er erinnerte mich an Fotos von Mike, als er noch für Michigan gespielt hatte, nur dass Johnson schmalere Augen hatte. Der

Mann sah verschlagen und gefährlich aus. Eine Bedrohung.

Als Audreys Kaffee kalt geworden war, goss sie sich eine frische Tasse ein und ließ diese dann ebenfalls kalt werden. Ihre Kritzeleien wurden hart, zackig und wütend.

»Hilf deiner dummen Mutter«, sagte sie. »Du hattest doch schon immer ein Händchen für so was.«

Ich stand an der Spüle und träufelte mir ein weiteres Mal roten, kodeinhaltigen Hustensaft auf einen Löffel. Ich war wegen einer angeblichen Grippe nicht in der Schule, doch mittlerweile hatte ich von dem bellenden Husten, den ich seit dem Aufwachen vorgetäuscht hatte, wirklich Halsschmerzen bekommen. Die Luft um mich herum schlug schlierige, wolkige Blasen, eine Nebenwirkung des Hustensafts. Meine Arme fühlten sich so lang wie die eines Affen an.

»Ich bin krank«, sagte ich. »Ich kann nicht denken.«

»Oh, sei kein Spielverderber.«

Audrey hatte Recht: In so was war ich gut. Die *St. Paul Pioneer Press* hatte einmal einen Leserbrief von mir abgedruckt, in dem ich dafür plädiert hatte, dass Wiederholungstäter bei Drogendelikten zum Sozialdienst in Nervenkliniken verurteilt werden sollten. Die Idee stammte von Mike: Er hatte eine entsprechende Bemerkung gemacht, als sein Geschäft von einem Angestellten im Drogenrausch ausgeraubt worden war; ich dachte, es würde ihm gefallen, seine Meinung gedruckt zu lesen. Doch als der Brief veröffentlicht wurde, besuchte er gerade eine Ausstellung für Angelbedarf in Sioux City, und hinterher war ich zu schüchtern, ihm den Leserbrief zu zeigen. Aber mein Sportlehrer las ihn und schien beeindruckt, sodass ich begann, mich auch zu anderen Themen wie Mütter, die von der Sozialhilfe leben,

oder nuklearer Abrüstung auszulassen. Da ich keine eigene Meinung hatte, wählte ich meinen Standpunkt willkürlich, pro oder kontra.
Audrey blätterte ein unbeschriebenes Blatt auf. »Ich muss etwas Unverwechselbares an mir finden. Nicht bloß irgendein Klischee wie meine Augen oder mein Humor.«
Ich stellte mir Johnson mit seiner obligatorischen Sonnenbrille vor, wie er Audrey die Tür einer schwarzen Limousine aufhielt. Rotes Neonlicht fiel auf sein Gesicht und ihre nackten Schultern, und sie wurden umringt von einer Horde Nachtclubbesuchern in hohen Stöckelschuhen und lässigen italienischen Jacketts.
»Dein Lächeln«, sagte ich.
»Das ist ja noch schlimmer als mein Humor. Es ist ein landesweiter Wettbewerb – wir brauchen einen Clou. Irgendwas, was mich unter den anderen Mädels hervorhebt.«
Ich hatte den Eindruck, dass Audrey genau wusste, was sie tat, und am Ende womöglich tatsächlich Don Johnson treffen könnte.
»Es ist fünf«, sagte ich. »Mike kann jeden Moment nach Hause kommen.«
»Psst. Ich denke nach.« Audrey fing an zu schreiben. Ihre Buchstaben neigten sich steil zur Seite und lagen beinahe flach auf den Zeilen, und sie hielt ihr Kinn beim Schreiben nur Zentimeter über dem Papier. Ihr Rohrstuhl quietschte, als sie loslegte, doch nach etwa einer halben Seite verlor sie den Elan.
»Machst du heute kein Abendessen?«, fragte ich.
Audrey strich einen Satz durch. »Mike soll sich auf dem Weg bei Giorgio's ein paar Pizzas schnappen. Ich habe ihm gesagt, ich fühle mich schwach vom Blutspenden. Verpetz mich nicht.«
Ich geriet in eine vom Kodein gedämpfte Panik. Mike

hatte uns nur einmal Pizza zum Abendbrot essen lassen – einen harten, geschmacklosen Fladen aus dem Supermarkt –, als Audrey sich die Weisheitszähne hatte ziehen lassen und total erschöpft war. Eine gut belegte, saftige Restaurant-Pizza könnte uns verwöhnen und den Rahmen des Budgets sprengen, das Mike zu unserem Überleben festgesetzt hatte. Joel, der, nachdem ich kaum noch einen Bissen herunterbekam, mittlerweile für uns beide zu essen schien, würde wahrscheinlich jeden Abend eine verlangen. Audrey könnte das Interesse an ihren hausfraulichen Pflichten verlieren. Selbst ihre Sprache, *sich ein paar Pizzas schnappen,* hatte eine beunruhigende Lässigkeit angenommen.

»Hör zu«, forderte Audrey mich auf, »und sag mir, was du denkst.« Sie strich die Seite glatt, um besser lesen zu können. »Die Schönheit einer Frau ist nicht rein äußerlich. Gesicht und Figur verblassen. Es kommt auf die *inneren Werte* an.«

»Das ist gut, absolut auf den Punkt.« Ich war erleichtert. Mit diesem Kitsch, davon war ich überzeugt, würde sie nie gewinnen.

»Trotzdem«, fuhr Audrey fort, »ist das Äußere häufig ein *Spiegel* des Inneren und verleiht unsichtbaren Qualitäten Gestalt. Im Körper spiegelt sich die Seele eines Menschen. Und genauso ist es mit meinen Narben. Es ist wahr: meine Narben. Ich halte meine Narben für das Attraktivste an mir, weil jede von ihnen eine Geschichte aus meinem Leben erzählt.«

Mein Nacken kribbelte, und meine Ohrläppchen wurden heiß. Die Idee mit den Narben war genial. Möglicherweise das Ticket zum Sieg.

»Ich habe vor zu erzählen«, erklärte Audrey, »woher jede Narbe stammt. Zum Beispiel, wie Joel damals im Eis eingebrochen ist und ich mir die Beine aufgeschnitten habe, als ich ins Wasser gewatet bin, um ihn zu retten. Oder wie ich eine Infusion gewechselt habe und der Patient im Delirium aufgewacht ist und mich gebissen hat.«

»Ich weiß nicht«, sagte ich, »das klingt ziemlich seltsam. Vielleicht solltest du besser über deine Haare schreiben.«

»Was soll das heißen? Meine Haare sind schlaff und gewöhnlich.«

»Musst du ein Foto mitschicken?«

»Keine Fotos.«

»Dann übertreib einfach.«

Audrey schob schmollend ihre Unterlippe vor, sodass sich Grübchen auf ihrem Kinn bildeten. Die Leichtigkeit, mit der ich sie entmutigt hatte, überraschte mich. Sie legte ihren Stift auf den Block und betrachtete erneut Johnsons tödliches Grinsen. »Ich weiß, dass sich das für dich blöd anhört, aber mir ist es wichtig. Ich möchte Mikes erstaunten Gesichtsausdruck sehen. Wenn du morgen vielleicht immer noch krank bist«, sagte sie, »kannst du mir bei einem neuen Anlauf helfen? Wir könnten nach St. Paul fahren, irgendwo Mittag essen, einkaufen gehen. Ein paar Ideen entwickeln.«

Ich warf einen Blick auf den Inhalt der Hustensaftflasche: nicht genug Kodein, um mich einen weiteren Krankheitstag durchstehen zu lassen. Andererseits konnte ich es nicht riskieren, Audrey den Aufsatz allein schreiben zu lassen.

»Wenn ich mitkomme, können wir dann kurz bei einer Apotheke anhalten?«, fragte ich.

Manchmal, nach einem nächtlichen Notdienst in der Unfallaufnahme, vor allem wenn es sich um einen besonders traurigen oder blutigen Fall gehandelt hatte oder junge Leute darin verwickelt waren, kam Audrey hinterher in mein Zimmer, setzte sich mit ihrem Drink auf meine Bettkante und sprach über ihr Leben und ihre Erinnerungen. Was sie erzählte, lohnte das Wachbleiben immer, und wenn ich merkte, dass mir die Augen zufielen, kniff ich mich; nur so konnte ich etwas über ihre Vergangenheit erfahren. Sie hatte keine Fotos aufbewahrt, ihre Eltern waren beide tot, und zu ihrer einzigen Schwester, die in Florida lebte, hatte sie keinen Kontakt mehr. Ihr Vater, der ehemalige Mannschaftsarzt des Footballteams der Michigan University, war, wie ich aus Audreys Erzählungen schloss, nicht gut zu seinen Töchtern gewesen. Nach dem Erwachsenwerden getrennte Wege zu gehen war ihre Art, die Zeit mit ihm zu vergessen. Ihre Mutter hatten sie nie wirklich gekannt; sie war an Brustkrebs gestorben, als beide noch klein waren.

Die Geschichte, die Audrey am häufigsten erzählte, war die, wie sie meinem Vater zum ersten Mal begegnet war. Sie waren auf der Meisterschaftsparty zusammengekommen, als Michigan in Pasadena die University of Southern California geschlagen hatte. Mike war ein Linebacker, der wegen seiner flachen und verheerenden Tackles unter dem Spitznamen »das Beil« bekannt war. Audrey war Schwesternschülerin. Ihr Vater hatte sie mitgenommen, damit sie sich das Spiel ansehen konnte, und sie war zusammen mit der Mannschaft geflogen. Im Flugzeug war Mike ihr zum ersten Mal aufgefallen. Er saß neben *dem* Woody Wolff und war offensichtlich der Anführer und der Star, er trug einen Bürstenschnitt und ein schrilles Hawaiihemd und trainierte sogar noch auf seinem Sitz, indem er mit geschlossenen Augen zwei Hanteln bewegte. Noch nie hatte Audrey eine solche Konzentration gesehen, erzählte sie mir, genauso wenig wie einen derart schlanken, austrainierten Körper. »Er hat mich als Exemplar seiner Gattung interessiert«, sagte sie. »Ich weiß, das klingt kalt, aber damals war ich kalt.« Vor der Party erkundigte sie sich bei ihrem Vater und erfuhr, dass Mike den langsamsten Puls und das größte Lungenvolumen hatte, das ihm je untergekommen war.

Die Siegesfeier fand im Freien statt, und Audrey sah die ersten Palmen ihres Lebens. Sie vergaß nie, diese Bäume zu erwähnen. Mike konnte nicht tanzen, also hatte sie ihn für sich, und als sie tranken und redeten, rutschte ihm ein Geheimnis heraus: Während des Spiels hatte er irgendwas in seinem Knie reißen hören und konnte jetzt nur noch unter größten Schwierigkeiten stehen. »Das war's«, erklärte sie mir. »Bei dem Gedanken, dass ein derart perfekter Mann Schmerzen litt, war es um mich geschehen. Ich geriet in Verzückung. Durch meine Ausbildung hatte ich mich nur geschleppt, um meinem Vater zu gefallen, doch nun plötzlich tauchte wie aus dem Nichts dieser junge Gott auf und brauchte tatsächlich meine Hilfe.« Genau genommen, erzählte Audrey mir, habe sie sofort geahnt, was Mike erst nach der Operation einsah – seine Footballkarriere war beendet –, und dieser Gedanke erregte sie. Ein Mann, der sie möglicherweise nicht weiter beachtet hätte, wäre seine Zukunft wie geplant verlaufen, war nun auf ihre Pflege angewiesen. Bevor Mike sein Studium abgeschlossen hatte – er ging noch immer auf Krücken –, heirateten sie.

Es fiel mir schwer, Audrey während dieser nächtlichen Gespräche in meinem Zimmer in die Augen zu sehen. Ich konnte ihre Schönheit nicht ertragen. Sie machte mich ganz unruhig. Eine derart gut aussehende Frau zur Mutter zu haben schien mir ungerecht; es weckte Erwartungen bezüglich meines zukünftigen Liebeslebens, die sich, so fürchtete ich, nie erfüllen würden. Mir war klar, dass Audrey mich, wären wir in einem Alter gewesen, keines Blickes gewürdigt hätte. Für jemanden wie mich gab es nur eine Möglichkeit, ihre Aufmerksamkeit zu erlangen: ihr Kind zu sein. Ihr Sohn.

»Du wirst immer mein Baby bleiben«, sagte sie manchmal, wenn sie nach unseren Gesprächen von meinem Bett aufstand, und nichts machte mich wütender. Ich fühlte mich betrogen. Im Gegensatz zu Mike und den anderen jungen Männern, die sie gekannt hatte und die die Chance gehabt hatten, einen überzeugenden ersten Eindruck zu hinterlassen, hatte ich sie kennen gelernt, als ich hilflos, sprachlos und winzig war.

Ihren Aufsatz zu verhunzen, war meine einzige Chance, mit ihr und Idolen wie Johnson und *dem Beil* abzurechnen. Ich war nicht stolz auf mich, aber so war es nun mal.

Am nächsten Morgen beim Frühstück stellte ich mich wieder krank. Ich hustete in eine Serviette und gab vor, meine Schale Cornflakes nicht herunterzubekommen, ein billiges No-Name-Produkt, das Audrey auf Mikes Drängen statt Kellogg's kaufen musste. Als Geschäftsmann wusste er, was es kostete, einen Markennamen landesweit aufzubauen, und weigerte sich, den Aufschlag zu bezahlen. Er verbot uns, Levi's zu tragen, die Zähne mit Colgate zu putzen oder bei Kopfschmerzen Aspirin zu nehmen.

Mike nippte an seinem Kaffee und überflog die Titelseite der Zeitung, während Audrey meine Mandeln

begutachtete. Ich konnte einfach nicht anders, als ihn mit Don Johnson zu vergleichen. Mike hatte dasselbe gespaltene Kinn, allerdings eine geradere Nasc, und seine Wangenknochen waren eher noch ausgeprägter, den Trick, sich einen Dreitagebart stehen zu lassen, hatte er allerdings leider nie gelernt. Gerade diese Kleinigkeiten waren es jedoch, die Johnson zum Star machten.
»Sie sind entzündet«, log Audrey. »Für dich gibt es heute keine Schule.«
Joel warf mir einen neidischen Blick zu und schmollte. Er hasste die Schule genauso wie ich und ging anscheinend nur wegen des Sportunterrichts hin. Er betrieb alle möglichen Sportarten mit einer Leichtigkeit und natürlichen Eleganz, die Großes für die Zukunft hoffen ließen, vielleicht sogar noch Größeres, als Mike geleistet hatte.
»Ich glaube, Justin braucht einfach *frische Luft*«, sagte Mike. »Er hockt jetzt schon seit zwei Tagen im Haus rum.«
Audrey warf Mike einen schneidenden Blick zu; es war ein alter Streit zwischen den beiden. Laut Mike heilte frische Luft schlichtweg alles, während Audrey der Ansicht war, Ruhe wäre die beste Medizin. Alle anderen Meinungsverschiedenheiten meiner Eltern, angefangen von unserem Urlaubsziel bis hin zu der Frage, wen man wählen sollte, erschienen mir wie Variationen allein dieser einen Auseinandersetzung. Reagan war als Reiter der Frischluft-Vertreter, während Carter, der Akademiker, die Stubenhocker-Fraktion repräsentierte.
Die Debatte darüber, wie ich zu kurieren sei, setzte sich weiter fort, als Mike vom Tisch aufstand und sich seine Jacke anzog. Ich öffnete die Flasche mit dem kodeinhaltigen Hustensaft, hielt sie hoch und

goss, doch es kam nur ein mickriger Sirupfaden heraus.
»Ich bin heute übrigens den ganzen Tag beschäftigt«, sagte Audrey, »könntest du also vielleicht Grillhähnchen mitbringen?«
Mike bückte sich, um sich die Schuhe zuzubinden. »Ich fange an, ein Muster zu erkennen. Hast du aufgehört zu kochen?«
»Zweimal ist noch kein Muster«, sagte Audrey. »Grillhähnchen oder noch mal Pizza, das kannst du dir aussuchen.«
Mike schlüpfte in die Überschuhe und richtete sich auf. »Die Andersons lassen sich scheiden. Anna ist mit irgendeinem Gigolo nach Chicago durchgebrannt.«
»Der Mann ist ein anerkannter Bildhauer, Mike. Was hat das mit uns zu tun?«
»Zusammenzubleiben erfordert Opfer. Es ist harte Arbeit. Manche Leute scheinen das zu vergessen.«

Auf der Fahrt nach St. Paul diskutierten wir über den Johnson-Aufsatz.
»Ich möchte das Wort ›knabenhaft‹ unterbringen«, sagte Audrey.
Es schneite, und wir fuhren hinter einem Streulaster her, dessen gelbes Warnlicht flackernd auf ihr Gesicht und ihre Haare fiel, sodass sie aussah wie eine Schauspielerin in einem Thriller.
»Ich finde ›zierlich‹ besser.«
»Zierlich ist ein Allgemeinplatz.«
»Grazil?«
»Klingt irgendwie zu förmlich. Zu merkwürdig.«
»Fipsig?«, fragte ich. »Knirpsig? Puppig?«
»Du bringst mich ganz durcheinander.«

Sie durcheinander zu bringen war Hauptbestandteil meines Plans. Gestern Nacht hatte ich mir Audreys Dream-Date noch ausführlicher ausgemalt, und es war grauenhaft. Ich konnte die blauen Cocktails auf der Bar vor mir sehen, während Johnson Audrey durch eine Schar von feiernden Promis über die Tanzfläche führte: Burt Reynolds küsste ein Teenie-Model, und Joey Heatherton umarmte einen Footballspieler aus der NFL.

»Wir gehen die Sache völlig falsch an«, sagte Audrey. »Anstatt dich mit sprachlichen Spitzfindigkeiten aufzuhalten, stell dir vor, Justin, du hättest mich noch nie gesehen. Wir sind uns nie begegnet. Du kommst um eine Ecke, und da bin ich, direkt vor dir. Und was fällt dir als Erstes auf ...?«

Das war eine schwierige Aufgabe. Ich legte meinen Kopf zur Seite, um einen anderen Blickwinkel zu bekommen, und versuchte, Audrey mit den Augen eines Fremden zu sehen. Mir fiel auf, dass ihre Haut dunkler war, als mir bisher bewusst war, als ob sie eine Spur indianischen Blutes hätte, außerdem war sie erstaunlich feucht und glänzend. Poren wurden sichtbar. Sommersprossen. Mitesser. Fettige Stellen. In der Schule hatte ich gelernt, dass die Haut ein Organ ist – eine Art ausgedehnte Leber oder Niere –, doch erst jetzt ergab diese Vorstellung einen Sinn.

»Sprich«, sagte Audrey. »Beschreibe. Rühme mich.«

Ich suchte nach angemessenen Worten für Audreys Hautfarbe, als mir die Sehnen ihrer Hände auffielen, die aufgefächert waren wie Stangen eines Regenschirms. Auch ihre Finger waren wunderschön. Genau wie die idealtypischen Finger auf der Knox-Packung waren sie geschwungen, wurden zur Spitze hin schlanker und endeten in dunkelrot lackierten,

klingenförmigen Nägeln, in denen ich mein Spiegelbild erkennen konnte.
Da wusste ich es: Der Siegeraufsatz würde sich auf ihre Hände und Finger konzentrieren. Das war ganz offensichtlich.
»Du hast es«, sagte Audrey. »Du hast des Rätsels Lösung.«
»Es ist nur ein Gedanke. Ziemlich blöd.«
»Schieß los.«
»Wann suchen wir eine Apotheke?«
»Sobald du aufhörst, mich hinzuhalten. Also, lass hören.«
Kies von dem Streulaster regnete auf die Windschutzscheibe. Ich stellte mir vor, wie Audrey auf einem Hotelbett saß, während Johnson sich in Vorbereitung auf den Abend mit ihr in seinem Strandhaus mit Eau de Toilette besprühte. Um seine Hüften hatte er locker ein Handtuch geschwungen, und sogar die Oberseite seiner Füße war braun gebrannt.
»Also schön«, sagte Audrey. »Dann eben keinen Hustensaft.«
Ich erstarrte. In mir verkrampfte sich alles.
»Ich finde, du solltest über deine Hände schreiben.«
»Was ist mit meinen Händen?« Ihre Stimme klang leise und aufgeregt.
»Du musst mir versprechen, dass du, wenn du gewinnst, nicht vergisst, wer dir geholfen hat.«
»Versprochen«, sagte sie.
Eine Minute später hatte ich ihr alles erzählt und mich für ein mildes Narkotikum verraten. Ich Idiot.

Wir schrieben den Aufsatz beim Mittagessen in einem Kaufhaus. Der Käse auf meiner französischen Zwiebelsuppe schmolz, während ich Audrey meinen

Text diktierte. Ich war gigantisch. Ich hatte heimlich einen Schluck Hustensaft in meine Pepsi gekippt und fühlte mich plötzlich lyrisch veranlagt und furchtlos; mein Gehirn war eine einzige gut geölte Wortspule. Ich beschrieb Audreys Hände, wie sie Wäsche falteten, Kuchenteig formten, Krankenhauspatienten streichelten. Wie sie die Seiten eines Gesangbuchs umblätterten und Säuglingen ans Licht der Welt halfen.

»Lass uns aus dem Gesangbuch lieber einen Roman machen«, sagte Audrey. »Wir gehen doch gar nicht zur Kirche.«

»Schreib ›Gesangbuch‹. Glaub mir. Ein bisschen Religion lässt einen Menschen bescheiden wirken.«

Die Kellnerin nahm meine unangerührte Suppe vom Tisch und servierte uns zwei Corned-Beef-Sauerkraut-Sandwiches mit Spezialsoße. Audrey legte ihren Stift beiseite und zog den mit einer Papierkrause verzierten Zahnstocher aus einer Sandwichhälfte. Unser Tisch war auf einer Galerie mit Blick auf die Parfümabteilung, und ich roch Lilien, Zimt und Vanille, gemischt mit dem salzigen Aroma von Corned Beef.

»Das klingt überhaupt nicht nach mir«, sagte Audrey. »Dabei ist doch das der Sinn des Ganzen, der eigentliche Traum: dass er *mich* mag.«

»Nicht Johnson, sondern Knox ist der Preisrichter.«

»Guter Einwand. Das vergesse ich immer wieder. Dafür hast du was bei mir gut.«

»Kein Problem«, sagte ich.

»Das ist mein Ernst. Muss doch ein komisches Gefühl sein, seiner eigenen Mutter zu helfen, ihr Image aufzupolieren.«

»Das kann man wohl sagen.«

Audrey nahm eine Sandwichhälfte und knabberte an

dem heraushängenden Sauerkraut. Wie sich die Dinge mir mittlerweile darstellten, war es in meinem Interesse, ihr unabhängig vom Ausgang des Wettbewerbs bei ihrem Aufsatz zu helfen. Wenn sie nicht gewann, was wahrscheinlich war, würde sie nicht vergessen, dass ich sie unterstützt hatte. Und falls sie doch den ersten Preis bekäme, was vollkommen ausgeschlossen schien, würde sie wissen, dass der Verdienst mir, ihrem Sohn, und nicht ihrer Klugheit oder Besonderheit gebührte. Sie würde beschämt sein, dankbar und in meiner Schuld.

»Es geht darum«, sagte ich, »deine Hände in Bewegung zu beschreiben, nicht nur ihr Aussehen. Das ist der Clou.«

»Mir gefällt die Idee mit den Narben noch immer. Das hier klingt so konventionell.«

»Vertrau mir. Ich habe intensiv darüber nachgedacht.«

Audrey schob einen Fingernagel zwischen ihre Zähne, pulte einen Sauerkrautfaden heraus und nickte. Sie schob ihren Teller beiseite und nahm den Stift wieder zur Hand.

Nachdem Audrey ihren Aufsatz eingeschickt hatte, sah ich überall nur noch Don Johnson: Er wurde in Zeitschriften porträtiert, posierte auf Reklametafeln und benetzte sich in Fernsehspots mit Rasierwasser. Ohne groß darüber nachzudenken, war ich immer davon ausgegangen, dass es in unserer Gesellschaft in Amerika eine Grenze zwischen Prominenten wie ihm und Menschen wie uns gab, doch ich wusste nicht, wo sie lag und wie leicht man sie überqueren konnte. Wenn Audrey es auf die andere Seite schaffte, war es ungewiss, wann bzw. ob sie überhaupt wiederkommen würde. Die Einzige aus meinem Bekanntenkreis, die es versucht hatte, war Jeanna Maede, eine umwerfende Blondine aus der letzten Klasse der High School, die vor drei Jahren nach Los Angeles gegangen und ein paar Monate lang in einer Soap aufgetreten war, ohne dass man danach je wieder von ihr gehört hätte. Ihre Eltern hatten ihr Motel zugemacht und waren losgezogen, um sie zu suchen, und auch sie waren verschwunden.

Als Mike und Audrey einmal abends ein Seminar über die Vermarktung von hochwertigen Vitaminen und Zusatzstoffen besuchten, blieben Joel und ich lange auf und sahen uns eine Talkshow an. Gast war Don Johnson. Frauen kreischten, als er mit offenem Hemdkragen und lässig weiten Hosen auf die Bühne schlenderte, und als er neben dem anderen Gast – einer Sängerin mit Doppelkinn und falschen Wimpern, die aussahen wie Fledermausflügel – Platz nahm, zog sie ihren Rock ein Stück höher und nestelte an ihren Blusenknöpfen herum.

»Haben Sie immer eine solche Wirkung auf Frauen?«, fragte der Talkmaster.

Johnson zuckte die Achseln. Die Sängerin griff sich ans Herz, verdrehte die Augen und tat so, als würde sie in Ohnmacht fallen.

»Sanitäter!«, rief der Talkmaster. »Wir brauchen hier einen Sanitäter!«

Während sich das Warten hinzog, entwickelte Audrey eine gewisse Abgehobenheit, als hätte schon allein das Abschicken des Aufsatzes sie verwandelt. Ein Pizzaabend pro Woche wurde zum festen Ritual. Sie stürzte sich plötzlich auf Aufgaben, von denen ich wusste, dass sie sie lange vor sich hergeschoben hatte, zum Beispiel, mit Joel über Sex zu reden. Anstatt es ihm, wie sie es bei mir gemacht hatte, anhand von anatomischen Lehrbüchern zu erklären – dort sahen die Sexualorgane wie Pflanzen aus –, verwendete sie nun das neue *Penthouse*. Ich fragte mich, wo sie es gekauft hatte.

Von Tag zu Tag wurde ich depressiver und launischer. Obwohl ich zu der Überzeugung gekommen war, dass Audrey den Wettbewerb verlieren würde, verfolgte mich eine Szene ihres Dream-Dates, wie sie sich in meiner Phantasie abgespielt hatte, regelrecht: Johnson goss zwei Gläser Champagner ein, während sie sich mit Hilfe eines Taschenspiegels Mascara auftrug. Ob sich dieser Moment je ereignen würde, spielte keine Rolle mehr, da ich jetzt die Wahrheit kannte: Audreys Leben mit uns war ein Kompromiss, pure Heuchelei.

Um ihre Unzufriedenheit zu lindern, verwöhnte ich sie. Wenn wir abends fernsahen, massierte ich ihre Schultern und grub meine Daumen tief in ihre verspannten Muskeln. Ich goss die Blumen, wusch und wachste ihr Auto und schüttelte die Sofakissen auf, bevor sie sich darauf setzte.

Eines Tages sagte sie: »Du klammerst. Lass mich in Ruhe.«

»Dein Nacken sieht verspannt aus. Ich dachte, ich massiere ihn ein bisschen.«

»Ich kann meinen Nacken selbst massieren. Verschwinde.«

Ich ging in die Küche, wo Mike Zander säuberte. Er war am Elkhorn Lake Eisfischen gewesen. Seine Thermounterwäsche schimmerte von blutigen Schuppen, als er das Filiermesser in die Kehle eines Fisches stieß und sofort wieder herauszog. Dunkle Innereien quollen heraus.

»Du spritzt Blut auf Audreys saubere Fliesen«, sagte ich.

Mike ließ ein Blatt von der Küchenrolle fallen und schob es mit dem Fuß auf dem Boden hin und her.
»So machst du es nur noch schlimmer.«
Mike spülte sich die blutigen Hände im Waschbecken ab und trocknete sie mit einem weißen Geschirrtuch.
»Du wirst sie verlieren.«
Mike hängte das Geschirrtuch wieder an seinen Haken und starrte mich an. »Was ist los?«
»Du hast resigniert«, sagte ich. »Du redest über all die anderen Paare, die sich scheiden lassen, und behandelst deine eigene Frau, als wäre sie hier die Putzfrau.«
Ich sagte nichts weiter, doch Mike schien meine Botschaft verstanden zu haben. Ein paar Tage später kam er ohne besonderen Grund mit Blumen und einer Schachtel Pralinen nach Hause und führte Audrey ins *Hund* aus, ein deutsches Restaurant mit einem Akkordeonspieler, der von Tisch zu Tisch ging. Sie kamen erst nach Mitternacht nach Hause, was mich freudig erregte. Ich hatte auf sie gewartet und lauschte ihren Stimmen im Flur.
»Also ich finde ihn süß.«
»Er ist ein Homo.«
»Frauen lieben ihn.«
»Meine Mutter steht auf Liberace, Himmel noch mal. Und das ist ein schlagender *Beweis,* dass der Typ eine Schwuchtel ist.«
Ich hörte, wie die Schlafzimmertür meiner Eltern zufiel und ein paar Minuten später wieder aufging. Mike tauchte in meinem Zimmer auf, mit nacktem Oberkörper, zitternd. An meinem Fußende blieb er stehen und starrte mich mit geballten Fäusten an.
»Steh auf«, sagte er. »Ich weiß, was du getan hast.«
»Sie hat mich um Hilfe gebeten. Ich hatte keine Wahl. Du bist betrunken.«

»Und ob ich betrunken bin. Dazu habe ich auch alles Recht der Welt.«
Ich schreckte ans Kopfende zurück, als Mike sich auf mein Bett setzte und mit einer Hand auf den Rand meiner Matratze schlug.
»Du hast Recht, ich habe sie nicht verdient. Von Anfang an nicht.« Er räufelte einen Faden von der Samtborte meiner Decke auf und wickelte ihn wie einen Verband um seinen Finger. »Ich habe ihr Mitgefühl ausgenutzt. Ich tat ihr Leid. Ein humpelnder Linebacker. Sie hat es geschluckt. Dann hat sich das mit dem Humpeln wieder gelegt, und ich hatte ihr nichts mehr zu bieten.«
»Es geht nicht nur um dich«, sagte ich. »Es geht auch um Joel und mich. Wir müssen uns mehr anstrengen.«
»Sie träumt«, sagte Mike. Er zog den Faden fester, und seine Fingerkuppe wurde weiß. »Trotzdem hätte man denken sollen, dass sie einen besseren Geschmack hat. *Don Johnson?*«
»Er ist immer gut angezogen.«
»Es ist meine Schuld. Ich werde an mir arbeiten. Vielleicht hatte sie Recht, dieses Spielchen mit mir zu spielen. Vielleicht habe ich die Dinge mehr schleifen lassen, als mir bewusst war.«
Mike breitete die Arme aus und lehnte sich mit seinem ganzen Gewicht an mich. Es war eine warme und feuchte Umarmung. Es gefiel mir nicht. Ich stieß ihn zurück, doch er hielt mich nur noch fester und presste mir die Luft aus der Lunge. Solche Kraft und Masse. Manchmal fragte ich mich, wie meine Mutter das aushielt.

Der braune Umschlag sah offiziell aus. In dem Sichtfenster las ich die Worte: »Audrey Cobb, Sie haben gewonnen! Holen Sie sich Ihren Preis ab!«
Ich verstaute ihn ungeöffnet in einer Schublade der Kommode und versuchte, mich normal zu verhalten, doch jedes Mal wenn ich Audrey ansah, nahm ich innerlich von ihr Abschied. Ich sah ihr bei der Wäsche zu, beobachtete, wie sie Waschpulver dosierte und Waschprogramme einstellte. Wie sie meine Socken sortierte, paarweise zusammenrollte und lässig in einen Korb warf. Durch die Lektüre bestimmter Zeitschriften wusste ich, dass Frauen es satt hatten, derlei Pflichten für Männer zu erledigen, und dass der Tag kommen würde, an dem sie ganz damit aufhören würden.
Mit dem sicheren Gefühl, in einer Welt zu leben, die alles daran setzte, mich fertig zu machen, überreichte ich Audrey den Umschlag und sah, wie ihre Augen feucht wurden. Sie riss ihn auf.
»Ich glaube es nicht!« Sie zog den Brief heraus, breitete ihn auf dem Tisch aus und fing an zu lesen.
Ihr Gesicht wurde lang, und sie legte die bedruckte Seite nach unten.
»Was ist?«, fragte ich.
Audrey schlang die Arme um ihren Körper.
»Du hast nicht gewonnen?«
»Natürlich habe ich nicht gewonnen. Reiz mich nicht.«
Später las ich den Brief selbst und erfuhr, dass Audrey den dritten Platz belegt hatte, zusammen mit fünfhundert anderen Johnson-Fans. Der Preis war ein Jahresvorrat eines Gelatinegetränks. Als der Karton eintraf, öffnete sie ihn nicht, sondern verstaute ihn direkt hoch oben auf einem Küchenregal neben einem Paket No-Name-Instant-Reis.

Ein paar Tage später fiel mir auf, dass ihre Nägel brüchig wurden. Sie schnitt sie ab und fing an, darauf herumzukauen. Mit dem Feilen und Lackieren hörte sie ganz auf.

Eines Abends fand ich den Mut, ihr zu sagen, wie mies ich mich fühlte.

»Es tut mir Leid«, sagte ich. »Ich hätte mich nicht einmischen sollen. Ich hätte dich deinen Aufsatz selbst schreiben lassen sollen. Die Idee mit den Narben war absolut preisverdächtig.«

Audrey blickte auf.

»Ich habe dir deine große Chance vermasselt«, sagte ich. »Du hättest ihn treffen können. Du hättest Palm Beach sehen können. Du hättest in Miami mit Stars und Modedesignern die Nächte durchfeiern können.«

Audrey hielt eine Hand hoch, spreizte die Finger und betrachtete sie erst von nahem, dann aus einiger Entfernung.

»Du wusstest es also«, sagte sie. »Du wusstest es also.«

4

Den ganzen Winter hatte ich Hustensaft geschluckt und meine Gesundheit und Körperpflege ganz allgemein vernachlässigt, vergessen, mich warm anzuziehen, Mahlzeiten ausgelassen und nur mit Mundwasser gegurgelt, anstatt mir die Zähne zu putzen, sodass ich im Frühling nicht in der Verfassung war, mit Baseball anzufangen, wie Mike gehofft hatte. Stattdessen schloss ich mich Mr. Gearys Rhetorikteam an.

Er sprach mich eines Tages auf dem Heimweg von der Schule an. Mit seinem von Streusalz angefressenen Mercedes Diesel hielt er am Straßenrand, drehte die klassische Musik aus dem Kassettenrekorder leiser und winkte mich mit genau jener Geste zu sich, vor der ich schon als Kind gewarnt worden war – mit einem angewinkelten Zeigefinger.

»Ich fahre dich nach Hause. Wir müssen uns unterhalten«, sagte er. »Ich räume nur rasch den Beifahrersitz frei.«

»Das ist schon okay.«

»Wenn Reinlichkeit nach Gottesfurcht kommt, bin ich ein gefallener Engel.« Ich setzte mich auf einen Stapel platt gedrückter Penguin-Taschenbücher und weißer Hemden mit angeknöpften Kragenenden und vergilbten Achselhöhlen. Im Fond rollten leere Coladosen herum, und auf dem Armaturenbrett flogen Bürsten und Kämme mit farblosen Haarbüscheln durcheinander. An seinem Schlüsselring hing einer dieser Plastikbuddhas, deren nackter Bauch einem angeblich Glück bringt, wenn man darüber reibt.

»Mir ist aufgefallen, dass du dich ziemlich gewandt ausdrückst«, sagte Mr. Geary. »Ich glaube, du hast eine mündliche Gabe.«

Ich runzelte die Stirn.

»Das ist keine Diagnose, sondern ein Kompliment. Ich selbst würde alles tun, um dein Talent zu besitzen.«

»Wie kommen Sie darauf, dass ich Talent habe?«

»Kleine Anzeichen. Von allen Schülern der neunten Klasse, die ich unterrichtet habe, warst du der Erste, der wusste, was eine Metapher ist. Außerdem verfügst du über eine gewisse natürliche Eloquenz, die man nicht erlernen kann. Sie ist einfach organisch.«

»Ich hasse das Wort. Es erinnert mich an Schimmel oder so was. Bakterien.«

»Siehst du, wie sensibel du auf Sprache reagierst? Das musst du pflegen, Justin. Du darfst es nicht vernachlässigen. Ich nehme an, du liest viel.«

»Keine Bücher. Ich habe noch nie eins zu Ende gelesen. Hin und wieder blättere ich einen Band aus der *Hardy Boys*-Serie durch.«

»Dagegen ist nichts einzuwenden. Süße Jungs, die beiden. Ich mochte den Dunkelhaarigen immer lieber. Joe?«

»Er heißt Frank.«

»Also, machst du in meinem Team mit?«

»Ich überlege es mir. Mein Vater wird wahrscheinlich nicht besonders begeistert sein.«

»Ich rede mit ihm. Ich habe selbst manchmal eine goldene Zunge.«

Es klappte. Am Nachmittag besuchte ich Mike in seinem Laden und half ihm, eine Lieferung Baseballschläger auszupacken. Joel stand hinter der Theke und trainierte Abschläge. »Eins, zwei, drei, *wumm.*« Mike grinste. Im vergangenen Jahr hatte Joel den Grundschulrekord an Homeruns eingestellt und hoffte, sich in diesem Frühjahr selbst zu übertreffen. Seine Arme sahen vom Gewichteheben aus wie kleine Zaunpfähle.

»Du hast deinen Lehrer verpasst«, sagte Mike, als er mich sah. »Scheint ja ein ganz großer Fan von dir zu sein.«

Joel schwang den Schläger. »Bin ich zu verkrampft?«

Mike schüttelte den Kopf. »Also Reden«, sagte er zu mir. »Es könnte schlimmer sein. Er hat mir erzählt, es wäre sogar ziemlich wettkampforientiert.«

»Er glaubt, dass ich gut bin.«

»Solange es wettkampforientiert ist und nicht bloß Jux und Dollerei. Etwas fürs Selbstbewusstsein.«

»Der Ball fliegt aus dem Stadion!«, rief Joel. »Er segelt auf die Straße.«

»Wenn du es mir erlaubst, werde ich mein Bestes geben, das schwöre ich«, sagte ich.

»Wir haben es alle verdient, in irgendwas zu gewinnen. Also gut.«

Der erste Wettkampf des Rhetorikteams, eine Kreisausscheidung, wurde im neunzig Meilen entfernten Chippewa City ausgetragen. Mein Team, fünf Mädchen, hatte sich bereits auf der Rückbank um eine Modezeitschrift geschart, als ich mit Mr. Geary den Bus bestieg. Er hatte eine akute Krise hinter sich. Vor fünf Minuten hatte ich ihn mit einer Schere vor dem Spiegel der Jungentoilette entdeckt, wo er seine Haarsträhnen mit ruckartigen, hektischen Schnitten attackierte. Haare rieselten ins Waschbecken.

»Ich wünschte, ich wäre *kahl.*«
»Ich finde, Ihre Haare sehen gut aus«, sagte ich.
»Komm mir bloß nicht so gönnerhaft.«
»Tut mir Leid.«
»Damit machst du es noch schlimmer.«
Mr. Geary befeuchtete sich die Hände und strich sein Haar glatt. Er tat mir Leid. Er war der jüngste Lehrer der Schule, ein Junggeselle, der so nichts sagend aussah, dass er ohne Brille gar kein Gesicht zu haben schien. Seine Haut hatte den neutralen Farbton von Truthahnfleisch, und sein glattes, dünner werdendes Haar erforderte permanente Dauerwellen. In den ersten Tagen nach einem Friseurbesuch war er aufgekratzt, lachte und machte im Unterricht schlagfertige Bemerkungen und kleine Scherze, doch in dem Maße, in dem seine Locken erschlafften, erlahmte auch er.
Als der Bus in Chippewa City ankam, stellte Mr. Geary sich in den Gang und hielt eine Rede an sein Team. Er ermahnte die Mädchen, ihre Augen zu betonen, indem sie vor ihrem Einsatz ihr Mascara auffrischten, und wies nachdrücklich auf die Bedeutung von Haltung und Atmung hin. »Es ist Frühling«, sagte er, »und mir ist aufgefallen, dass einige von euch eine verstopfte Nase haben. Ich habe ein paar Ephedrin mitgebracht. Das macht euch den Kopf frei und peppt euch vielleicht ein bisschen auf.«
Keins der Mädchen zeigte Interesse, doch ich nahm vier Pillen, die doppelte Menge der empfohlenen Dosis.
»Das sollte dir einen ausreichenden Kick geben«, meinte Mr. Geary.
Die Disziplin, für die er mich gemeldet hatte – die Diskussion in der Kleingruppe –, war erst in diesem Jahr eingeführt worden. Einer Broschüre hatte ich ent-

nommen, dass es nicht wie bei der klassischen Debatte darum ging, die Gegenseite zu vernichten, sondern darum, »mit Gleichaltrigen in eine fruchtbare Interaktion über Themen von nationalem und globalem Interesse zu treten«. Die Diskussion wurde an einem ovalen Tisch im Beratungszimmer der Schule ausgetragen. Als ich ankam, hatte meine Gruppe bereits Platz genommen: zwei Jungen und drei Mädchen, alle lächelnd und adrett gekleidet, an der Brust Namensschilder aus Papier, waren sie in ein Gespräch über eine Dokumentation vertieft, die am Vorabend im Bildungsfernsehen ausgestrahlt worden war.

Meine Gegner waren mir auf Anhieb unsympathisch. Neben dem Stuhl eines der Jungen stand ein glänzender Lederaktenkoffer mit Zahlenschloss, während sich die drei Mädchen mit verschiedenfarbig etikettierten Karteikarten ausgerüstet hatten. Um genauso seriös zu wirken, ging ich zu einem an der Wand stehenden Ständer mit Broschüren – »Wunschberuf Elektriker«, »Schwanger mit sechzehn?« – und nahm mir einen Packen, um ihn vor mich auf den Tisch zu legen.

Allgemeines Thema der Saison waren die Medien. Das von den Preisrichtern ausgewählte Unterthema lautete »Gewalt im Fernsehen«. »Los geht's«, sagte einer der Preisrichter. Ein längeres Schweigen folgte. Schließlich ergriff ein Mädchen namens Elise das Wort. »Es ist widerlich«, sagte sie. »Die Gewalt im Fernsehen *tötet* jede Moral, insbesondere unter den Teenagern. Wissenschaftliche Studien beweisen das. Die Kids sehen sich Tag für Tag Sendungen mit blutigen Schießereien an, und eines Tages sagen sie sich: Hey, warum überfallen wir nicht den Laden an der Ecke. Und als Nächstes hört man, dass irgendjemand tot ist. Es ist wirklich eine Schande.«

»Ich bin ganz deiner Meinung«, sagte Mark, der Junge mit dem Aktenkoffer. »Aber ich möchte noch einen Schritt weitergehen. Das Fernsehen zerstört die Familie. Und wenn die Familie verschwindet, verschwindet alles andere auch. Die öffentlichen Einrichtungen werden einen Niedergang erleben, während der Drogenkonsum in die Höhe schießen wird. Das Gleiche wird mit dem Glückspiel und der Pornographie passieren.«

Ich spürte den Widerwillen der Gruppe gegen Marks Heftigkeit. Wenn ich ihn unterbrach, konnte ich vielleicht Verbündete gewinnen.

»Bilder sind nicht die Wirklichkeit«, sagte ich. »Gewalt in der Kunst gibt es seit … den alten Ägyptern? Es kommt darauf an, die Menschen Skepsis zu lehren – man muss lernen, Bilder und Leben voneinander abgrenzen zu können.«

Ich wusste, dass ich mit dieser Bemerkung die Führung übernommen hatte. Die Preisrichter, drei ältere Damen mit von Haarspray gehaltenen Hochsteckfrisuren, notierten etwas auf den Klemmbrettern auf ihrem Schoß. Um ein paar zusätzliche Interaktionspunkte zu kassieren, wandte ich mich an das Mädchen, das schüchtern neben Mark kauerte und ihre Unterlippe einsog.

»Wie denkst du darüber, Lisa? Ich finde, die Gruppe braucht neue Gesichtspunkte.«

»Du hast Recht«, sagte sie. »Fernsehen ist nicht die Realität. Es sind nur Bilder.« Sie warf mir ein verschämtes Lächeln zu. »Nett, dass du mich gefragt hast.«

»Moment«, sagte Mark. »Es geht hier nicht um Realität, es geht um gesellschaftlichen Niedergang.«

»Kate?«, sagte ich. »Möchtest du darauf antworten?«

»Nach dir.«

»Mark«, erwiderte ich gemessen und sanft, »ich verstehe den Sinn deines Einwands, aber Realität und Gesellschaft sind untrennbar miteinander verbunden.« Abschließend faltete ich meine Hände.
Ich würde gewinnen, das wusste ich in diesem Moment. Bei der Diskussion in der Kleingruppe ging es nur um Taktik – man musste die Hochmütigen angreifen, die Schwachen ermutigen und sich selbst als Vertrauen erweckenden Vermittler geben. Sachkenntnis hingegen war völlig irrelevant. Mein Sieg schien mir noch sicherer, als die Pillen anfingen zu wirken. Der Raum weitete sich, wurde heller, und ich nahm innerhalb der Gruppendynamik eine Schlüsselrolle ein. Zuletzt beendete ich die Sätze der anderen und löste ihre gegensätzlichen Positionen in für alle Beteiligten befriedigende Kompromisse auf.
Als die Diskussion vorüber war, lief Mr. Geary im Flur auf und ab. Er fasste meinen Ellenbogen, als ich herauskam. Um die Schläfen herum hatte er sich noch mehr Haare abgeschnitten und sah jetzt aus wie ein kauziger Mönch.
»Wie ist es gelaufen?«
»Sie hatten Recht. Ich habe eine Gabe.«
»Hab ich dir doch gesagt.«
»Es ist das Erste, worin ich je gut gewesen bin.«
Mr. Geary trat zur Seite, als sich die Preisrichterinnen aufreihten, um mir die Hand zu schütteln. Nachdem sie verschwunden waren, sagte er: »Du bist auf dem richtigen Weg. Gewinnen bekommt dir gut, Justin.«
Ich war ganz seiner Meinung.

Da die Regionalausscheidung an einem Samstag in Duluth stattfand, war eine Übernachtung in einem

Motel erforderlich. Wir fuhren stundenlang auf einem Interstate Highway, dessen Mittelstreifen mit winzigen Kiefern bepflanzt war. Der Geruch von sonnenverbrannter Erde erfüllte den Bus, und der Fahrer schaltete einen lokalen Sender ein, dessen Moderator wie ein Schnellfeuergewehr redete und sich durch die Top Ten von Platz zehn bis eins nudelte; ich hatte das Gefühl, auf einem ruhmreichen Weg zu sein. Als wir uns im Motel anmeldeten, bat Mr. Geary den Portier, die drei verbliebenen Mädchen des Teams in einem, mich und ihn selbst in einem zweiten Zimmer unterzubringen.

»Ich finde, wir sollten das nach dem Alter regeln«, sagte ich.

»Das ist gegen die Schulordnung. Keine gemischtgeschlechtlichen Unterkünfte.«

»Ich werde sagen, ich hätte mich reingeschlichen. Ich nehme alle Schuld auf mich«, sagte ich.

»Justin, was soll das Ganze, bitte? Fühlst du dich unwohl mit mir allein?«

»Ich bin bloß gern mit Gleichaltrigen zusammen. Das ist alles.«

Die Mädchen entleerten ihre Sporttaschen auf die Betten, während ich auf dem Boden hockte und Nachrichten guckte. Nun, da ich ein Forum für meine Ansichten hatte, fesselten mich aktuelle Ereignisse und gesellschaftliche Themen. Mehr noch, ich vermutete, dass man damit Geld machen konnte. Das Fernsehen war voller Analytiker und Experten, die um einen Tisch saßen und höflich argumentierten, genauso wie ich es bei meinen Diskussionen in der Kleingruppe getan hatte. Zum ersten Mal, seit ich niedergeschmettert aus Camp Overcome zurückgekommen war, sah ich so etwas wie eine Zukunft für mich. Ein Ziel.

Ich analysierte die Nachrichten, während meine Teamkameradinnen duschten. Sie kamen in weiten Footballtrikots wieder aus dem Bad zurück, die frisch gewaschenen Haare zu duftenden Pferdeschwänzen gebunden.

»Wer will außer mir noch was zu trinken?«, fragte Heather Hall. »Ich habe Lakritzschnaps mitgebracht.«

Janna Lindgren zog ein zusammengerolltes Tütchen aus der Tasche. »Ich habe Gras, aber dazu brauche ich ein Bier.«

Die Mädchen sahen mich an, damit ich ihr Problem löste. Ich war der Mann, der Liebling, der Anführer. Ich wählte die Nummer von Mr. Gearys Zimmer. Er nahm ab, bevor ich es hatte klingeln hören.

»Die Mädchen wollen zwei Six-Packs Bier«, sagte ich. Der Trick war, wie bei der Diskussion in der Kleingruppe, selbstbewusstes Auftreten.

»Du bittest mich, Alkohol für Minderjährige zu kaufen?«

»Das machen die Leute ständig.«

»Lehrer nicht.«

»Wir sehen Sie mehr als einen von uns«, sagte ich. »Als einen Freund.«

Eine halbe Stunde später klopfte es an der Tür. Heather machte gerade weit genug auf, um ihm das Bier zu entreißen und das Geld in die Hand zu drücken.

Wir ließen die Jalousien herunter, drehten die Klimaanlage auf, setzten uns wie um ein Lagerfeuer auf eines der Betten und redeten über Mr. Geary, während wir einen Joint kreisen ließen. Die Mädchen hatten das Gefühl, er brauche eine Frau. Ich war anderer Meinung. Irgendwann berührte ich aus Versehen Heathers Bein, und die elektrische Spannung entlud sich in einem kleinen Knacken, das sie zusammenzucken ließ. Das führte zu einem Experiment. Nachdem sie sich zum Aufladen an den Decken gerieben hatten, hoben Dora und Janna ihre Trikots und pressten ihre Brüste, BH an BH, gegeneinander. Grüne Funken flogen. Als ich dran war, zog ich mein Hemd aus, Heather zog ihres aus und griff hinter sich, um ihren BH zu öffnen – einen weißen BH mit aufgestickten Verzierungen und einem pinkfarbenen Herz zwischen den Körbchen.

Die ganze Zeit klingelte das Telefon, ohne dass wir es beachteten. Als Nächstes stand Mr. Geary in der Tür. Der Portier musste ihm einen Schlüssel gegeben haben. Er trug einen blauweiß gestreiften Flanellpyjama und eine Lesebrille, die seine Augen größer machte.

Die Mädchen wickelten sich in Laken und Decken.

»Raus mit dir auf den Flur, Justin. Sofort«, sagte Mr. Geary.

»Ich kann nicht. Ich bin nicht angezogen.« Ich bedeckte mich mit einem Kissen.

»So etwas wie gegenseitiger Respekt und Ehrgefühl sind für euch wohl Fremdworte. Es ist empörend. Ich rieche Marihuana.«

»Hören Sie auf, sich anzustellen wie eine alte Jungfer«, sagte Heather. »Wir feiern nur eine ganz normale Gute-Nacht-Party.«

»Wie hast du mich gerade genannt, Fräulein?«

Heather wandte sich Bestätigung suchend an ihre Freundinnen, bevor sie Mr. Geary wieder direkt ansah. »Ich glaube, ich sagte: Verschwinde, Schwuchtel.«

Mr. Geary erstarrte, wurde kalkweiß und zog sich sichtbar in sich zurück. Mit drei schnellen Schritten war er auf dem Flur und schlug die Tür so heftig zu, dass der Riegel schepperte. Eine Stunde lang wählte

ich immer wieder seine Nummer und dann noch einmal, als ich gegen eins wieder aufwachte, und jedes Mal spürte ich seine Hand über dem Hörer.
Schließlich ging ich zu seinem Zimmer und klopfte. Blaues Fernsehlicht schimmerte unter der Tür durch.
»Ich bin's, Justin. Machen Sie auf.«
»Verpiss dich. Hau ab.«
Die ungehobelte Sprache erschreckte mich. »Geht es Ihnen gut?«
»Ich habe ein paar Pillen genommen. Ich versuche zu schlafen.«
»Wie viele Pillen?«
»Nicht genug. Lass mich einfach in Ruhe.«
Als wir uns am nächsten Morgen alle am Bus versammelten, hatte Mr. Geary seinen Kopf kahl rasiert.

In den Tagen vor dem landesweiten Finale wurde ich zu Hause schier unerträglich. Im Hochgefühl meines ersten Platzes bei der Regionalausscheidung verlangte ich neue Privilegien, drückte mich vor meinen Pflichten und diskutierte mit Mike über Zeitungsartikel. Die Anerkennung und das Ephedrin hatten meiner Stimme so einen selbstsicheren Unterton verliehen, von dem ich gar nicht genug kriegen konnte.
»Lass dich von den Linken nicht hinters Licht führen«, sagte Mike eines Morgens, als wir über die Schlagzeilen debattierten. »Gewerkschaften sind eine Form legaler Erpressung.«
»Gewerkschaft – geh, Werk, Schaft. Ist dir das schon mal aufgefallen?«
»Was soll das heißen?«

Ich wusste es nicht genau. Im Rausch meines ununterbrochenen Redeschwalls fing ich an, überall Muster in der Sprache zu erkennen, die mir bedeutsam und schicksalhaft erschienen, aber niemanden sonst interessierten. Die Buchstaben des Wortes »Psychotherapeut« ergaben anders zusammen gesetzt »Euterpsychopath«. Ein Zufall? Und warum hieß »Leben« rückwärts gelesen »Nebel«? Mein rhetorisches Talent hatte sich irgendwie gegen mich gewandt.

In der Schule tat mein Arm weh vom vielen Melden. Meine Kiefermuskeln schmerzten. Ich konnte einfach die Klappe nicht halten. Während einer Sozialkundestunde über das Leben im Ghetto sprang ich eines Morgens so ungestüm auf, um meinen Standpunkt zu vertreten, dass mein Stuhl hinter mir gegen die Wand krachte.

In der Mittagspause befahl mir eine männliche Stimme über Lautsprecher, die Krankenschwester der Schule aufzusuchen. Sie maß zweimal meinen Blutdruck, fühlte meinen Puls und griff dann zum Telefon, um den Direktor zu rufen.

»Egal, welche Droge du nimmst«, sagte er, »unterstehe dich, sie mit in die Schule zu bringen. Ich habe eine Durchsuchung sämtlicher Spinde veranlasst.«

»Nur zu. Benutzen Sie meinetwegen Hunde.«

»Leer deine Taschen aus.«

Ich krempelte sie nach außen. Sie enthielten nichts außer Kleingeld und Fusseln, die ich auf den Boden fallen ließ.

»Heb den Müll auf«, sagte der Direktor.

»Ich möchte meinen Trainer sprechen«, sagte ich.

Mr. Geary erklärte dem Direktor meinen Zustand mit heftigem Lampenfieber vor der landesweiten Ausscheidung und bot an, mich nach Hause zu fahren,

damit ich mich ausruhen konnte. Im Mercedes dankte ich ihm für seine Hilfe. Sonnenlicht spiegelte sich auf seiner Glatze, die er seit neuestem wachste. Er sah mich nicht an.
»Was ist los?«, fragte ich.
»Du bist ein Monster.«
»Sie haben mich einmal geliebt.«
»Jetzt übertreib mal nicht so.«
»Und was ist mit dem ganzen Gerede über meine ›Gabe‹?«
»Schmeicheleien zur Stärkung des Egos.«
»Aber ich gewinne dauernd. Irgendwas muss doch dran sein.«
»Ich habe ein Monster erschaffen.«
Der Wettkampf war nur noch zwei Tage entfernt, und ich konnte nachts nicht mehr schlafen. Am nächsten Morgen in der Schule überprüfte die Krankenschwester erneut meinen Blutdruck und drohte mir, mich in eine Kinderklinik zu überweisen, wenn ich nicht bald wieder runterkäme.
»Der Gewichtsverlust, die Erregung. Irgendwas nimmst du doch.«
Ich blickte unwillkürlich auf meine Socken, in denen ich die Ephedrintabletten versteckt hatte. Aber an den Pillen lag es gar nicht. Es lag an mir, an meinem Verstand. Vielleicht war ich wirklich ein Monster geworden. Möglicherweise bekam mir Gewinnen am Ende doch nicht so gut.
Ich entschied mich zu gestehen. »Ich kann nicht aufhören zu quatschen. Es ist, als hätte ich einen Schalter umgelegt, den ich nicht wieder abstellen kann. Ich bin außer Kontrolle.«
Die Krankenschwester wurde freundlicher. »Schließ die Augen. Stell dir einen friedlichen See vor.«
Wieder Hypnose.

»Das tue ich«, log ich. »Es hilft schon.«
»Stilles, blaues, frisches Wasser. Ein Sonnenuntergang. Am Himmel gleiten Möwen dahin.«
Warum versuchten immer alle, mich einzulullen?

Das Finale fand an einem Samstagmorgen im Sheraton von Minneapolis statt. Wir checkten am Vorabend ein: ein Zimmer, zwei Betten. Die Mädchen waren mittlerweile ausgeschieden.
Unter der riesigen Glaskuppel der Lobby füllten Trainer, Schüler und Preisrichter Anmeldeformulare aus, studierten Zeitpläne und schrieben ihre Namen mit Filzstiften auf selbstklebende Schildchen. Der einzige Schüler, den ich erkannte, war Mark, mein Gegner aus der Regionalausscheidung. Er trug schwarze Slipper, eine graue Flanellhose und einen Blazer, dessen Ärmel ein Stück oberhalb der Handgelenke endeten.
»Gott, wie affektiert«, sagte ich zu Mr. Geary.
»Der Junge hat Klasse. So was braucht Mut. Gut für ihn.«
Zum Abendessen war im Roten Salon ein Büfett aufgebaut worden. In dem Bemühen, mich gesellig zu zeigen, stellte ich mich in die Schlange. Männer mit Kochmützen schwangen Metallbestecke, mit denen sie Roastbeef und Kartoffelpüree auf unsere Teller häuften. Ohne mich zu beachten, ging Mr. Geary an meinem Tisch vorbei und setzte sich neben Mark. Ich bekam mit, wie er sich als »Fan von dir« vorstellte, und beobachtete, wie die beiden sofort vertraulich die Köpfe zusammensteckten, lachten und feixten. Mr. Geary goss Mark ein Glas von dem Wein ein, der für die Erwachsenen reserviert war.
Ich ließ meinen Teller stehen und ging auf mein Zim-

mer, um mich für den Ball am Abend frisch zu machen. Ich betupfte mich mit Rasierwasser, bekam Zweifel und schrubbte es schließlich wieder ab. Ich setzte mich an den Tisch, um auf Mr. Geary zu warten. Ich wollte nicht, dass er mich auf dem Bett überraschte, doch nach etwa einer halben Stunde überlegte ich es mir anders und legte mich, auf einen Ellenbogen gestützt, hin. Ich schaltete den Fernseher ein, zerwühlte meine Haare und versuchte, ausschließlich kalte und gemeine Gedanken zu hegen. Es war Zeit, sich zu rächen. Er hatte es verdient. Er hatte mich verraten.

Eine Stunde verstrich, ohne dass Mr. Geary auftauchte. Ich öffnete die Pralinenschachtel auf seinem Kopfkissen, biss von jeder Praline ein kleines Stück ab und legte sie zurück in die Packung.

Auf dem Ball sah ich meinen Trainer erneut mit Mark in einer Ecke in der Nähe der Bühne zusammenglucken. Aus ihren lebhaft hochgezogenen Augenbrauen schloss ich, dass sie über die Band spotteten. Ich forderte eine Trainerin mittleren Alters auf und tanzte mit ihr vor Mr. Geary auf und ab, meine Hände fest auf ihre Hüften gepresst. Er wandte uns den Rücken zu.

»Ich habe von dir gehört«, sagte die Frau. »Du bist ein ziemliches Wunderkind.«

Ich beobachtete, wie Mr. Geary eine Zigarette anzündete und sie an Mark weiterreichte, der sie mit der Hand abschirmte, ein paar verstohlene Züge nahm und den Rauch nach unten und zur Seite blies.

»Vielen Dank«, sagte ich. Ich wirbelte die Frau herum und zog sie wieder an mich.

»Ist das dein Trainer da mit dem fetten Jungen? Wir haben schon Bemerkungen über die beiden gemacht. Nicht gerade der passende Ort und Zeitpunkt.«

»Beachten Sie sie gar nicht.«
»Empört dich das nicht?«
»Der Junge spielt bloß mit ihm. Will mich schon vor dem Wettkampf psychologisch fertig machen.«
»Für mich sehen sie aus wie ein Paar«, sagte die Frau.
Nach Mitternacht kehrte ich aufs Zimmer zurück. Mr. Gearys Bett war leer. Ich öffnete die Badezimmertür und schnüffelte. In der Kloschüssel kreiste langsam eine Zigarettenkippe, und ich roch zwei Sorten Rasierwasser, die nicht besonders gut zueinander passten. Die beiden roten Kreise auf dem Waschbecken waren Wein, wie ich erschnupperte.
Ich bestellte eine Kanne Kaffee beim Zimmerservice, saß bis zwei Uhr nachts im Bett und sah mir im Fernsehen Politmagazine an. Als ich den Schlüssel im Schloss hörte, deckte ich mich zu und tat, als würde ich schlafen. Ich hörte, wie Mr. Geary seinen Gürtel öffnete und mit zwei, drei festen Schlägen sein Kissen aufschüttelte.
»Wo sind Sie gewesen?«, fragte ich, als wäre ich gerade erst aufgewacht.
»Ich habe meine kostbare Zeit verschwendet. Wie üblich.«
»Ich hätte Ihnen gleich sagen können, dass er kein netter Junge ist.«
»Schlaf weiter.« Mr. Geary zog sein Hemd aus.
»Ich möchte, dass Sie das mit dem Monster wieder zurücknehmen. Ich weiß, dass Sie es nicht so gemeint haben, aber es hat mich verletzt. Ich will gemocht werden.«
»Wollen wir das nicht alle?«
Mr. Geary vergrub den Kopf unter einem Kissen, während ich mich aufrichtete und mir eine weitere Tasse Kaffee eingoss. Ich beobachtete, wie es hinter den Vorhängen heller wurde. Um halb acht war ich

noch immer wach und schluckte meine beiden letzten Ephedrin. Der Wettkampf sollte erst in zwei Stunden beginnen, doch ich brauchte den Kick. Um acht wachte Mr. Geary auf, stolperte ins Bad und duschte eine ganze Stunde lang, bevor er sich die Kopfhaut rasierte. Ich beließ es bei einer Katzenwäsche, zog mich an und ging nach unten in den Andenkenladen, um neue Pillen aufzutreiben.

An jenem Vormittag lautete das Thema: »Sind die Fernsehnachrichten zu negativ?« Ein blondes Mädchen mit einem Gänseblümchen im Haar sprach sich für eine positivere Berichterstattung aus. Mark war anderer Meinung. Ein weiterer Junge vertrat den Standpunkt des Mädchens. Die Preisrichter sahen alle verkatert aus, sie gähnten und rutschten auf ihren Stühlen herum. Ich hatte plötzlich das Gefühl, dass wir alle Verlierer waren, jeder Einzelne von uns, dass das Turnier nur ein Vorwand war, uns wichtig fühlen zu können, bevor wir nach Hause zurückkehrten, wo uns niemand zur Kenntnis nahm.

Mr. Geary saß auf einem Stuhl hinter der Preisrichterbank, auf dem Schoß einen halb verzehrten Donut. Was immer zwischen Mark und ihm geschehen war, hatte Mr. Geary ausgelaugt, während Mark selbst wie aufgedreht wirkte und mit glockenreiner Stimme parlierte.

»Der Zustand der Menschheit bis zum heutigen Entwicklungsstadium ist kein angenehmer Anblick«, sagte er. »Doch man muss den Tatsachen ins Auge sehen, Kim. Die Nachrichten können nichts dafür, es liegt an uns, der Bevölkerung. Willkommen zum Untergang Roms, zweiter Teil.«

»Da bin ich absolut anderer Meinung, Mark«, ent-

gegnete Kim. »Pessimismus ist ein *Produkt*. Ein Erzeugnis, mit dem man Zeitungen verkauft. Die Medien müssen selbstkritischer werden.«
Ich spürte Worte in mir aufsteigen und machte meinen Zug.
»Ich glaube, wir verwechseln hier Ton und Inhalt. Inhalt ist an sich weder negativ noch positiv. Inhalt *ist* einfach.«
»Du redest am Thema vorbei«, sagte Mark.
Ich warf einen Blick zu meinem Trainer. Er döste mit halb geschlossenen Augen vor sich hin, Puderzucker am Kinn.
»Der *Ton* hingegen kann durchaus negativ sein, und das wollte Kim sagen. Vielleicht lautet die Antwort: leichter im Ton bei unverändertem Inhalt«, sagte ich.
»Man soll mit einem Lächeln über Vergewaltigungen und Morde berichten. Das ist doch absurd«, sagte Mark.
Er hatte Recht, es war absurd. Ich hatte mich ins Aus manövriert. Mein Gehirn drehte sich wie ein Reifen im Schlamm, und Mark beugte sich über den Tisch und hieb mit bösartig verzogenen Lippen weiter auf mich ein. Ich blickte Hilfe suchend zu Mr. Geary, doch der schlief, der Donut lag mittlerweile auf dem Boden. Weil die Zeit knapp wurde, versuchte ich, Mark zurückzudrängen und den Unsinn zu verteidigen, den ich dahergeplappert hatte, doch als ich den Mund öffnete, brachte ich kein Wort heraus. Meine Kehle war fest verschlossen wie eine Faust um eine Münze.
Als die Preisrichter die Diskussion beendeten, wachte Mr. Geary auf. Ich warf ihm einen höhnischen Blick zu und eilte zur Tür.
Mark versperrte mir mit ausgestreckter Hand den Weg. »Nette Diskussion«, sagte er.

»Du mich auch.«
»Du bist gut.«
»Halt einfach dein Maul.«
»*Sehr* höflich.«
»Leck mich am Arsch.«
Ich packte meine Tasche, gab meinen Schlüssel ab und ging nach draußen, wo ich unter einer tropfenden Markise stehen blieb und eine Mentholzigarette rauchte, die ich von einem Liftboy geschnorrt hatte. Mit dem Regen fielen graue Wolkenfetzen auf die Stadt.
Schließlich fand Mr. Geary mich. »Los, rein mit dir. Die Siegerehrung fängt an. Zeig ein bisschen Klasse.«
Ich grunzte. Keine clevere Entgegnung, bloß ein Geräusch. Ganze Wörter zu bilden erschien mir auf einmal sinnlos.
»Niemand kann immer gewinnen. Daran musst du dich gewöhnen.«
Ein weiteres Grunzen.
»Du enttäuschst mich, Justin.«
Nach der Übergabe der Preise fuhr Mr. Geary mich nach Hause. Ich lehnte den Kopf an das Beifahrerfenster, während er meine Saisonleistung bewertete. Meine Stärken, so schloss er, seien Elan, Intensität und ein Verständnis für Gruppendynamik, meine Schwachpunkte Oberflächlichkeit, Ressentiments, Faulheit und Überheblichkeit. Mr. Geary vertiefte sich derart in seine Kritik, dass er hin und wieder das Steuer losließ, mit den Händen herumfuchtelte, um meine mangelnde Disziplin zu illustrieren, und uns dabei beinahe in einen Graben gefahren hätte.
Fast eine Stunde lang saß ich da und hörte zu. Ein Talent zu verlieren, von dem ich unter anderen Umständen vielleicht nie gewusst hätte, kam mir schlim-

mer vor, als von Anfang an über gar keine Gabe zu verfügen.

»Es tut mir Leid, wenn sich das grob oder brutal anhört, aber irgendwann musste dir das mal jemand sagen. Du kannst dich nicht einfach so durchs Leben mogeln. Aufschneider werden irgendwann durchschaut. Denn letztendlich ist die Welt *gerecht*. Die Fähigkeit, aus dem Stegreif gefällige Sätze zu formulieren, ist ein Vorteil, aber keine solide Grundlage. Wenn du wirklich später einmal Kommentator werden willst, musst du begründete Meinungen entwickeln können und nicht bloß eine clevere Taktik, um ein paar Bonuspunkte abzugreifen.«

Inzwischen standen wir schon eine Weile mit laufendem Motor vor unserem Haus. Ich hätte jederzeit aussteigen können, doch ich ließ Mr. Geary zu Ende reden. Ich beschloss, ihm seine dramatische Abschlussrede zu gönnen, und sei es nur, weil ich wusste, wie gut man sich dabei fühlte. Zu wissen, was man sagt und dass man es gut sagt, schwungvoll, selbstbewusst und geistreich, war, wie er mich gelehrt hatte, kein kleines Vergnügen. Es verändert alles.

Als Mr. Geary mit meiner Verurteilung fertig war, schüttelte er mir die Hand und ließ mich aussteigen. Wir winkten uns zu, und er kurbelte das Beifahrerfenster herunter.

»Das habe ich ganz vergessen. Ich habe deine Medaille für den dritten Platz abgeholt.« Er hielt sie mir hin. »Damit du sie deinem Vater zeigen kannst. Und lass dich von meiner kleinen Kritik eben nicht entmutigen. Es gibt immer ein nächstes Jahr.«

Die Medaille wanderte in meine Hosentasche. Als Mike mich fragte, wie ich mich geschlagen hätte, zeigte ich sie ihm nicht. Ein dritter Platz war nichts, wofür man sich schämen musste, und ich war mir ziemlich sicher, dass er stolz auf mich gewesen wäre, doch es hätte ein Mindestmaß an Erklärungen erfordert, und ich war des Klangs meiner eigenen Stimme inzwischen schlicht überdrüssig. Stattdessen erzählte ich ihm einfach, ich hätte verloren, und sparte meinen Atem.

5

Das Rhetorikteam war ein Versuch gewesen, mich auf das zu konzentrieren, was aus meinem Mund herauskam, anstatt auf das, was sich hineinstecken ließ. Als das Experiment fehlschlug, musste ich ein Loch füllen, ein Loch, von dem ich manchmal fürchtete, es könnte größer sein als ich. Ich versuchte, wieder zu essen, doch der Ekel der Wildbratenjahre kam umso heftiger zurück, also fing ich an zu rauchen. Es gefiel mir, auch wenn ich meine neue Gesellschaft hasste. Die Raucher in meinem Alter waren eine deprimierende Horde. Sie stammten aus zerrütteten Familien, trugen immer Schwarz und schworen ständig irgendwelche idiotischen Pakte – einen bestimmten Lehrer umzubringen oder sich selbst, den Teufel anzubeten, die Schule zu bombardieren oder nach St. Paul abzuhauen, um eine Rockband zu gründen. Aus Langeweile und Verachtung mied ich sie schließlich irgendwann.

Stattdessen bemühte ich mich, bei der trinkenden Clique Anschluss zu finden – Hauptsache irgendeine Sucht, die ich teilen konnte –, aber die wollten mich nicht, weil ich keinen Sport trieb. Das war eigentlich nicht so schlimm, denn unsere Stadt war trocken, Bars oder Schnapsläden gab es nicht. Das Lieblingsgetränk der Sportskanonen war ein Schwachbier, das nach Seifenwasser roch und wie die Gummierung von Briefumschlägen schmeckte. Ich musste

ein ganzes Six-Pack trinken, um einen leichten Glimmer zu spüren, und war danach immer noch unerträglich aufgedreht.
Mein Bedürfnis nach Betäubung wurde noch drängender, weil Mike und Audrey ständig stritten. Ein Thema war die Frage, wer härter und für weniger Anerkennung arbeitete. Mike hatte Woody Wolff tausend Dollar dafür bezahlt, dass er zu Beginn der Sommerferien in seinem Laden Autogramme auf Baseballschuhen und -bällen gab. Mehr als hundert Leute waren gekommen, doch die meisten hatten nichts gekauft, sondern sich von Wolff stattdessen bloß irgendwelche Zettel signieren lassen, und nun beschuldigte Mike Audrey, nicht genug Mitleid hinsichtlich dieses großen Verrats gezeigt zu haben. Audrey wiederum warf Mike vor, zu unterschätzen, was für ein undankbarer Beruf die Krankenpflege war.
Der andere Streitpunkt zwischen meinen Eltern war Joel, der angefangen hatte, mit den reichen Kindern aus der Siedlung auf dem Hügel herumzuhängen. Er wollte Tennis- und Reitstunden, die Audrey ihm von ihren Ersparnissen finanzierte. Mike flippte aus. An dem Abend, an dem er es herausfand, blieb er bis zum Morgengrauen wach und stapelte im Wohnzimmer Sachen – Lampen, Bücher, Kleidung und Haushaltswaren –, die er am darauf folgenden Wochenende auf einem privaten Flohmarkt verkaufte. Nach und nach ersetzte Audrey die verlorenen Gegenstände durch teurere, und jedes Mal wenn sie mit etwas Neuem nach Hause kam, trat Mike gegen die Tür oder hämmerte mit den Fäusten auf den Tisch. Es war die Hölle.
Ich beschloss, dass hochprozentiger Alkohol die Antwort war. Ich machte mich an den Säufer der Stadt heran, um herauszufinden, aus welcher Quelle

er seinen Stoff bezog. Willy Lindt war ein alter Mann, dem die Haare aus den Nasenlöchern wuchsen. Er lebte auf einem Hausboot, dessen Fenster so blind waren wie die undurchsichtigen Scheiben der Porno-Buchläden, die ich in der Hennepin Avenue in Minneapolis gesehen hatte. Er fischte von Deck nach Crappies und Schwarzbarschen und nahm seine Rolle als sozialer Außenseiter sehr ernst. Er kostete sie geradezu aus. Im Sommer vor drei Jahren war eine Filmproduktionsfirma in die Stadt gekommen – sie drehten einen Kostümschinken über die ersten Siedler –, und Willy war vom Regisseur als Landstreicher verpflichtet worden. Der einzige Einheimische, der eine Sprechrolle bekam, weshalb er noch immer sein Kostüm trug, eine Segeltuchlatzhose, und mit dem schwedischen Akzent sprach, den man ihm antrainiert hatte.

Willy schien sich über meinen Besuch zu freuen. Ich saß auf einer Cordsamtcouch, deren durchgesessene Polster mir das Gefühl gaben, klein und unzulänglich zu sein, während er mit einem Besen herumwuselte und aufräumte. Er kippte seinen Müll durch eine Luke im Boden in den Fluss, der ihn wegtrieb.

»Ich will wissen, wie man an Alkohol kommt«, sagte ich.

»Klau ihn deinen Eltern.«

»Das kann ich nicht. Sie würden mich erwischen und ins Heim stecken.«

Willy lächelte. »Das kann gar nicht schaden. Mich hat man in den Jugendknast von Pine Island geschickt. Da habe ich Schachspielen gelernt. Und Bogenschießen. Mit Abstand das beste Jahr meines Lebens.«

»Und wenn ich dir Geld für Wodka gebe?«

»Hüte dich vor klaren Schnäpsen. Meide diesen Weg.

Es heißt, sie wären reiner, aber das stimmt nicht. Trink Roggenwhiskey. Das gute Korn. Getreide enthält wichtige Nährstoffe.«
Ich kramte in meiner Jeans nach den zerknitterten Fünf-Dollar-Scheinen, die ich aus Mikes Werkstatt im Keller geklaut hatte. Einer der Gründe für seine permanente Verzweiflung in Geldangelegenheiten mochte darin liegen, dass er schlicht unfähig war, sein Geld im physischen Sinne zusammenzuhalten; selten schaffte er es, ein Scheckbuch bis zum letzten Scheck zu benutzen, weil es vorher in irgendeiner Ritze seines Autos verloren ging. Im ganzen Haus verteilte er Kleingeld und zerknüllte Rechnungen. Wenn er abends aus dem Laden nach Hause kam, packte er den kompletten Inhalt seiner Taschen auf Tische und Regale, als ob er sich von aufgestauten Giften befreien wollte, und bemerkte es offenbar auch nicht, wenn sein Besitz verschwand. Es war das Geldausgeben, das Kaufen, das ihn ärgerte; Geld zu verlegen gehörte einfach zum Leben.
»Bist du sicher, dass du diesen Weg einschlagen willst?«, fragte Willy, während er die Fünfer zählte. Ich fühlte mich bevormundet, ja fast beleidigt. Er hatte es als Säufer doch zu etwas gebracht – er hatte eine Filmrolle bekommen.
»Kauf mir den Schnaps oder ich besorg ihn mir von Fred Hurley.« Fred war der andere Säufer der Stadt, Willys Rivale, jünger und nicht annähernd so pittoresk, aber möglicherweise authentischer. Kein Schauspieler.
»Du kriegst ihn von mir«, sagte Willy. »Ich bin dein Mann. Wie viel willst du?«
»Genug, um mich bewusstlos zu trinken.«
»Ich hoffe, das ist nicht so 'ne Selbstmord-Kiste.«
»Kauf das Zeug einfach.«

Drei Tage später kam ich wie verabredet zurück und fand meinen Mittelsmann bewusstlos auf der Couch vor. Sein Kopf hing über den Rand und streifte den Boden, von dem angestauten Blut war sein Gesicht ganz lila angelaufen, die Lippen zu froschartigen Wulsten geschwollen. Ich stöberte in Schränken und riss Schubladen auf, wobei ich Wolken von kleinen Mücken und fliegenden Ameisen befreite. Doch meinen Wodka fand ich nicht.

»Raus. Verschwinde!«, hörte ich Willy hinter mir rufen.

Ich drehte mich um, die Insekten schwirrten mir ums Gesicht.

»Du bist es«, sagte Willy. »Tut mir Leid.«

»Wo ist mein Schnaps?«

»Du darfst einem Alkoholiker nie Geld geben, Junge.«

Ich zwang ihn, sich aufzurichten, und durchsuchte seine Latzhose. Er hielt die Arme hoch, ohne zu protestieren. Doch außer ein paar leeren Rabattmarkenheftchen fand ich nur einen Ausweis von der Schauspielergewerkschaft, eingeschweißt in Plastik. Was für ein Beschiss.

Ich fand bald heraus, dass Marihuana leichter zu beschaffen war. Ich folgte dem Duft in das Wäldchen hinter dem Lions Park und fand eine Gruppe älterer Mädchen in rückenfreien Tops, die eine Steinpfeife herumreichten und tratschten. Sie diskutierten Größe und Form der Penisse der Topathleten unserer Schule. Als ich mich am folgenden Tag erneut zu ihnen gesellte, ging es um das Thema »Ärsche« – wer hatte Pickel am Hintern. Für ein paar Züge an der Pfeife verriet ich die halbe Jungen-Umkleidekabine

und stellte fest, dass ich das schon lange hatte tun wollen.
Das Mädchen, mit dem ich mich am engsten anfreundete, war Donna Prine, eine Rothaarige mit Sommersprossen in der Farbe von neuen Centstücken. Sie lebte allein mit ihrem berühmten Vater, neben Willy Lindt der einzige andere Prominente in Shandstrom Falls. Für die Zeitung in St. Paul schrieb er zweimal pro Woche eine Kolumne, die im ganzen Norden der Great Plains verbreitet wurde und sich dem Verfall der Grundwerte widmete. Ich war kein Fan seiner politischen Ansichten, bewunderte jedoch seine Wortspiele. Er nannte Promis »Protzkis«, Abtreibungen »Saugmorde«, Politiker »Kleptokraten« und Sozialhilfempfänger »Sozi-Schmarotzer«. Wegen seiner hoch empfindlichen Haut – laut Donna die Folge der Teilnahme an einem Atombombentest während seiner Militärzeit in den Fünfzigern – verließ er das Haus nur selten. Als ich ihn einmal kurz in seinem Garten arbeiten sah, trug er ein Sweatshirt mit Kapuze, und sein Gesicht war mit weißem Zinkoxyd eingeschmiert.
Eines Abends waren wir in Donnas Wagen unterwegs, um ein paar Gramm Gras zu kaufen. Sie hatte mir vorher mit einem glänzenden, schwarzen Nylonstrumpf, der nach Schweiß, Seife und Babyöl roch, die Augen verbunden. Ich atmete tief ein. »Fährst du darauf ab?«, fragte Donna. Sie nahm meine linke Hand und nuckelte am Mittelfinger, bevor sie mich Zahn um Zahn durch ihren Reißverschluss führte. »Nur anfassen, nicht gucken«, sagte sie. »Das sind meine Regeln, okay?«
»Warum darf ich nicht gucken?«
»Ich bewahre mich auf.«
»Für wen?«

»Die Gegend verändert sich. Neu Typen ziehen her. Reicher, erfahrener. Geeigneter.«

Als Donna mir die Binde abnahm, standen wir vor einem windschiefen Farmhaus, dessen Fenster mit Plastikplanen verhängt waren. Es war ein Dreckloch wie viele Bauernhäuser in der Gegend, umgeben von unkrautüberwucherten Feldern und vor sich hin rostenden Maschinen. Die Farmer bekamen aus Regierungsprogrammen Geld dafür, dass sie nichts mehr anbauten, also hatten sie sich auf den Verkauf von Dingen verlegt: Amway-Waschpulver, Apparaturen, mit denen man angeblich Benzin sparen konnte, Schnickschnack aus verwittertem Holz. Und Drogen.

»Immer cool bleiben«, sagte Donna als sie an die Fliegengittertür klopfte. »Und mach keinen Aufstand, wenn er die Nummer mit dem Baby bringt.«

Der Dealer, den Donna »Munch« nannte, war groß, Mitte zwanzig und hatte radiergummigroße Muttermale auf den Augenlidern. Er führte uns an einen provisorischen Tisch aus einer Tür, die auf Steinblöcken aufgebockt war, wo er das Gras mit einem Spachtel säuberte. Eine Nazareth-LP lief leise auf dem Plattenspieler und mir fiel auf, dass der Boden uneben war. Als ich mein Geld herauszog, fiel eine Münze herunter, die ewig weiterrollte, bis sie außer Sichtweite war.

»Hey, Grit!«, rief Munch. »Komm runter! Wir haben Kunden!«

»Grit ist Munchs Freundin. Sie haben einen Sohn«, sagte Donna, als wollte sie mich auf irgendetwas vorbereiten.

Am Fuß der Treppe tauchte eine junge Frau auf. Ihre Brüste quollen seitlich aus ihrem schwarzen Träger-Top, und ihre Jeans schmiegte sich hoch und eng an ihren Unterleib. Im Arm hielt sie ein Baby, dessen Kopf ungestützt hin und her wackelte. Sein Gesicht sah grimmig, verkniffen und halb mumifiziert aus wie etwas, was man begraben und wieder ausgebuddelt hatte.

»Duncan steht auch voll auf Gras«, sagte Munch. »Kid Cannabis.«

»Wie meinst du das?«

»Er mag es, den Rauch zu inhalieren.«

Das Mädchen legte das Baby neben das Marihuana auf den Tisch und ging in die Küche. Munch kitzelte den nackten Bauch des Säuglings. Er reagierte nicht. Munch kratzte ihn unterm Kinn. Das Baby zuckte nicht mit der Wimper, was offenbar Zweck der Demonstration war.

Das Mädchen kam mit einem großen Pappkarton aus der Küche zurück, nahm den Deckel ab und legte das Baby hinein. Dann schloss sie den Karton wieder und setzte sich neben Donna, während Munch ein Zippo aufschnappen ließ und den Joint anzündete, den er gedreht hatte. Der Joint zischte und knackte, als Munch eine geradezu heroische Dosis Rauch inhalierte. Dann beugte er sich über den Karton auf dem Tisch und blies den Qualm durch ein Loch in der Pappe.

Rauch quoll aus dem Deckel, und ich hörte ein dumpfes Tapsen, während sich der Karton ein paar Zentimeter bewegte.

»Stell dir mal vor, wie er sich da drinnen fühlen muss«, sagte Munch. »Ganz Disneyland in einer Schachtel. Disney *World*.«

Ich sah Donna geschockt an und fragte mich, wie oft sie diesem Grauen schon zugesehen hatte und wie es ihr gelungen war, sich dagegen abzuhärten. Ich wollte gehen, aber ich wollte auch das Gras. Wenn

ich genug davon rauchte, vergaß ich vielleicht, dass ich es gekauft hatte.
»Babys sind von Natur aus stoned«, sagte Munchs Freundin und hielt die Schachtel fest, als diese sich bedrohlich der Tischkante näherte. »Das liegt daran, dass sie noch keine Sprache haben. Sie sind rein. Sie denken in Bildern.«
»Bildern wovon?«, fragte Munch.
»Von Tieren.«
»Das ist eine Vermutung.«
»Das stelle ich mir halt gern vor. Es gibt mir ein gutes Gefühl.« Munch blies weiteren Qualm in die Schachtel, und sie kam zum Stillstand. Das Mädchen nahm den Deckel ab, hob das Baby heraus und präsentierte es uns. Seine Haut war grau, seine Zehen und Finger zusammengerollt wie Krallen. Das Kind schien eigenartigerweise keinen Bauchnabel zu haben, nur einen rötlichen Knubbel.
»Passt auf, jetzt kommt der echt abgefahrene Teil«, sagte Munch.
Seine Freundin setzte das Baby in einen Sessel und fing an, das Kabel eines Kopfhörers zu entwirren. Sie setzte dem Baby den Kopfhörer auf, ging zur Anlage und drehte an einem Knopf. Sofort fing das Baby an, mit den Beinen zu zappeln. Ein schauriger, unbeholfener Laut drang aus seiner Kehle, dann ein Grunzen und Gackern, das das Bild kreischender Truthähne, suhlender Schweine, ja, eines ganzen Bauernhofs heraufbeschwor.
»Wir programmieren ihn schon als kleines Baby«, sagte Munch. »Eines Tages wird er ein Star sein. Größer als Jethro Tull. Größer als Jimmy Page.«
Eine Stunde später parkten Donna und ich oberhalb des Deichs und teilten das Gras. »Munch ist krank«, sagte sie. Wir waren mittlerweile gründlich bekifft.

»Manchmal würde ich das Baby gern klauen und vor einer Kirche aussetzen.«
»Ein Kind sollte ein Leitstern sein. Ein Licht der Hoffnung.«
»Das finde ich auch.«
»Sie zermatschen sein kleines Hirn.«
Ein Funke flog bis auf Donnas Levi's; ich wischte ihn auf die Bodenmatte. Ich berührte ihre Schulter. Sie zuckte kein bisschen und wich auch nicht zurück. Ich ließ meine Hand über ihren glatten Akrylpulli auf ihre Brust gleiten. »Nur mit geschlossenen Augen«, sagte sie, »das ist meine Regel.« Ich spürte ihre Rippen, ihr schnell pochendes, kleines Herz.
»Ich werde ihnen das Kind wegnehmen. Hilfst du mir?«, fragte Donna.
In diesem Moment hätte ich ihr alles versprochen.

Das Marihuana reichte uns zwei Wochen. Das meiste rauchten wir in Donnas Zimmer, im Keller unter dem Arbeitszimmer ihres Vaters. Ich fand es unheimlich, die Rollen seines Schreibtischstuhls über die Decke schrammen zu hören. Er diktierte seine Kolumnen in ungestümen Ausbrüchen im Tonfall eines kreischenden Politikers.
»In diesem Jahr hat die Zahl der Saugmorde erstmals die der Geburten überstiegen – ein Meilenstein. Als Nächstes kommen die Alten und Kranken dran. Der Zug ist auf dem Gleis, Leute. Nächster Halt ›Krematorium‹. Alle einsteigen!«
Ich fürchtete, dass Mr. Prine das Marihuana riechen könnte, doch Donna meinte, ich sollte mir keine Sorgen machen. »Er ist sehr tolerant. Die Kolumne ist bloß Theater. Eigentlich ist alles nur Showbusiness. Dieses Buch war, ehrlich gesagt, auch seine Idee. Er

hat es mir zu meinem sechzehnten Geburtstag geschenkt.«

Das Buch war eine Taschenbuch-Luxusausgabe von *Der sinnliche Genießer*, und wir hatten es Kapitel für Kapitel durchgearbeitet. Wir hatten uns mit Olivenöl und Parfüm eingerieben und uns wie Fische in unseren glitschigen Armen gewunden. Wir hatten auf Stühlen und gestapelten Kissen die Grenzen der menschlichen Biegsamkeit getestet und manchmal die Grenze zu echtem Schmerz überschritten. Ich trug eine Augenbinde und war Donnas Marionette, während sie uns zu engen, ekstatischen Bündeln verknotete. Ich merkte, dass die Rolle des Passiven mir gefiel. Kein Druck.

Leider ging uns langsam das Gras aus, und der Gedanke, neues zu kaufen, machte mich nervös. Unser edles Gerede, den kleinen Duncan zu entführen, ein Thema, das Donna unweigerlich zur Sprache brachte, wenn wir das Buch zugeschlagen hatten und zu Atem gekommen waren, hatte sich zu einem Plan verdichtet, der mir gar nicht gefiel.

»Na gut«, sagte Donna eines Tages. »Dann gehe ich eben alleine. Wir sind hier übrigens fertig. Meine jugendliche Experimentierphase ist vorbei.«

»Wach auf, Amerika! Ignoriert die Protzkis! Wendet euch an eure Freunde, Familien und Geistlichen.«

»Ich hab doch gesagt, dass ich dir helfe«, erwiderte ich. »Und das halte ich auch. Ich liebe dich, Donna.«

»Das ist nicht das, was wir hier gemacht haben.«

»Ich weiß. Es ist einfach so passiert.«

»Nun, dann erstick es im Keim. Als Daddy und ich beschlossen, dass ich Erfahrung brauchte, haben wir uns gedacht, dass ich sie zu Hause sammeln sollte. In einer sicheren Umgebung. Außerdem haben wir entschieden, dass bei einem Jungen wie dir die

Gefahr nicht so groß ist, dass jemand ernsthafte Gefühle entwickelt.«
»Du willst mich verarschen.«
»Wir lieben uns, okay? Wir erzählen uns gegenseitig alles. Daran solltest du dich besser gewöhnen.«
»Schön und gut, aber ich finde es seltsam. Ihr seid Vater und Tochter.«
»Ich finde *deine* Familie seltsam. Geh nach Hause«, sagte Donna.
Über uns fing ihr Vater an zu tippen.

An jenem Abend hatte ich Schwierigkeiten, das Haus zu verlassen. Mike hatte in der Küche einen Wutanfall, weil unsere Familie unfähig war, sich den gestiegenen Lebensmittelpreisen anzupassen. Er riss Schubladen und Schränke auf, Dosengemüse und -suppen heraus und jammerte schrill und hysterisch darüber, was sie gekostet hatten. »Grüne Schnibbelbohnen für siebenunddreißig Cents. Ein Dollar für eine Plätzchenmischung. Ein Dollar fünfzig für Rosinen.« Danach schmiss er sie auf den Küchentresen, wo sie entweder aufplatzten oder auf den Boden knallten. »Wir müssen aufhören zu essen«, sagte er. »Wir werden vor die Hunde gehen.«
Als Joel sich aus dem Zimmer drückte, stand auch ich auf. Ich hörte, wie er im Fernsehen die Übertragung aus Wimbledon einschaltete.
Mike kickte ein Glas mit Gewürzen in meine Richtung. »Wo gehst du hin?«
»Ins Kino.«
»Was guckst du dir an?«
»Egal. Was gerade läuft. Hier kann ich mein Essen nicht verdauen.«
Am Ende der Auffahrt wartete Donnas roter Wagen

mit laufendem Motor. In ihren erweiterten Pupillen spiegelten sich die roten Kontrolllämpchen der Armatur. Sie hatte ihre Haare glatt gekämmt, Lippenstift aufgetragen und ein Paar schwarze Autofahrerhandschuhe übergestreift.

»Nach dem Deal verstecken wir uns draußen, bis sie das Baby ins Bett legen«, sagte sie. »Dann kletterst du durch ein Fenster und reichst es mir nach draußen.«

»Ich habe Angst. Ich kann das nicht. Es ist falsch.«

»Falsch wäre es, es dort zu lassen.«

»Wir könnten den Bullen einen anonymen telefonischen Hinweis geben«, sagte ich.

»Als ob Munch die nicht längst schmieren würde. Hör auf zu träumen.« Donna hielt mir ein Fläschchen mit Pillen hin und schraubte den Deckel ab. »Das ist Daddys Beruhigungsmittel. Manchmal juckt seine Haut so doll, dass er nicht einschlafen kann.«

»Gib mir zwei.«

»Die hauen dich um.«

»Schön wär's«, sagte ich.

Das Farmhaus war dunkel, und die Autos im Hof waren verschwunden. In einer Kiste auf der Veranda nuckelte ein Wurf junger Katzen an einer Schweißsocke, ihre Mutter war nirgends zu sehen. Ich spähte durch die Fliegengittertür und sah, dass die Stereoanlage an war, obwohl ich keine Musik hörte.

»Wir haben Schwein«, sagte Donna. »Sie sind in der Kneipe. Sie haben das Baby allein zu Hause gelassen.«

Wir betraten das Haus. Mein Mut überraschte mich. Ab sofort konnte ich der kleinen, aber wachsenden Liste meiner Talente nächtlichen Einbruch hinzufügen.

Das Baby lag auf dem Rücken im Sessel, die Kopfhö-

rer über den Ohren; seine Augen waren offen. Es schien seit dem letzten Mal gewachsen zu sein. Die aus der Windel ragenden Beine wirkten länger, kräftiger, und eine Falte in der Stirn deutete auf eine ausgeprägtere Auffassungsgabe hin.
Donna nahm ihm die Kopfhörer ab. Eine Bassgitarre dröhnte. Plötzlich fing das Baby an zu brabbeln: »Ma pa ma pa.«
»O Gott!«, sagte ich.
»Nimm ihn einfach auf den Arm, du Hirni. Hier.«
Ich wiegte das Baby im Arm, während Donna auf der Suche nach Munchs Grasvorrat einen Kleiderschrank öffnete und auf einen Stuhl kletterte. Irgendwas schien mit dem Nervensystem des Babys nicht zu stimmen. Ich bewegte einen Zeigefinger vor seinen Augen hin und her, doch seine Pupillen folgten ihm nicht.
»Du bist in Sicherheit«, flüsterte ich. »Wir passen gut auf dich auf.« Ich glaubte mir selbst nicht.
Donna stieg mit einer mit Isolierband umwickelten Plastiktüte wieder von dem Stuhl.
»Nimm den ganzen Beutel mit«, sagte ich. »Nimm einfach alles mit.«
»Das merken die doch sofort. Sie werden total ausflippen.«
»Sie werden auch merken, dass ihr Kind weg ist.«
Aus einem Cheerleaderkostüm bereitete ich auf Donnas Rücksitz ein Bett, in das ich das Baby legte. Sie hielt sich schön unauffällig an die Geschwindigkeitsbegrenzung und bog in irgendwelche unmarkierten Schotterstraßen. Als wir uns endgültig verfahren hatten, schaltete Donna den Motor ab und zündete sich ein Pfeifchen an.
»Nicht im Wagen«, sagte ich. »Das Baby.«
»Tut mir Leid.«

Wir standen im Straßengraben und bekifften uns heftiger, als gut für uns war. Das Gras, das Munch für sich behielt, war kräftiger als das Zeug, das er verkaufte. Eine Eule glitt knapp einen halben Meter über uns hinweg, und Donna duckte sich kreischend.
»Ich finde, wir sollten zur Kirche der Lutheraner fahren«, sagte ich. Jedes Wort war harte Arbeit, als müsste man eine Steinplatte heben.
»Nix da«, sagte Donna. »Die Lutheraner sind zu streng.«
»Katholiken? Methodisten? Baptisten?«
»Ich möchte ihn mit nach Hause nehmen, um ihn Daddy zu zeigen. Er ist so einsam, Justin. Ein Baby muntert ihn vielleicht auf.«
Ich antwortete nicht. Ich konnte die Worte nicht herausbekommen.
Donna rauchte beim Fahren und bremste für Tiere, die nur sie sah. Sie parkte vor ihrem Haus und schaltete das Licht aus. Das Baby zwitscherte, wieherte und schnalzte. Im Handschuhfach fand ich einen Lutscher, den ich dem Kleinen in den Mund steckte, doch er spuckte ihn sofort wieder aus.
»Tut mir Leid. Ich brauche jetzt meinen Daddy«, sagte Donna. »Wir hätten das nicht machen sollen. Ich hab es vermasselt. Sei nicht sauer auf mich.«
Ich drückte das Baby an meine Brust, war plötzlich besitzergreifend. Keine mir bekannte Kirche verdiente das Kind. Niemand verdiente es.
Donna öffnete die Tür und hievte ihre Beine ins Freie.
»Versuch es bei der Episkopalkirche«, sagte sie.

Als Nächstes fuhr ich – mir war, als hätte ich keine andere Wahl – zu Willy Lindts Hausboot. Das Baby ließ ihn kalt. Ich erklärte seine Anwesenheit mit ei-

ner »vermurksten Drogengeschichte«, und Willy meinte, er würde verstehen und wüsste außerdem, wie man so was in Ordnung brachte.
»Setz dich, ich brauche Gesellschaft. Ich bin wieder mal trocken, und heute Nacht ist es besonders übel.«
Willy machte zwei Dosen Schwachbier auf und holte eine Tüte Bretzel aus dem Schrank. Für das Baby tunkte er seinen Finger in Milch, doch es drehte den Kopf zur Seite. Seine Zunge war belegt.
»Ich bring es morgen früh zum Sheriff. Ich sage, ich wäre nach einer Sauftour aufgewacht, und es hätte einfach dagelegen. Von mir erwarten die so was.«
»Warum versuchst du, mit dem Trinken aufzuhören?«, fragte ich.
»Ich hab Aussichten auf eine Rolle. In Minneapolis. Ich spiele eine Leiche in einem Kofferraum. Ein Krimi.«
Während wir uns unterhielten, verschlechterte sich der Zustand des Babys zusehends. Ein Schleier legte sich über seine Augen. Neue verzerrte Laute tief aus der bebenden Brust des Kleinen drangen durch seine Kehle – das Ergebnis von zu viel Heavy Metal über Kopfhörer, dachte ich. Willy lief mit dem Baby auf und ab, wiegte es in seinen Armen, doch die Geräusche hörten nicht auf, und das Baby wehrte sich strampelnd.
»Vielleicht ist es allergisch«, sagte Willy, »und zeigt gerade eine Reaktion. Oder epileptisch.«
»Seine Eltern haben es die ganze Zeit stoned gehalten«, sagte ich.
»Dann ist es das, was es will. Dreh einen Joint.«
»Das ist doch krank.«
»Wir brauchen, woran wir gewöhnt sind. Glaube den Worten eines alten Penners.«
Ich widersprach, doch irgendwann setzte Willy sich

durch. Nachdem der Joint gedreht und angezündet war, knieten wir uns auf den Boden. Willy streichelte dem Baby über den Kopf. Ich blickte in sein Gesicht und sah keine Seele, nichts außer einer verschwommenen Gummimaske. Das änderte sich schlagartig mit dem ersten ausgeatmeten Rauch. Das Baby gurrte und sperrte den Mund weit auf, um mehr zu bekommen. Scham brannte in meinem Gesicht und zerriss mich innerlich: Einerseits war ich der Junge, der es besser wusste und hasste, was er tat, andererseits war ich das Kind, das gar nichts wusste und sich von anderen steuern ließ, die vorgaben, Bescheid zu wissen. Ich hielt meinen Mund über die dünnen, trockenen Lippen des Babys und blies, bis ich weinte und aufhören musste.

»Du musst immer daran denken«, sagte Willy hinterher, »dass wir den Scheiß nicht angerichtet haben, oder?«

»Aber wir haben ihn auch nicht beendet«, brüllte ich. »Wir sind mittendrin dazugekommen. Es ist nicht unsere Schuld. Guck dir den Kleinen an – ob es dir gefällt oder nicht, er sieht schon viel besser aus.«

Willy hatte Recht. Das Baby war regelrecht aufgeblüht. Warum also fühlte ich mich mies?

Mittendrin war ein lausiger Ort.

Ein paar Wochen später sah ich sie alle zusammen wieder – Munch, seine Freundin, das Baby und auch Donna. Nach der Baby-Entführung hatte sie den Kontakt zu mir abgebrochen und war jetzt mit einem gut aussehenden jungen Studenten vom Marquette College zusammen, der die Semesterferien zu Hause verbrachte, um dort angeblich bei der Zeitung zu arbeiten. Ich hatte die beiden schon ein paar Mal knutschend im Kino gesehen, während Donnas Vater ein paar Reihen hinter ihnen saß, an seiner Cola nuckelte und so tat, als würde er sie nicht beobachten. Ich hatte das Gefühl, der Scherz ging auf Kosten des Studenten, der wahrscheinlich bespitzelt wurde, ohne es zu wissen. Trotz Donnas ganzem Gerede, dass sie sich eines Tages einen reichen Mann angeln würde, hatte ich stark den Verdacht, dass sie ihr Zuhause nie verlassen würde.

Munch, seine Freundin und Donna sahen total bekifft aus, als ich auf meinem Zehngangrad an ihnen vorbeiglitt. Sie standen um einen Grillplatz im Lions Park und brieten Hot Dogs an Stöcken. Sie alberten rum und ärgerten sich gegenseitig mit ihren Wurststöcken, bis die Hot Dogs ins Feuer rutschten, wo das verbrennende Fett kleine, zischende Stichflammen schlug. Das Baby lag rücklings auf dem Picknicktisch, eingeklemmt zwischen einem Kassettenrecorder und einem Six-Pack.

Sie sahen mich, und ich steckte in der Falle. Ich musste anhalten. Ich steuerte mein Rad über die Wiese, lehnte es an den Picknicktisch und stieg ab.

»Bock auf eine Wurst?«, fragte Munch.

»Nein danke.«

»Die besten ›Innereien‹, die man für Geld kaufen kann.«

Donna grinste wie ein Idiot. Sie war ein Idiot. Das Baby schlief mit über den Kopf ausgestreckten Armen und sah deutlich gesünder aus als bei unserer letzten Begegnung. Die Augen unter den flatternden Lidern bewegten sich, und als ich es am Kinn kitzelte, zeigte es ausnahmsweise normale Reflexe und zuckte und strampelte. Ich dachte, dass die Nacht, die es außer Haus verbracht hatte, seine Eltern vielleicht so sehr erschreckt hatte, dass sie sich jetzt um

ihr Kind sorgten. Mir fiel auf, dass es blaue Socken zum Schutz gegen den kühlen Wind trug.
»Weck ihn nicht auf«, sagte die Freundin. »Er ist völlig fertig. Er kommt gerade von seiner Spielgruppe.«
»Gut, dass ihr euch um ihn kümmert«, sagte ich.
»Munch ist jetzt der perfekte Daddy«, sagte Donna. Ich konnte ihre Bierfahne aus fünf Metern Entfernung riechen. »Er hat ungefähr ein Dutzend Bücher über moderne Erziehung gekauft und einen Termin beim Kinderarzt gemacht.«
»Freut mich zu hören.«
»Rauchen wir eine Tüte?«
»Jetzt nicht.«
Ich schwang ein Bein über den Sattel und stieß mich ab. Selbst die Schlechtesten versuchten heute, ihr Bestes zu geben. Wahrscheinlich würden sie morgen oder übermorgen wieder schwach, aber es gab die Hoffnung, dass sie sich wieder aufrappelten und etwas Neues versuchten. Nichts half gegen alles. Manches half gegen gar nichts. Man musste nur jedes Training so angehen, als wäre es das Spiel.

Hyper

1

Anderen Menschen schlagen ihre Schwächen und Niederlagen aufs Gemüt oder Gewissen; meine hingegen sammelten sich in meinen Zähnen. Ich wusste weder wann die Zerstörung, der mikroskopische Abbau von Zahnschmelz, begonnen hatte noch welche meiner schlechten Angewohnheiten dafür in erster Linie verantwortlich war, doch wann die Grenze überschritten war, stand zweifelsfrei fest. Es passierte im Herbst bei einer nachgestellten Sitzung der Vereinten Nationen, als ich aus einem Karton eisgekühlte Magermilch trank, während ich eine Rede im Namen Argentiniens hielt. Mit dem ersten kühlen Schluck schoss ein Schmerz von meinem Kiefer bis hinter beide Ohren. Alles Helle im Raum wurde dunkel, während die dunklen Objekte weiß vor meinen Pupillen pulsierten.

»Alles in Ordnung?«, fragte das Mädchen neben mir, das Spanien vertrat.

»Kopfschmerzen. Üble Kopfschmerzen.«

»Willst du eine Schmerztablette?«

»Ja.«

Als ich abends warmes Essen zu mir nahm, gegrillte Fasanenbrust voller Schrotkügelchen, schlug der Schmerz erneut zu. Ich stürzte zum Waschbecken und trank gierig Wasser aus dem Hahn, als sich plötzlich eine Art dunkle Henkerskapuze über mich senkte. Beim Aufwachen lag ich auf dem Boden. Audrey kniete neben mir, Mike stand missmutig daneben. Er war gerade erst von einer Reise nach Michigan zurückgekehrt, wo Woody Wolff wegen Leberversagen ins Krankenhaus eingeliefert und auf eine lange Warteliste für ein Spenderorgan gesetzt worden war. Mike konnte es nicht fassen, dass man den großen Mann warten ließ, und hatte in dieser Sache bereits mit dem Kongressabgeordneten von Woodys Wahlkreis telefoniert.

»Wo tut es am schlimmsten weh?«, fragte Audrey.

»Es fängt in den Backen an und geht durch den ganzen Kopf.«

Sie öffnete mit den Fingern meinen Mund. »Ich kann es riechen. Und wie ich es riechen kann.« Sie fächelte sich frische Luft zu. »Voller Abszesse. Du musst dich hundeelend fühlen.«

»Der Junge hatte keine Lust, Zahnseide zu benutzen, und jetzt hat er Zahnschmerzen. Verzeih mir, wenn sich mein Mitleid in Grenzen hält«, sagte Mike.

Am nächsten Morgen wurde ich zu Perry Lyman gebracht. Seine Praxis hatte sich seit den Tagen meiner Klammer verändert. Während seine Assistentin ein Tablett mit Instrumenten vorbereitete, begutachtete ich die neuen Poster an den Wänden. Die Botschaft von Frieden und Liebe war patriotischeren Motiven gewichen: das Hissen des Sternenbanners auf dem Mond, eine Reihe von Kreuzen auf dem Nationalfriedhof in Arlington, die Flugstaffel der Blue Angels, die, weiße Kondensstreifen hinter sich herziehend, am Mount Rushmore vorbeiflog.

»Er wird jeden Moment hier sein«, sagte die Assistentin. »Lehn dich zurück und entspann dich. Ich fange schon mit dem Gas an.«

»Er betäubt seine Patienten jetzt mit Gas?« Die Assistentin war neu. »Früher hat er Hypnose angewandt.«

»Das ist total aus der Mode. Die Zahnmedizin ist eine lebendige, sich ständig verändernde Wissenschaft.«
Ich drückte die Maske fest aufs Gesicht. Das Gas war kühl und süß. Die Assistentin sagte mir, ich sollte ganz normal atmen, doch sobald sie das Zimmer verlassen hatte, saugte ich gierig. Ich sank in immer tiefere Schichten meines Bewusstseins, bis ich das Gefühl hatte, durch ein Teleskop mit verschmierter Linse nach unten zu blicken. Als Perry Lyman den Raum betrat – ein Mann, den ich gereizt und gequält hatte und der mich mit gutem Grund hassen konnte –, wurde ich von einer Welle des Mitgefühls und der Barmherzigkeit übermannt. »Guten Morgen. Ich bin froh, dass Sie mich so kurzfristig einschieben konnten.«
»Es war nicht kurzfristig«, sagte Perry Lyman. »Zwei Jahre ohne Vorsorgeuntersuchung oder Zahnhygiene bedeuten in der Regel, dass der Patient zurückkommt.«
Er nahm mein Krankenblatt vom Schreibtisch, der sauberer und ordentlicher als früher wirkte. Er trug eine silberne Flagge am Revers und schien um die Schultern herum ein paar neue Muskelpakete zu haben.
»Ich muss mich bei Ihnen entschuldigen«, sagte ich. »Wegen meines Streichs bei dem Fahrradrennen.«
»Das war für uns beide eine deprimierende Zeit. Du hast deine Schmusedecke verloren und ich den Verstand. Die Nationalgarde hat mich umgedreht. Aus einem kiffenden Pazifisten ist ein Bürger in Uniform geworden.« Er kippte den Behandlungsstuhl nach hinten. »Fühlst du dich schon leichter?«
»Ein bisschen. Sie sind der Nationalgarde beigetreten?«
»Ich habe unter einer organischen Fehlfunktion ge-

litten, Justin. Zunächst habe ich sie medizinisch behandelt, mit Medikamenten. Doch dann wurde mir klar, dass ich einen Schuss Disziplin brauchte.«

Perry Lyman drehte an einem Rädchen an dem Lachgas-Tank, schaltete einen Spot an und richtete ihn auf mein Gesicht. »Dann wollen wir mal sehen, was sich in dem alten schwarzen Loch tut.«

Das Lachgas wirkte auf mich wie ein Wahrheitsserum. Während Perry Lyman kratzte und bohrte, plapperte ich über Sachen, über die ich sonst nur selten sprach: Ich redete über meinen Plan, Fernsehkommentator zu werden und die Nation mit kontroversen Einsichten aufzurütteln. Meine von einem Traum aus jüngster Zeit inspirierte Theorie, dass Bigfoot in Wahrheit ein Bluffer war, der herausgefunden hatte, dass es schon immer sein Lebensziel war, in Pelz und Leder durch den Wald zu streifen. Ich gestand sogar meinen schändlichen Wunsch, dass Woody Wolff nie eine Leber bekommen würde. Während ich vor mich hinschwallte, war in meinem Mund schwer was los. Ich spuckte Blutklumpen von der Konsistenz von Hüttenkäse und beobachtete, wie sie in dem weißen Waschbecken weggespült wurden. Ich schluckte körnige Brocken Zahnschmelz.

»Da haben wir beide ja was vor uns«, sagte Perry Lyman, drehte das Gas ab und richtete den Behandlungsstuhl wieder auf. »Zunächst mal dein Zahnfleisch: Es ist entzündet und weicht zurück. Der entzündete Backenzahn braucht eine Krone und eine Wurzelbehandlung, und deine unteren Weisheitszähne sind nicht mehr zu retten.«

Während er redete, ließ die Wirkung des Gases nach, und ich fragte mich, ob es ein Fehler gewesen war, hierher zurückzukommen. Perry Lyman hatte

mir schon meinen Daumen genommen – was würde er mir als Nächstes nehmen?
»Und das ist lediglich die zahnmedizinische Dimension«, sagte er. »Die heftigen Blutungen während der Untersuchung deuten auf mangelhafte Ernährung hin.«
»Ich hatte im letzten Herbst ein schlechtes Erlebnis mit Fleisch.«
»Schule?«
»Sie hassen mich. Ist impulsiv und stört den Unterricht. Bleibt unter seinem Potenzial. Egozentrisch.«
»Und zu Hause?«
»Wollen Sie die ganze Liste?«
»Von A bis Z. Ich betrachte meine Patienten gern ganzheitlich.«
Ich leierte die Punkte im Reporterstil runter. »Joel hat in diesem Sommer fünfzehn Pfund zugenommen, bei einem Tenniscamp im Sommer zehn wieder verloren und dann wieder zwanzig zugelegt. Im letzten Monat sind meine Großeltern erneut zu Besuch gekommen, doch Mike warf Grandma vor, sie würde einen Asthmaanfall vortäuschen, deshalb sind sie nach nur zwei Stunden wieder gefahren. Mike hat sich seine Armbrust genommen und die Garage zusammengeschossen. Er hat geschäftliche Probleme. Er will einen Fitnessclub aufbauen, doch er findet keine Mitglieder, und in der Stadt kursiert eine Unterschriftenliste mit der Forderung, ihm den Verkauf von Waffen zu verbieten, seinem größten Umsatzlieferanten.«
»Und deine Mutter?«
»Wie immer.«
»Was heißt, wie immer?«
»Ich wünschte, ich wüsste es.«
Perry Lyman ließ einen Moment in Stille verstrei-

chen, bevor er einen Drehbleistift aus seinem Kittel nahm, die Spitze anklickte und seinen mit Flugzeugträgerbildern illustrierten Kalender betrachtete. Er kreuzte mehrere Flächen an, rieb sich das Kinn, radierte einige Kreuze wieder aus und fügte dann weitere hinzu.

»Ich blockiere einen ganzen Monat für den gesamten Prozess. Aber es kommt auch auf deinen Willen an, bis zum Ende durchzuhalten; ansonsten verschwenden wir beide nur unsere Zeit.«

»Welchen gesamten Prozess?«, fragte ich. »Meine Zähne wieder in Ordnung zu bringen?«

Perry Lyman fuhr die Bleistiftmine wieder ein. »Wenn ich dir alles auf einmal auftischen würde, würdest du in Panik geraten. Du würdest meine Reaktion für übertrieben halten, doch das ist sie nicht. Ich werde das tun, was ich schon beim ersten Mal hätte tun sollen.«

Ich suchte in seinen Augen nach einer Erklärung.

»Die Krankheit behandeln«, erläuterte er, »und nicht die Symptome.«

Zum ersten Termin, der Wurzelbehandlung, setzte Mike mich auf dem Weg zum Flughafen ab. Er war wieder unterwegs nach Ann Arbour, um Woody Wolff zu besuchen und ihm zu helfen, sein Haus zu verkaufen, damit er für die Arzt- und Krankenhausrechnungen aufkommen konnte. Ich machte mich auf den üblichen Vortrag über die Kosten meiner schlampigen Zahnpflege gefasst, doch stattdessen entschuldigte Mike sich für seine Ausbrüche der letzten Zeit, die er damit erklärte, dass der Zusammenbruch seines alten Trainers seinen Glauben an das Gute im Menschen erschüttert hätte.

»Wie geht es ihm?«, fragte ich.
»Er wartet noch immer. Irgendwas stinkt da zum Himmel. Jeden Abend stürzt in den Nachrichten ein Flugzeug ab, aber ein Mann, der vier Rose Bowls gewonnen hat, kann keine Leber bekommen.«
Mike fuhr auf den Parkplatz der Praxis. »Was Perry Lyman angeht – er ist durch die Hölle gegangen. Hör auf ihn. Zeig ihm ein wenig Respekt.«
»Was ist passiert?«
»Erst ist ihm sein Vater an Muskelschwund, an der so genannten Lou-Gehrig-Krankheit gestorben. Dann hat ihn seine Frau verlassen. Mörder-Alimente. Er ist in einer Klinik irgendwo in Kalifornien gewesen und als aufrechter Kerl zurückgekommen. Ein solider Bürger. Er steckt hinter der neuen Initiative zur Steuersenkung, die überall Unterschriften sammelt.«
Dank Novocain und einer Extraportion Gas war die Wurzelbehandlung laut, aber schmerzlos. Das Bohren und Buddeln hinderte mich am Reden, doch Perry Lyman hielt mich mit Zuhören beschäftigt.
»Ich spar dir die rührselige Einleitung – wahrscheinlich hast du den Klatsch sowieso schon gehört –, aber vor ein paar Jahren bin ich voll vor die Wand gefahren. Ist es da empfindlich?«
»Ein bisschen.«
»Fazit: Ich habe alles geprüft. Meine Werte. Meine Haltung zur Welt. Meine Beziehungen. Und was am entscheidendsten war, ich habe mich einer medizinischen Behandlung unterzogen. Ergebnis: Ich bin der Mensch geworden, der ich schon immer sein wollte. Ich fliege und warte meinen eigenen kleinen Hubschrauber. Ich gebe Analphabeten Unterricht. Ich gehe zur Kirche. Der bekiffte Neurotiker auf dem Wasserbett ist tot und begraben.«

Ich hob die Hand, um die Maske fest ans Gesicht zu drücken. Ich wollte alles Gas, das ich kriegen konnte.
»Das bringt mich zu einer Frage, Justin.«
Ich wartete.
»Hast du je den Verdacht gehabt, dass du anders bist als andere Teenager? Nicht als Patient. Kannst du, egal was du anfängst, nie etwas zu Ende bringen? Hast du eine panische Angst, allein gelassen zu werden, wirst aber gleichzeitig wütend, wenn man dich bedrängt?«
Er hatte den Nagel auf den Kopf getroffen. »Es trifft alles zu.«
»Es ist nicht deine Schuld«, sagte Perry Lyman, »sondern meine. Ich habe die Symptome erkannt, als du vor zwei Jahren zu mir gekommen bist. Und was habe ich getan? Ich habe dich weiter leiden lassen. Ein klassischer hyperaktiver Teenager, ein Schulbeispiel für ein Aufmerksamkeits-Defizit-Syndrom, und dein Hippie-Doktor hier hat den Ansatz über das Unterbewusstsein gewählt.«
»Es hat funktioniert. Ich habe aufgehört.«
»Du bist auf etwas anderes umgestiegen«, sagte Perry Lyman und setzte den Bohrer neu an. »Ich möchte, dass du mit Ritalin anfängst.«
»Aber Sie sind doch Zahnarzt.«
Er trat auf das Pedal und ließ den Bohrer aufheulen. »Ich würde gern glauben, dass ich mehr bin als das.«

Die Pille war das Trockenste, was ich je geschluckt hatte, und schien auf ihrem kratzigen, langsamen Weg sämtliche Feuchtigkeit in meiner Kehle zu binden. Ich trank ein Glas Saft, das Audrey mir gab, und dachte an Gerrett Blount aus der fünften Klasse, bei dem man auch Hyperaktivität diagnostiziert hatte.

Gerrett hatte seine Ohren mit Bleistiftspitzen durchbohrt, seine Hände mit Sekundenkleber an Wände und Tafeln geklebt und sich regelmäßig im Klassenzimmer eingenässt. Ich konnte mich noch an die Pfützen unter seinem Pult erinnern, die so heiß waren, dass von ihnen sichtbar Dampf aufstieg.
»Das ist ein Irrtum«, sagte ich zu Audrey. »Ich bin normal. Mir geht es gut.«
Sie antwortete mir mit einer Geschichte. Als ich sechs Jahre alt war, sagte sie, hätte ich den Wohnzimmerteppich mit einer Zickzackschere gestutzt, weil ich geglaubt hätte, er würde wachsen.
Daran konnte ich mich nicht erinnern.
»Oder als du zehn warst. Die Milchphase. Du musstest Milch über alles kippen, was du gegessen hast.«
Ich ließ den Kopf sinken. Die Milchphase ließ sich nicht leugnen.
Ich war auf dem Weg zur Schule, als das Ritalin anschlug. Die Luft schien dicker zu werden und sich mir in Schwaden entgegenzustemmen. Der Himmel dehnte sich aus und offenbarte seine Kuppelform, als mein Blickfeld sich derart erweiterte, dass ich beinahe über meine Schultern schauen konnte, ohne mich umzudrehen. Kurz darauf fiel mir auf, dass auch mein Gang sich verändert hatte. Meine Schritte waren seltsam unwillkürlich geleitet, wie von unsichtbaren Magneten im Boden gesteuert. Um zu gehen, musste ich mich einfach nur ziehen lassen.
In der ersten Stunde hatten wir Englisch. Wir sollten gerade *Moby Dick* lesen. Als Mrs. Rand das Thema an die Tafel schrieb – Weiß, Meer – Land, Rache & Stolz –, schlug ich meine Taschenbuchausgabe zum ersten Mal auf.
»Wer würde gerne über das Leitmotiv ›Weiß‹ sprechen?«, fragte Mrs. Rand.

Ich machte den Mund auf, und heraus kamen diverse Ideen, von denen ich gar nicht wusste, dass ich sie je gedacht hatte. »Weiß« stehe für Ewigkeit, sagte ich. Es repräsentiere sowohl die Unschuld als auch die Vernichtung.

»Ich sehe, du hast das Vorwort gelesen«, sagte Mrs. Rand.

Das stimmte nicht. Ich hatte keine Zeile gelesen.

Das Gleiche passierte mir in Biologie. Ich sprach das Wort »Mitochondrium« richtig aus, obwohl ich es noch nie vorher gehört hatte.

Nach der Schule stürmte ich nach Hause, um von diesen Neuigkeiten zu berichten. Joel hockte vor dem Fernseher und sah sich ein Video mit seinen Aufschlägen im Tenniscamp an. Die Trainer hatten ihm gesagt, er habe Talent, das jedoch unter dem ganzen Gewicht begraben würde.

»Du bist ja ganz außer Atem«, sagte er. »Was ist los?«

»Ich habe mich verändert. Ich bin ein besserer Mensch. Es funktioniert. Es funktioniert tatsächlich.«

»Und warum sind deine Augen dann so seltsam?«

»Wie?«

»So riesig.«

Die Unterhaltung deprimierte mich. Ich tastete in meiner Hosentasche und fand die Pille, die ich erst mittags hätte nehmen sollen. Eine Stunde später fühlte ich mich besser. Ich machte es mir mit *Moby Dick* auf der Couch bequem. Als Audrey mich zum Abendessen rief, sagte ich, »eine Minute«, las jedoch weiter bis elf. Um fünf Uhr wachte ich auf und nahm eine weitere Pille, und als Mike und Audrey zum Frühstück nach unten kamen, hatte ich *Moby Dick* bis auf zwei Kapitel ausgelesen. Ohne etwas auszulassen oder zu überfliegen. Jedes Wort.

Als meine Krone angepasst wurde, nahm ich kein Lachgas: Die neue Klarheit von Ritalin war mir lieber. Hinterher zeigte Perry Lyman mir das neue Juwel, das in meinem Kiefer verankert war, in einem Handspiegel. Er hatte mich aus Rücksicht auf Mikes finanzielle Situation bedrängt, eine Porzellankrone zu nehmen, doch ich hatte mich für Gold entschieden. Mein neues Ich verdiente nur das Allerbeste.

»Wie kommst du mit dem Medikament zurecht?«, fragte Perry Lyman.

»Super. Ich habe letzte Woche gerade meinen ersten kompletten Roman gelesen. Außerdem habe ich neulich den Rasen gemäht und ein perfektes Zickzackmuster hingekriegt.«

»Stimmungsschwankungen?«

»Keine Schwankungen. Immer nur hoch und hoch. Direkt nach oben.«

»Außer Rasenmähen sonst noch irgendwelche Durchbrüche?«

»Nur kleine«, sagte ich. »Früher war es mir immer lästig, Unterwäsche zu tragen, aber jetzt ziehe ich jeden Tag welche an. Und dann der Fahneneid. Er macht mir jetzt eine richtige Gänsehaut. Ich hatte noch nie auf den Text geachtet.«

»Mach dich nicht lustig über mich.«

»Das tue ich nicht. Ich bin vollkommen ehrlich.«

Perry Lyman zog die Schublade mit den Bürsten und der Zahnseide zum Verschenken auf, nahm ein fettes, rotes Buch heraus und schlug eine Seite auf. »Du beschreibst eine verbreitete Nebenwirkung: Euphorie.«

Ich hörte, was er sagte, war mir jedoch über den Sinn seiner Worte nicht völlig im Klaren.

»Das müssen wir im Auge behalten«, sagte Perry Lyman. »Wir wollen schließlich nicht, dass du dich so groß und mächtig fühlst, dass du etwas Dummes

versuchst, wie zum Beispiel von einem hohen Gebäude zu springen.«
Ein Schatten meines alten Misstrauens fiel über mich. Was konnte verkehrt daran sein, sich gut zu fühlen?
Mein Unbehagen begleitete mich auch bei meinem nächsten Besuch. Nachdem er meine Krone gefüllt und erneut angepasst hatte, machte Perry Lyman einen psychologischen Test mit mir. Er versicherte mir, dass es keine falschen Antworten gab, doch ich wusste es besser. Es gab immer falsche Antworten.
»Wenn die Dinge nicht so laufen, wie ich es will«, sagte er, den Satz von einem Klemmbrett ablesend, »habe ich das Gefühl, das Leben ist … Setze ein Wort ein.«
Ich konnte mich nicht für eine Antwort entscheiden. Sollte ich mich verwirrt und sprunghaft geben, um die ursprüngliche Diagnose zu bestätigen, oder sollte ich ruhig und gesund klingen? Geheilt. Es ging um viel: Wenn ich nicht richtig antwortete, verlor ich mein Rezept.
Zunächst versuchte ich es mit einer unsinnigen Antwort. Je nachdem, wie Perry Lyman reagierte, würde ich vielleicht einen Hinweis darauf bekommen, wie ich die anderen Fragen angehen sollte.
»Ein Wunder«, sagte ich.
Perry Lyman blieb ausdruckslos. »Wenn ich von zu Hause weg bin, vermisse ich …«
Ich zögerte. »Familie. Ich vermisse meine Familie.« Das war der Geheilt-Ansatz.
»Meine Lehrer sind …?«
»Reife Erwachsene«, sagte ich.
»Du machst mir was vor. Keine Spielchen, Justin. Das ist eine ernste Sache.«
»Ich dachte, es gäbe keine falschen Antworten?«

»Jetzt spiel hier mal nicht den Schlaumeier.«
Nun änderte ich meine Taktik und antwortete wie eine hyperaktive Person.
»Wenn ich andere Menschen leiden sehe, fühle ich mich ...
»Nervös?«
»Meine Freunde wissen nicht, wie ... ich bin.«
»Ungeduldig.«
»Kleine Tiere machen mich ganz ...«
»Zappelig.«
Perry Lyman legte das Klemmbrett auf seinen Schreibtisch. »Ich gebe dir das Medikament noch eine Woche. Ich mache mir Sorgen, dass das Ganze vielleicht doch nicht organisch ist.«
Verrat drohte. Ich dachte an meinen Daumen zurück. Mein Zahnarzt würde mich nicht zweimal brechen. Auf keinen Fall.

Was Perry Lyman nicht wusste, als er die Infusion vorbereitete, war, dass ich seine Anweisung, die Pille an diesem Morgen nicht zu nehmen, ignoriert hatte. Er hatte mir erklärt, er wolle vermeiden, dass eine Kollision der beiden Medikamente die Betäubung linderten – genau das aber wollte ich. Wegen Perry Lymans erwiesener Fähigkeit, in mein Gehirn einzudringen und meine Gedanken umzumodeln, war ich bereit, für eine erhöhte Wachsamkeit stärkere Schmerzen zu erleiden.
Als die Flüssigkeit durch den Plastikschlauch sickerte, explodierte die Lampe über mir in silbernen Sternen. Die Maserung der Deckenverkleidung verwandelte sich in ein Gebirge. Perry Lymans Augen und Wangen wurden faltig und verzerrt und tropften wie geschmolzener Käse.

Diesmal verspürte ich nicht den Drang zu plappern, obwohl Satzfetzen in meinem Kopf trieben (»... Worte, das Gegenteil von Nahrung ...«, »... vorwärts geteilt durch rückwärts gleich seitwärts ...«), sondern ein tieferes, grimmigeres Verlangen. Ich wollte meinen Zahnarzt essen, ich wollte ihn verzehren. Und dann würde ich mich durch das gesamte Gebäude kauen, die Autos auf dem Parkplatz, die Gartenanlagen. Ich sah mich als eine riesige Raupe, die mit jedem Bissen länger und dicker wurde, bis außer Luft nichts mehr übrig, und alles, was außerhalb und mir im Weg, endlich in mir war – eine Quelle von Kraft und Energie.

»Sauger. Schnell«, sagte Perry Lyman. Die Assistentin eilte mit ihren Geräten herbei. Die Praxis dröhnte. Während das Hämmern, Knacken und Bohren weiterging, schien das Beruhigungsmittel Besitz von mir zu ergreifen. Bald war es nicht nur totes Gewebe, das entfernt wurde, sondern entzündete Eindrücke und infizierte Erinnerungen. Der widerliche Geschmack von Wildfleisch wurde mit einer funkelnden Diamantzange aus meinem Schädel entfernt. Als Nächstes spürte ich, wie mein Verlangen nach Audrey von einer Stahlpinzette gepackt wurde, die glitzerte wie Überbrückungskabel. Doch es wollte sich nicht lösen und rutschte zurück durch meine Kehle in meinen Bauch, wo es weiterbrannte.

»Mach deine Zunge flach«, sagte Perry Lyman. »Und hör auf zu reden.«

»Wie sollte ich denn reden? Ich rede nicht.«

Mein Zahnarzt heulte auf. Eine friedliche Ohnmacht folgte. Als ich wieder zu mir kam, bandagierte er seinen Zeigefinger mit einem weißen Mullverband.

»Du hast mich gebissen«, sagte er.

Ich schlief wieder ein. Als ich erneut aufwachte, war

offenbar einige Zeit verstrichen. Perry Lyman hatte seinen Kittel aus- und ein Sportjackett angezogen und war im Begriff, die Praxis zu verlassen.
»Tut mir Leid, dass ich Sie gebissen habe.«
»Das verstehe ich«, sagte er. »Es überrascht mich nicht bei unserer Geschichte.«
»Ist mein Vater hier, um mich abzuholen?«
»Sein Freund hat eine Leber bekommen. Dein Vater musste kurzfristig weg. Und deine Mutter ist den ganzen Tag bei einem Kurs für medizinische Notfallversorgung.« Perry Lyman knöpfte seine Jacke zu. »Du kannst bei mir bleiben. Dir meinen Hubschrauber ansehen.«
»Sind sie draußen?«
»Sie sind draußen. Komplett draußen.«

Meine Wangen waren mit blutiger Tamponade voll gestopft, als Perry Lyman mich zu dem Hubschrauber führte, der auf einem Asphaltplatz hinter dem Farmhaus stand. Das Gefährt hatte keine Türen, die Kabine war kaum mehr als eine durchsichtige Plastikblase, die die Instrumententafel und die beiden engen Sitze schützte. Um meine geschwollenen Kiefer zu schonen, bat ich Perry Lyman mit Gesten, mich auf einen Flug mitzunehmen.
»Vielleicht irgendwann mal«, sagte er. »Was dein Medikament betrifft …«
Ich verschränkte die Arme und bereitete mich darauf vor, keinen Meter zurückzuweichen.
»Ich persönlich kann keine große Verbesserung feststellen. Im Gegenteil, ich sehe deutliche Warnzeichen. Aber ich bin nicht du. Natürlich habe ich versucht, mich in alle Menschen hineinzuversetzen, aber das wurde mit der Zeit ermüdend. Und schreck-

lich einsam. Schlussfolgerung: Du machst, was du willst. Es ist dein Leben.«
Ich nahm die Tamponade aus dem Mund. »Danke.«
»Psst, sonst fängst du wieder an zu bluten.«
»Mit den Pillen habe ich das Gefühl, ich selbst zu sein. Das hatte ich vorher noch nie.«
»Woher willst du dann wissen, wie es sich anfühlt? Schscht, nicht antworten.«
Perry Lyman überlegte sich das mit dem Hubschrauberflug doch noch anders. Wir legten die Sicherheitsgurte an und setzten gepolsterte Kopfhörer mit Mikrophonen auf. Wir hoben mit nach unten geneigtem Cockpit ab, als wollten wir direkt in die Bäume rasen, doch ein paar Sekunden später richteten wir uns auf.
»Um zu antworten, klopf einfach auf dein Mikro«, sagte Perry Lyman. »Einmal klopfen heißt ja, zweimal Klopfen nein.«
Ich klopfte.
Ich erkannte keinen der markanten Punkte in unserer Umgebung; Perry Lyman musste mich auf jeden einzeln hinweisen. Die Schule war ein schwarzes Rechteck aus Dachpappe mit silbernen Pfützen, der Golfplatz, der im Westen der Stadt angelegt wurde, eine Ansammlung von Erdhügeln und schmalen Gräben, wo das Clubhaus und die Apartments errichtet werden sollten. Unser Haus und den Garten erkannte ich nur an den Dutzenden von gelben Tennisbällen, die nach Joels Training gegen die Garagenwand liegen geblieben waren.
»Gefällt es dir hier oben?«
Klopf.
»Bereit, wieder zu landen?«
Zweimal Klopfen. Nein.
»Du bist wie ich: Ich steige auf und möchte für im-

mer oben bleiben. Einfach Kreise fliegen und sehen, was es zu sehen gibt, bis ich keinen Sprit mehr habe. Ich hasse den Boden. Für mich ist er nur dazu da, um davon abzuheben.«

Klopf.

»Manchmal erschrecke ich mich selbst.«

Klopf, klopf.

Wir flogen noch eine halbe Stunde weiter, sausten den Fluss hinunter und schwebten über Klippen. Ich beneidete Perry Lyman um das neue Leben, das er gefunden hatte, und spürte, dass es länger Bestand haben würde als meine Pille. Einmal hatte er mir erklärt, Ritalin wäre bloß eine Brücke, von der ich irgendwann herunterkommen müsste, aber wohin? Ich beobachtete, wie er die Instrumente ablas und den Steuerknüppel bewegte. Ich hatte keinen Knüppel. Ich flog blind.

2

Dass ich in jenem Sommer Fliegenfischen lernte, war Mikes Idee. Ich hatte ihm erzählt, dass ich ein Hobby wollte, aber keine Sportart. Ich hatte mich darum bemüht, an einem von der University of Michigan gesponserten Theatercamp teilzunehmen, doch Mike sagte etwas, was mich umstimmte. Er erzählte mir, dass ihn das Fliegenfischen in den Tagen nach seiner Knieoperation davor bewahrt habe, verrückt zu werden. In dem Maße, wie er sich auf das Fischen konzentrierte, sein Herz daran hängte, konnte er die Tatsache verdrängen, dass er nie Profi werden würde.

Genau das wollte ich: eine Freizeitbeschäftigung, an die ich mein Herz hängen konnte. Etwas, worauf ich abgesehen von den Pillen zurückgreifen konnte.

Um mich auf den Geschmack zu bringen, brachte Mike mir ein paar Zeitschriften zum Lesen mit. Was mich packte, waren die Bilder der Angler. Mit ihren Kappen und Sonnenbrillen, ihren schicken Stiefeln und den mit allerlei Metallschnickschnack verzierten Westen strahlten sie die intelligente Verwegenheit von Piloten aus, halb Ingenieur, halb Sportler. Den Zeitschriften zufolge waren Fliegenfischer geduldig, sorgfältig und rücksichtsvoll. Die Nobelausgabe eines gewöhnlichen Anglers. Stets warfen sie ein letztes Mal ihre Schnur aus, nachdem sie den ganzen Tag lang gefoppt worden waren, und zogen

dann die Forelle ihres Lebens aus dem Wasser, nur um sie aus Gründen der Arterhaltung wieder freizulassen.
Als Erstes musste ich lernen, wie man die Flugangel warf. Ich übte im Garten. Mike stand neben mir und fasste meinen Ellenbogen, während ich einen knappen Meter Schnur abspulte und meine Angelrute im Winkel von 45 Grad anhob. Wenn man die Schnur in der Luft hatte, musste man darauf achten, dass sie sich bei der Ausholbewegung ganz nach hinten spannte.
Ich kriegte es einfach nicht hin. Meine Kunstfliege, deren Haken zur Sicherheit entfernt worden war, prallte unweigerlich auf meinen Kopf, während sich die Schnur wegen des fehlenden Schwungs in schlaffen Schlaufen um meine Schuhe legte.
»Du darfst nicht zögern«, sagte Mike. »Das Ganze muss eine fließende Bewegung sein, elegant und gleichmäßig.« Er führte meinen Arm ein bisschen fester, als mir lieb war. »Zehn Uhr. Und zurück auf zwei Uhr. Noch mal.«
»Lass mich los«, sagte ich.
»Nicht mit Gewalt.«
»Mach ich ja gar nicht!«
Schließlich wurden meine Würfe besser, und ich durfte mir eine Anglerweste von dem Orvis-Ständer in Mikes Laden aussuchen. Ich füllte die Taschen mit Vorfächern, Haken, Gewichten, Schere und diversen Flaschen mit Appreturen, die die Fliegen schwimmen oder sinken ließen. Das i-Tüpfelchen war eine kleine Aluminiumdose mit Fliegen, die Mike im Laufe des Winters selbst gebunden hatte: Pale Morning Duns, Royal Coachmen, Goofus Bugs.
»Das Besondere daran«, sagte er, »sind die Materialien. Die Fliegen, die man im Laden kauft, sind aus

synthetischen Stoffen, aber die hier habe ich aus natürlichen Materialien selbst gebunden.«
Ich kannte das Geheimnis von Mikes Fliegen schon. Wenn wir über Land fuhren, entdeckte er manchmal etwas auf der Straße, hielt an und stieg aus, um ein totes Waldhuhn oder einen Fasan in den Kofferraum zu packen. Er verstaute seine Funde in der Gefriertruhe im Keller und machte sich nicht immer die Mühe, sie einzupacken, sodass ich mit ihren Kadavern konfrontiert wurde, wenn ich mir ein Eis herausholen wollte. Als ich einmal eine Waldschnepfe wegwarf, die er aufbewahrt hatte, flippte Mike total aus und zwang mich, die Mülltüten zu durchwühlen, bis ich den Vogel gefunden hatte.
Ich klappte die Fliegendose zu und verstaute sie in meiner Weste. »Danke.«
»Du wirst diesen Sport lieben«, sagte Mike. »Er ist nicht wie Joels Tennis. Du wirst ihn nie beherrschen. Jeder Fluss ist wie ein komplett neues Spiel.«

Im Sommer standen wir, egal ob es regnete oder die Sonne schien, jeden Samstagmorgen um sechs Uhr auf und fuhren hundert Meilen zum Winnikick River im Süden von Wisconsin. Der Fluss floss durch ein Indianerreservat, und Mike musste bei dem Stamm eine Angelerlaubnis erwerben. Der Stamm war arm. Tramper in Bomberjacken aus Restposten lungerten am Straßenrand herum und hoben den Daumen, wenn sie unseren Wagen sahen, um ihn gleich wieder zu senken, wenn sie erkannten, dass wir keine Indianer waren. Die Plakate entlang des Highway warben nicht für Autos oder Klamotten, sondern für Telefonseelsorge oder Ernährungsberatung.
Bevor wir den Fluss erreichten, hielt Mike jedes Mal

extra bei dem Handelsposten des Reservats, der steuerfreien Tabak und Sportartikel verkaufte. Ich mochte den Geruch dort – altes Leder, Pfeifenrauch und Köder –, aber eines Tages vermieste Mike mir den Laden, indem er Kautabak kaufte.

»Ich hätte gern einen Beutel Red Man«, erklärte er dem Verkäufer.

»Ich kann nicht glauben, dass du das gemacht hast«, sagte ich draußen.

»Wenn sie nicht wollten, dass die Leute diesen Tabak kaufen, hätten sie ihn nicht auf Lager.«

»Ich habe das Gesicht des Verkäufers gesehen.«

»Die leben von weißen Freizeitsportlern.«

Es war nicht leicht, den Winnikick zu erreichen. Den Wagen stellten wir am Ende einer Schotterstraße ab, von wo aus wir eine Meile durch sumpfiges Unterholz marschieren mussten, die Angelruten zwischen Bäumen und Brombeeren geneigt, um die Schnüre nicht abzureißen. Mike machte sich ständig Sorgen, ich könnte die Flugangel zerbrechen, die er mir gekauft hatte. Eine acht Fuß Orvis-Rute, die so schlank und zierlich war, dass es eigentlich nur eine Frage der Zeit sein konnte, bis ich sie kaputtkriegte. Die klobigen Anglerstiefel machten meine Füße schwer, und als wir den Fluss erreichten, war ich bereits erschöpft, meine Haare zu steifen Strähnen verknotet und meine Hände total zerkratzt. Mike ging vor mir und hasste es zu warten, sodass er meist schon am grünen Ufer des Flusses stand und mit eleganten Bewegungen Würfe trainierte.

An jenem Morgen watete ich ein gutes Stück flussabwärts. Der plötzliche Druck des Wassers auf meine Unterschenkel fühlte sich an wie die Blutdruckmanschette beim Arzt. Ich wählte eine Fliege aus – eine flauschige Köcherfliege aus dem Fell eines Rehbocks,

den Mike geschossen hatte – und versuchte, sie an mein haarfeines Vorfach zu knoten.
Mein Ankerstichknoten ging wieder auf. Meine Nackenmuskeln verspannten sich, bis sie steinhart waren. So wie manche Menschen nie lernen zu tanzen, egal wie viele Stunden sie nehmen, konnte ich nicht lernen, Angelknoten zu knüpfen. Sie stellten mich vor unlösbare Rätsel.
»Brauchst du Hilfe da hinten?«, rief Mike. Von unseren vorherigen Ausflügen wusste er, dass ich zwar tatsächlich Hilfe brauchte, dies jedoch stets abstritt.
Aus fünf frustrierenden Minuten wurde eine Viertelstunde. Hinter mir hörte ich ein Platschen: eine Forelle auf Nahrungssuche. Ich wand die Nylonschnur in wahllose Schlaufen und hoffte, zufällig einen Knoten gebunden zu haben.
»Ich hab eine!«, hörte ich Mike hinter der Biegung rufen. »Ein Prachtexemplar von einer Regenbogenforelle. Komm her.«
Ich schleppte mich vornüber gebeugt gegen die Strömung. Die Steine im Wasser waren glitschig von Moos und Gräsern. Als ich Mike erreichte, hatte er die Forelle bereits an Land gezogen und zurück in den Fluss geworfen.
»Und hast du da vorn schon Glück gehabt?«, fragte er.
»Ich konnte meine Fliege nicht festknoten.«
»Du brauchst mehr Schnur.« Mike nahm eine Rolle Schnur aus seiner Weste, maß an seinem Unterarm ein Stück ab und kappte es mit einer Nagelschere, die an seiner einziehbaren Schlüsselkette hing.
»Um zwei Stücke Schnur zu verbinden, benutzt man den Blutsknoten. Erinnerst du dich noch an den Blutsknoten?«
»Ich glaube schon. Zeig ihn mir noch mal.«

Wir hatten das Ganze bereits vor einer Woche versucht, und nun versuchten wir es wieder. Mike klappte seinen Polaroid-Sonnenbrillen-Aufsatz hoch und führte mit seinen rauen, braunen Händen meine glatten, weißen Finger, als ich die Schnurenden übereinander legte. Ich spürte die ungeduldige Anspannung in seinen Daumen, als ich die Schnüre miteinander verflocht, eine Schlaufe fädelte, festzog und zusah, wie sich der Knoten auflöste.
In der Nähe hörte ich erst eine, dann noch eine Forelle springen.
»Angel du ruhig weiter«, sagte ich. »Ich hab es beinahe.«
»Von wegen. Gib mal her.« Mike nahm mir die Schnur ab, legte die beiden Enden zusammen, spuckte darauf und zog den Blutsknoten fest.
»Mit welcher Fliege wolltest du denn fischen?«
»Mit einem Royal Coachmen.«
»Ich binde sie für dich an. Versuch, genau aufzupassen.«
Bis zum Mittag hatte Mike vier Forellen gefangen und wieder freigelassen und ich gar keine, obwohl ein paar Mal eine angebissen hatte. Beim zweiten Mal riss meine Leitschnur, und ich verlor meine Fliege. Ich versuchte erfolglos, eine neue anzuknoten, und tat dann lieber so, als würde ich emsig fischen, anstatt Mike erneut zu belästigen. Ich gab eine ziemlich überzeugende Privatvorstellung, ich warf, holte Leine ein und ließ sie wieder schießen, als ob ich mit meiner leeren Schnur tatsächlich eine Chance hätte, etwas aus dem Wasser zu ziehen.
Wir aßen im Schatten einer Eiche zu Mittag. In den Ästen herumkletternde Eichhörnchen traten Eicheln los, die zu Boden fielen, langbeinige Schneider krabbelten über Blätter. Mike schnitt mit seinem Filier-

messer eine Hartsalami in Scheiben, während ich Käse aus der Tube auf Ritz-Cracker drückte. Mike aß die Salamischeiben von dem Filiermesser, was mich nervös machte.

»Was ist los?«, fragte er. »Keinen guten Vormittag gehabt?«

»Vorsicht, sonst schneidest du dir in die Zunge.«

»Du bist sauer auf mich. Du würdest lieber mit den Reiche-Leute-Kindern Theater spielen.«

»Ich kann einfach keine Knoten.«

»Du bist zu verbissen. Du musst ein bisschen lockerer werden.«

Nach dem Mittagessen streifte Mike seine Anglerstiefel ab und legte sich unter dem Baum zu einem Nickerchen hin. Ich ging ein Stück flussabwärts, um ein Bier zu trinken, das ich in meiner Anglerweste verstaut hatte.

»Und schon Glück gehabt?«, fragte eine Stimme.

Ich blickte auf. Am anderen Ufer fischten zwei Indianer auf eine Art, die ich noch nie gesehen hatte. Sie hatten kurze, kräftige Ruten wie abgesägte Billardstöcke, die in der Astgabel von y-förmigen Stöcken lagen.

»Mein Vater hat vier gefangen«, sagte ich. »Aber er hat sie wieder ins Wasser geworfen.«

»Ein Purist«, sagte einer der Männer. »Das ist schade. Was man fängt, sollte man auch essen, aus Respekt.«

»Und selbst?«, fragte ich.

Der zweite Mann streckte den Arm aus und hielt einen schwarzen Plastikmüllsack hoch. Der Sack sah schwer aus, fast zum Bersten gefüllt, sodass der Mann ihn nur kurz anheben konnte. Offenbar stimmte es, was Mike mir einmal erzählt hatte: Die Indianer angelten nicht zum Zeitvertreib, sondern nach Nah-

rung und würden den ganzen Fluss leer fischen, wenn sie könnten.
»Womit fischt ihr?«, fragte ich.
»Einfach Würmer. Willst du ein paar?«
»Mein Vater sagt, wir müssen mit Fliegen fischen.«
»Ich glaube, ich kenne deinen Alten«, sagte der erste Mann.
Ich trank den letzten Schluck Bier. »Woher?«
»Ich arbeite in einem Laden, wo er manchmal einkauft.« Der Indianer sah seinen Freund an. »Mr. Red Man.«
Die beiden lachten. Ich winkte zum Abschied und ging.
Auf der Heimfahrt fand Mike einen toten Waschbären.

Mike band seine Fliegen an der Werkbank im Keller. Die eine Seite der Bank war mit aufgespulten Fäden, Kästchen voller Haken und Karten mit buntem Garn bedeckt, auf der anderen stapelten sich Fasanenfedern, gebündelte Eichhörnchenschwänze und Rehfellstücke. Mike saß vor seinem Schraubstock, hörte sich im Radio ein Baseballspiel der Minnesota Twins an und kramte durch seine Sammlung nach einer Feder oder einem Fellbüschel, das den Fotos in seinem Buch über Fliegen entsprach.
»Möchtest du mir zusehen und etwas lernen?«, fragte er.
»Ich habe zu tun.«
»Das Fliegenbinden lehrt einen, die Details zu beachten. Woody hat immer gesagt, dass ich damit Probleme hätte. Gott sei Dank hatte ich jemanden, der mich auf meine Schwächen aufmerksam gemacht hat.«
»Bist du nie wütend geworden?«

»Klar, manchmal schon. Aber daraus habe ich dann die Energie gezogen, besser zu werden. Menschen, die nie wütend werden, enden erfahrungsgemäß meist als Kofferträger der anderen.«
Während Mike Faden um einen winzigen Haken wickelte, saß ich auf dem Boden mit einer Angelzeitschrift, in der ein Artikel über Knotenbinden stand. Darin wurde empfohlen, mit einer Kordel zu üben. Ich ging nach oben, fand eine Wäscheleine, schnitt mit einem Steakmesser zwei gleich lange Stücke ab und kehrte in den Keller zurück.
»Bewundernswerte Beharrlichkeit«, sagte Mike. »Irgendwann musst du dir sagen: ›Hey, ich bin alleine. Ich gegen mich. Das ist alles.‹«
Während ich meinen Blick zwischen den Diagrammen der Knoten und den Enden der Wäscheleine hin und her wandern ließ und versuchte, sie im Kopf zusammenzubringen, dämmerte mir, dass die Knoten nicht mein Problem, sondern nur Symptome eines tieferen Chaos waren. Ich hatte schon immer Schwierigkeiten gehabt, rechts und links auseinander zu halten. Wenn ich aufgefordert wurde, den Fahneneid zu sprechen, wusste ich nie, welche Hand ich aufs Herz legen musste.
Nachdem ich mich an ein paar weiteren Knoten versucht hatte, die alle nicht halten wollten, ließ ich das Seil fallen und klappte die Zeitschrift zu.
»Bald fängt die Grashüpfersaison an«, sagte Mike, öffnete die Backen seines kleinen Schraubstocks und ließ einen Grashüpfer aus Rehfell in seine Hand fallen. »Damit können selbst Anfänger Forellen fangen.«
»Es ist mir egal, ob ich je eine Forelle fange.«
»Das wird sich ändern, wenn du die erste gefangen hast.«

Ich starrte auf das schlaffe Seil.
»Ich will mit Würmern angeln.«
»Auf die bequeme Art.«
»Was ist verkehrt daran, wenn etwas bequem ist?«
»Ich glaube, das weißt du selbst.« Mike griff nach einem Fasanenhals, rupfte eine Feder heraus und klemmte einen neuen Haken in den Schraubstock.
»Ich weiß es nicht«, erklärte ich ihm.
»Dann tust du mir Leid.« Er spulte etwas rotes Garn ab und biss es mit den Zähnen durch.

In dieser Woche gingen wir mit Mikes Anwalt Jerry fischen. Er war genauso alt wie Mike, jedoch unverheiratet, kinderlos und dafür bekannt, junge, blonde Freundinnen zu haben und seinen Urlaub an Orten wie Aruba zu verbringen. Wir holten ihn bei sich in White Bear Lake ab und standen mit laufendem Motor auf seiner runden, gepflasterten Einfahrt, während er nach und nach seine Ausrüstung aus dem Haus schleppte. Seine Rute, seine Weste und seine Stiefel waren brandneu, und als er schließlich alles im Wagen verstaut und es sich auf dem Beifahrersitz bequem gemacht hatte, verriet er mit der Bemerkung »der Erste, der eine Zehn-Pfund-Forelle fängt, zahlt heute Abend die Drinks«, dass er noch nie vorher geangelt hatte.
Mike erklärte ihm, dass Zehn-Pfund-Forellen sehr selten waren, vor allem in den kleineren Flüssen des Mittleren Westens.
»Dann eben zwei Fünf-Pfünder«, sagte Jerry. »Es kommt auf die Summe an.«
Ich war froh, einen weiteren Anfänger dabeizuhaben. »Du und ich«, sagte Jerry immer wieder. »Du und ich, Junge.«

Mike grinste über Jerrys Witze und Sprüche, doch ich hatte das Gefühl, dass er auf ihn herabblickte, weil Jerry die Natur nicht ernst genug nahm. Als das Gespräch aufs Angeln kam, wurde Mike richtig streng und bestand darauf, dass Jerry seine Forelle freiließ und sie nicht durch zu langes Ziehen ermüdete.

»Dein Vater ist der Führer des Fliegenfischens«, sagte Jerry und hob den rechten Arm zum Hitlergruß.

»Das reicht«, sagte Mike.

Wir hielten bei dem kleinen Laden im Reservat, damit Jerry sich eine Stange zollfreie Zigaretten kaufen konnte. Ich lungerte bei dem Kühlschrank mit dem Bier herum und betete, dass Mike den Verkäufer nicht nach Red Man fragen würde. Der Verkäufer erkannte mich und winkte mir zu. Ich erwiderte seinen Gruß mit einem Nicken.

»Eine Stange Camel«, sagte Jerry. »Oder besser zwei.« Er wandte sich an Mike, der neben ihm stand. »Für dich irgendwas?«

»Nein danke. Ich bin versorgt.«

Der Tag fing gut an.

Als wir den Fluss erreicht hatten, ließ Mike mich mit Jerry allein und watete stromabwärts, um an seiner speziellen Stelle zu fischen. Ich beobachtete, wie Jerry sich abmühte, seine Fliege anzuknoten, und war froh, dass ich das schon zu Hause getan hatte. Jerrys feuchte, rosafarbene Finger zuckten und zitterten.

»War eine harte Nacht«, sagte er. »Ich hab eine Schlacht gegen Wild Turkey verloren.«

Wir fischten nebeneinander. Es war ein strahlender Tag, schlechtes Angelwetter, und Dampf stieg aus meinen hohen Gummistiefeln in mein Gesicht. Jerry zündete sich eine Camel nach der anderen an und schnippte die Kippen in den Fluss. Wir plauderten, erzählten uns Geschichten. Jerry fragte mich nach meinen beruflichen Plänen und warnte mich vor der Juristerei.

»Es ist brutal. Für Typen wie Mike, die andere Menschen von Natur aus verängstigen, ist es vielleicht sinnvoll«, meinte er. »Aber nicht für Typen wie uns.«

Ich fragte ihn, was er mit Typen wie uns meine.

»Na ja, die Typen, die lieber den Fahrstuhl nehmen und ihre Brötchen schon aufgeschnitten kaufen.«

Jerry zog einen silbernen Flachmann aus seiner Anglerweste und kippte rasch einen Schluck herunter. »Mach mal Pause«, sagte er und wischte sich den Mund ab. »Sag Hemingway nichts davon, aber Fischen langweilt mich. Ich hab mir die ganze Ausrüstung nur gekauft, weil im *Esquire* stand, dass das dieses Jahr in ist.«

Jerry lungerte am Ufer herum, während ich weiter warf. Über dem Wasser schwirrten Hunderte von winzigen, grünen, frisch geschlüpften Maifliegen. Ich spürte ein Ziehen an der Schnur und holte sie ein Stück ein, um den Haken zu setzen. Die Forelle konnte sich befreien, aber ein oder zwei Würfe später biss eine weitere an. Jerry pfiff anerkennend. Ich gab dem Fisch ein wenig Schnur. Er war klein, aber offenbar ein großer Springer. »Meine erste!«, rief ich.

Ich zog die Forelle gerade aus dem Wasser, als Mike hinzukam. Er baute sich vor Jerry auf und hielt ihm seine offene Hand hin.

»Was ist das?«, fragte er.

Jerry verdrehte die Augen. Ich hielt meinen Fisch hoch, doch Mike guckte gar nicht zu mir rüber.

»Die sind ein Stück weiter unten angetrieben«, sagte Mike. »Der Fluss ist kein Aschenbecher, Jerry. Hol deine Schnur ein, Justin. Das war's für heute.«

»Aber ich habe eine gefangen«, sagte ich.

»Du wirst auch noch eine fangen. Los jetzt.«

Auf der Rückfahrt saß Jerry hinten, pustete Zigarettenqualm aus dem heruntergekurbelten Fenster und nuckelte an seinem Flachmann. Keiner sagte etwas. Im Wagen war es drückend heiß. Als wir das Reservat gerade verlassen wollten, trat Mike auf die Bremse und hielt am Straßenrand. »Willst du mich zu Fuß nach Hause laufen lassen?«, fragte Jerry. Mike stieg aus, blickte nach links und rechts, sprintete auf die andere Seite des Highways und bückte sich.

»Sag mir, dass er das nicht isst«, meinte Jerry.

Mike kam mit einer toten Stockente zurück, die er am Hals gepackt hielt, ging zum Kofferraum und öffnete ihn. Man hörte einen dumpfen Aufprall, und dann knallte der Deckel wieder zu.

»Irgendjemand sollte deinem alten Herrn die Neuigkeit mitteilen, dass wir in den achtziger Jahren des zwanzigsten Jahrhunderts leben«, sagte Jerry. »Der Wilde Westen ist lange erobert.«

»Wir haben es versucht«, erwiderte ich. »Er sieht das anders.« Ich wusste nicht, ob mich das stolz oder traurig machte.

Ein paar Samstage später schlenderte ich, während Mike tankte, durch den Laden im Reservat. Ein Junge mit einem Kehrbesen fragte mich, ob er mir helfen könne. Er hatte üble Akne, als spannte sich seine Haut über glühenden Kohlestückchen, und ein Lächeln, bei dem man schon sehr genau hinsehen musste, um es zu erkennen.

»Danke, nein«, sagte ich.

»Brauchst du Fliegen zum Fischen?«

»Mein Dad bindet seine eigenen.«

»Ist das da dein Vater?«

Ich blickte zu Boden.
»Ach, du bist das«, sagte der Junge. »Mein Onkel hat dich neulich getroffen. Er hat dich fischen sehen.«
»Ist dein Onkel der Verkäufer?«
»Er hat gesagt, du könntest keine Knoten.«
Der Junge machte mir mit einem Finger ein Zeichen zu warten, bevor er durch eine mit einem Baumwollvorhang verhängte Tür schlüpfte, über der »Nur für Angestellte« stand. Als er zurückkam, streckte er mir seine offene Hand entgegen.
»Sechs Dollar«, sagte er. »Jeder sagt, dass es damit klappt.«
Die Kopfknotenbinder waren aus Edelstahl. Einer war u-förmig, der andere sah aus wie ein Stift. Ich kaufte sie beide. Ich gegen mich, damit war jetzt Schluss.
Draußen zeigte Mike auf irgendwas auf der Windschutzscheibe: ein Grashüpfer, dessen Flügel unter den Scheibenwischer geraten waren. Ich bemerkte einen weiteren, der sich an die Antenne klammerte.
»Guck dir deine Stiefel an, sie sind überall«, sagte Mike. »Das ist der Tag. Heute ist der Tag. Bist du bereit?«
Ich saß auf einem Baumstamm und übte, mit den Kopfknotenbindern umzugehen. Es war heiß, feucht und bedeckt, Schweiß tropfte von meiner Nase auf die Leitschnur, als ich es zum ersten Mal ohne Hilfe schaffte, einen Ankerstich und wenig später auch einen Blutsknoten zu knoten. Obwohl das Werkzeug die meiste Arbeit erledigt hatte, war ich trotzdem stolz.
Überall um mich herum waren hungrige Forellen auf Nahrungssuche, einige tauchten sogar aus dem Wasser, um die Grashüpfer zu erwischen, die sich auf der Wasseroberfläche abmühten. Die größeren, schwe-

ren Fische zogen eine sichtbare Welle hinter sich her, wenn sie wie ein Geschoss auf ihre Ziele zuschwammen, zuschlugen und dann abtauchten, um sich einen Augenblick am Grund des Baches auszuruhen, wo ich ihre Schatten auf dem Kies ausmachen konnte. Der Anblick machte mich ganz krank vor Aufregung und weckte eine tief in mir schlummernde Anglergier, von der ich gar nichts geahnt hatte.

Ich hatte einen Sport.

Mein erster Wurf war perfekt und setzte den Schwimmer direkt an ein tiefes, grünes Becken, wo er friedlich vor sich hintrieb. Er umschiffte einen aus dem Wasser ragenden Fels, wurde schneller, glitt durch eine Schaumkrone und war verschwunden. Ein Fisch hatte angebissen. Ich hob die weidenartige Rute an und spürte ein Ziehen, gefolgt von einem kräftigen, panischen Zucken, an dem ich merkte, dass ich einen ganz schönen Brocken an der Angel hatte.

Meine Knoten hielten.

Als ich die große Regenbogenforelle aus dem Wasser zog, war ihr Bauch prall und fest vor lauter verschlungenen Grashüpfern. Ich rief Mike zu, er solle herkommen und sich das ansehen, bekam jedoch keine Antwort.

Ich wusste, was ich nach dem Ehrenkodex der Fliegenfischer als Nächstes zu tun hatte, nämlich die Forelle freizulassen. Aber ich konnte nicht. Ich wollte sie behalten. Nicht als Trophäe oder Andenken, sondern als ein wildes Wesen, das mir Kraft geben sollte. Ich öffnete das Netz, das ich in meiner Weste hatte, ließ die Forelle hineingleiten und machte es wieder zu.

So. Sie gehörte mir. Und die Nächste auch.

An jenem Tag gehörten sie alle mir, alle sieben, wo-

mit ich zwei Fische über dem erlaubten Fanglimit lag. Die ersten drei gingen mir in kurzer Folge an die Angel, wie um mir gegenüber eine Schuld zu begleichen. Dann riss meine Leitschnur. Ich versuchte, sie wieder anzuknoten, aber meine mit glitschigem Fischschleim bedeckten Hände wollten nicht packen, und ich spürte, wie die alte Ungeschicklichkeit wiederkehrte. Dann kam Mike am Ufer vorbei und fragte: »Immer noch am Rumfummeln?« Und auf einmal war ich aus purem Trotz wieder ganz auf der Höhe.
Für die letzten paar Fische musste ich hart arbeiten, und ich hatte sie mir redlich verdient. Einer war eigentlich zu klein, um ihn zu behalten, aber ich behielt ihn trotzdem. Mein Fischbeutel hing schwer zu Boden, als ich durch den Sumpf zu unserem Auto trottete. Mike war noch nicht zurück. Ich verstaute die Forellen unter der Rückbank und bedeckte sie mit meinen Stiefeln und der Weste. Ich hatte vor, sie heimlich zu essen, wusste jedoch noch nicht genau, wie.
Auf der Rückfahrt war ich still und nachdenklich. Der Mond war voll, aber eigenartig blass, und die Lichter der Armatur schienen gelb auf meine Hände.
»Gib's zu«, sagte Mike. »Für einen Tag wie heute hat sich alles gelohnt. Ich weiß, dass ich manchmal ziemlich streng mit dir bin, aber das liegt daran, dass ich die Dinge langfristig sehe.«
»Hm.«
»Theaterkurse wird es noch ewig geben. Saubere wilde Forellenbäche nicht. Also jetzt oder nie. Wie viele hast du heute gefangen?«
»Ein paar.« Ich konnte den Fisch unter der Rückbank riechen und wollte das Reservat so schnell wie möglich verlassen.
Unterwegs rekapitulierte Mike die erhebenden Mo-

mente seines Tages. Wir kamen an einem Tramper mit einem Khakirucksack vorbei, später an einem Plakat, das ledigen Müttern Hilfe anbot. Als der Neonpfeil des Reservatladens auftauchte, bog Mike ab.

»Ich brauche noch was.«

»Was?«, fragte ich. Ich wusste, was. »Tu's nicht.«

»Ich hatte einen perfekten Tag. Und jetzt will ich meinen Kautabak.«

Wir hielten vor dem Laden, und Mike stieg aus. Ein Polizeiwagen des Stammes parkte neben den Zapfsäulen. Ich sah, dass der Polizist mit dem Verkäufer sprach, als Mike in den Laden schlenderte. Während er seinen Einkauf tätigte, kam der Polizist nach draußen und musterte unseren Wagen. Ich stellte mich darauf ein, für meine Fischlust bestraft zu werden.

Der Polizist klopfte ans Fenster, und ich kurbelte es herunter.

»Kann ich mal deine Angelerlaubnis sehen?«

»Sie ist in der Brieftasche meines Vaters.«

»Steig bitte aus.«

»Hab ich irgendwas falsch gemacht?«

»Aussteigen.«

Der Polizist ging mit einer Taschenlampe um den Wagen herum und richtete den Strahl auf die Sitze und sogar unter die Kotflügel. Ich stand, die Hände in den Taschen, da, als Mike hinzukam, eine seiner Wangen dick von Kautabak.

»Öffnen Sie bitte den Kofferraum, Sir«, sagte der Polizist. »Ich habe ein paar Hinweise bekommen.«

»Was für Hinweise? Ich glaub das einfach nicht. Wir kaufen in Ihren Läden ein, wir unterstützen Ihr Geschäft.«

»Dafür sind wir auch überaus dankbar. Aber jetzt möchte ich einen Blick in Ihren Kofferraum werfen.«

Mike schloss den Kofferraum auf und verdrückte

sich in den Hintergrund. Der Strahl der Taschenlampe fiel auf glasige Augen, leuchtende Federn und einen weißen Knochen in einem gebrochenen Fasanenflügel, auf ein platt gefahrenes Wiesel mit verfilztem Fell und ein graues Eichhörnchen ohne Schwanz. Die Stockente von dem Tag, als wir mit Jerry gefischt hatten, lag mit verbogenem Hals steif auf dem Ersatzreifen.
Der Polizist sah Mike an und schüttelte den Kopf. Von den Kadavern sprangen kleine Flöhe ins Licht.
»Verstoß gegen das Gesetz zum Schutz wild lebender Tiere im Reservat. Die Bestimmungen gelten auch für deren Überreste.«
Mike murmelte irgendwas.
»Was immer Sie im Mund haben, Sir, spucken Sie es aus. Ich kann Sie nicht verstehen«, sagte der Polizist.
Mike spuckte. Ein bisschen.
»Was glauben Sie, wo Sie hier sind, Sir?«, sagte der Polizist. *»Alles.«*

Das war's mit dem Forellenfischen für diesen Sommer. Wir mussten auf der Stelle unsere Angelerlaubnis abgeben, und statt einer Kaution, die zu hinterlegen Mike sich weigerte, konfiszierte der Polizist unsere komplette Ausrüstung. Ich stapelte Ruten, Westen und das übrige Angelzeug auf dem Parkplatz, während Mike Plastikhandschuhe überstreifte, die der Polizist ihm gab, und die toten Tiere in Plastiksäcke packte. Als ich die Stiefel aus dem Wagen nahm, entdeckte der Polizist die Fische unter dem Rücksitz und forderte mich auf, sie zu zählen.
»Es sind sieben«, sagte ich. »Ich habe endlich gelernt, Knoten zu knüpfen, und bin gierig geworden. Vorher habe ich praktisch nie einen Fisch gefangen.«

»Ich verstehe euch Fliegenfischer nicht«, sagte der Polizist. »Ihr nehmt eine einfache Sache und macht etwas Hochkompliziertes daraus. Als ob ihr keinen Spaß haben könnt, wenn ihr euch nicht abmüht.«
Hinterher erwähnten wir den Zwischenfall mit keinem Wort, doch ich wusste, dass Mike sich schuldig fühlte, als er anbot, mich in dem Theatercamp anzumelden, das unerwartet noch einen zusätzlichen Workshop anbot. Ich lehnte ab. Nach einem Sommer am Winnikick fand ich die Vorstellung, auf Stichwort zu heulen und Messer- oder Schwertkämpfe zu simulieren, sterbenslangweilig. Mir fehlte die Fremdheit des Reservats. Mir fehlte das Vergessen, das ich in dem kalten Wasser erlebt hatte. Ich vermisste den Moment, wenn man seine Fliege warf, befestigt mit einem Knoten, von dem man nicht sicher war, dass er halten würde, und dann biss etwas Unsichtbares an, und man war gefangen.

3

Im Norden der Stadt am Ufer des Heron Lake – ich zog mich manchmal dahin zurück, wenn ich allein sein wollte, um mir Sorgen zu machen über meine Familie und meine Zukunft und darüber, ob ich je innerlich zur Ruhe kommen und einen Weg finden würde, der mich aus allem herausführte – gab es eine berühmte Reha-Klinik für Drogensüchtige und Alkoholiker. In Maple Glen wurden nur Prominente und Millionäre behandelt. Angeblich war Elvis Presley einmal dort gewesen, genauso wie ein norwegischer Prinz und die Frau eines ehemaligen amerikanischen Präsidenten, aber es war schwer, die Wahrheit zu erfahren. Die Angestellten mussten sich zu Verschwiegenheit verpflichten, und die Fenster der langen, grünen Vans der Klinik waren getönt und verspiegelt und wurden, je intensiver man hinstarrte, immer undurchdringlicher.

Trotzdem war ich ein paar Mal nur um Haaresbreite an einem Zusammentreffen vorbeigeschrammt, und das reichte, um einen Groll gegen all jene zu hegen, die das Schicksal ohne besonderen Grund zu bevorzugen schien. Eines Tages betrat ich eine Shell-Tankstelle in der Innenstadt, als einer der Vans die Zapfsäule gerade verlassen hatte.

»Rat mal, wer eben die Toilette benutzt hat«, sagte der Tankwart. »Elizabeth Taylor.«

»Klar.«

»Ich verarsch dich nicht.«
»Wie hat sie denn ausgesehen?«
»Wie eine Frau, die erkältet ist. Sie hat sich eine Tüte Chips aus dem Automaten gezogen.«
Diese flüchtige Begegnung mit dem Ruhm so nah an meinem Zuhause irritierte mich. Ich fühlte mich eigenartig erniedrigt und beiseite geschoben. Menschen wie Elizabeth Taylor gehörten meiner Ansicht nach ins Fernsehen und in Zeitschriften, wo normale Menschen sie angucken konnten, ohne dass sie zurückgucken konnten. Der Gedanke, dass sie aus diesem Bus einen flüchtigen Blick auf mich geworfen und sich anhand meiner Kleidung und meiner Frisur eine Meinung über mich gebildet haben könnte, war mir unbehaglich und machte mich verlegen.
Die nächste Beinahe-Begegnung mit einem Maple-Glen-Promi war weniger unmittelbar, aber umso entmutigender. Ich arbeitete an einem Stand auf dem Multiple-Sklerose-Benefiz-Basar, der alljährlich im Herbst auf dem Parkplatz der Schule veranstaltet wurde. Ich sollte Lose für ein Gewinnspiel verkaufen, bei dem es darum ging, die Anzahl der Gummibärchen in einem Aquarium zu schätzen.
Ein Mädchen aus der Abschlussklasse, das mit mir im Debattierclub gewesen und in das ich verknallt war, ließ einen Dollar auf den Tresen fallen, schätzte sechzehnhundertzwanzig und fragte mich, ob ich die Neuigkeit schon gehört hätte.
»Truman Capote war hier. Er hat sich seine Zukunft vorhersagen lassen.«
»Wer ist Truman Capote?«
»Er ist direkt an deinem Stand vorbeigelaufen. Weißt du wirklich nicht, wer er ist?«
»Wirklich nicht.«
»Erbärmlich.«

»Ein Politiker?«
»Erbärmlich. Schwachkopf.«
Die Schmach dieser Unterhaltung verfolgte mich noch tagelang. Ich wählte täglich einen anderen Weg zur Schule und mied Straßen, in denen ich schon mal einen Klinikbus gesehen hatte. Und wenn einer meiner Freunde Maple Glen erwähnte, wechselte ich das Thema. Ich wollte es nicht hören.
Doch dann eines Abends beim Essen kam die Katastrophe.
»Audrey hat einen neuen Job«, sagte Mike.
»Nur Teilzeit. Nachts«, sagte sie. »Nicht der Rede wert.«
»Wo?«, fragte ich.
»In der Maple-Glen-Klinik.«
»Sie ist begeistert«, sagte Mike. »Rate mal, wen sie vor ihrem Vorstellungsgespräch in der Halle gesehen hat?«
»Hör auf«, sagte Audrey. »Ich darf keine Namen nennen. Ich habe eine Vereinbarung darüber unterschrieben.«
»Diesen Schriftsteller«, sagte ich.
Audrey sah mich scharf an. »Iss dein Wild.«
Ich legte meine Gabel aus der Hand und entschuldigte mich.

Das erste Zeichen, dass Audrey sich veränderte, waren die langen Bäder am Vormittag. Wenn sie zur Frühstückszeit nach Hause kam, zog sie Bademantel und Pantoffeln an, band ihr Haar nach hinten und ließ Wasser in die Wanne laufen. Das Bad im Erdgeschoss lag direkt neben der Küche, und der Geruch der Duftsalze, die Audrey in ihr Wasser gab – Lavendel, Hyazinthe, Vanille und Zimt –, durchdrang den

Kühlschrank und verdarb die Milch, die ich über meine Cornflakes goss.
Eines Morgens konnte ich mein Ritalin nicht finden und klopfte an die Badezimmertür.
»Ich habe mein Medikament im Medizinschrank stehen lassen.«
»Geh weg. Ich meditiere.«
»Guck doch wenigstens mal nach.«
»Es würde dich auch nicht umbringen, es mal einen Tag auszulassen.«
»Du *meditierst*?«
Als Audrey die Tür schließlich einen Spalt öffnete und mir meine Pillen gab, erkannte ich neben der Wanne eine brennende Kerze. So früh am Tag eine Kerze anzuzünden kam mir verschwenderisch vor, eine beunruhigende Maßlosigkeit. Als ich die Kerze am nächsten Morgen erneut roch, machte ich durch die Tür eine entsprechende Bemerkung.
»Draußen scheint die Sonne.«
»Und?«
»Du hast dir eine Kerze angezündet.«
»Na und? Lass deine Mutter doch einmal etwas für sich tun. Sie kann sich schließlich nicht den ganzen Tag nur um andere kümmern.«
Das war das letzte Mal, dass ich versuchte, mit Audrey zu sprechen, während sie badete. Stattdessen lauschte ich. Manchmal konnte ich trotz des plätschernden Badewassers hören, wie sie ein Buch las, das einer der Ärzte an der Maple-Glen-Klinik geschrieben hatte: *Genesung in einem Jahr: Ein Seelenkompass*. Ich hatte heimlich einen Blick hineingeworfen, und was ich gesehen hatte, hatte mir nicht gefallen. Die Seiten waren in der Mitte geteilt, mit einem kleinen Gebet auf der einen und einem kurzen Zitat auf der anderen Hälfte: »Ich will aufhören, mein

Inneres mit dem Äußeren anderer zu vergleichen.«
»Mach nicht einfach irgendetwas, bleib ruhig sitzen.« »Immer schön langsam.«
Eines Morgens fiel die Schule wegen starken Schneefalls aus, und ich war noch zu Hause, als Audrey aus dem Bad kam. Sie hatte sich geschlagene eineinhalb Stunden bei Kerzenlicht eingeweicht.
»Wie war die Arbeit?«, fragte ich.
»Ruhig. Sehr ruhig.« Sie setzte den Kessel auf und öffnete den Schrank, in dem sie ihren Tee aufbewahrte. Anstatt des Lipton, den sie für gewöhnlich trank, holte sie zwei bunte Schachteln mit Kräutertee heraus, die ich noch nie gesehen hatte: Kraft-aus-Kamillenblüte und Stärke-durch-Süßholz.
»Irgendwelche interessanten Patienten?«, fragte ich.
Audrey hängte einen Stärke-durch-Süßholz-Beutel in einen Becher aus der Maple-Glen-Klinik, auf dem in silbernen Lettern das Motto prangte: »Wachstum ist Veränderung ist Wachstum ist Veränderung ist Wachstum«.
»Gib mir einen Tipp«, sagte ich.
»Du kennst die Regeln.«
Das Spielchen hatten wir schon ein paar Mal gespielt. Audrey schien sehr stolz darauf zu sein, die Identität ihrer Patienten zu schützen, als könnte sie so deren Ruhm teilen. Seit sie angefangen hatte, in der Maple-Glen-Klinik zu arbeiten, benahm sie sich überhaupt, als wäre sie besser als andere Menschen. Erst gestern, als sie mit Joel und mir die Abendnachrichten guckte, hatte sie den gesamten Senat der Vereinigten Staaten als einen »Haufen seniler, weißer, männlicher Narzissten« abgetan. Ihre neue Hochmütigkeit hatte sogar Joel stutzen lassen.
»Es muss doch mit der Zeit schrecklich deprimierend werden«, sagte ich, eine sanftere Befragungstaktik

wählend, »ständig Leute zu treffen, die alles haben und es wegwerfen.«
»Die Sucht macht alle gleich«, sagte Audrey und goss kochendes Wasser über ihren Kräutertee. »Ich lerne gerade etwas, Justin: Je höher ihr Status und je bedeutender ihre Errungenschaften, desto bedürftiger sind die Menschen.«
Ich spürte, wie sie sich entspannte und offener wurde. Wenn ich sie dazu bringen könnte, nur einen großen Namen auszuspucken, dachte ich, wären wir wieder gleichwertig. Nur einen großen Namen.
»Um ehrlich zu sein«, fuhr Audrey fort, »tun mir diese Leute Leid. Dort, wo sie herkommen – Los Angeles, New York –, sind sie nur von Schmeichlern und Schnorrern umgeben. Niemand sagt ihnen, was wirklich Sache ist. Sie fahren einen Sportwagen zu Schrott oder ignorieren eine rote Ampel, und die Bullen lassen sie für ein Autogramm wieder laufen. Es ist traurig. Sie müssen bis hier draußen nach Minnesota kommen, um endlich die Wahrheit über sich selbst zu hören.«
»Du sagst ihnen die Wahrheit«, warf ich ein.
»Es ist ziemlich offensichtlich: Sie alle vergöttern ihr eigenes Ego. Sie sind krank vor Selbstsucht. Keine höhere Macht über ihnen.«
»Wer, zum Beispiel?«
»Hör auf. Lass es um Himmels willen gut sein.«
Weiter drang ich an diesem Tag nicht vor, aber so weit war ich noch nie zuvor gekommen. Ich hatte entdeckt, dass man Audrey mit ihrem Stolz überlisten musste. Der Kitzel, auf Du und Du mit der Prominenz zu leben und vielleicht sogar zu glauben, dass sie sie rettete, würde sie irgendwann schwach werden lassen.
Ein paar Tage später setzte ich nach. Es war Audreys

freier Abend, und ich fand sie im Wohnzimmer, wo sie sich bei leise gedrehtem Ton eine Late-Night-Talkshow ansah.

Ich setzte mich in den Sessel. »Ich kann nicht schlafen«, sagte ich. »Wie kommt es, dass du noch auf bist?«

»Ich bleibe in meinem Rhythmus. Wenn man nachts arbeitet, muss man ein Nachtmensch werden, das ist das Geheimnis.«

Audrey nippte an ihrem Becher mit Kräutertee, als der Talkmaster einen glatzköpfigen Komiker begrüßte, dessen rosafarbene Triefaugen die ganze Zeit in ihren Höhlen wackelten, als ob sie nicht richtig in seinen Schädel passten. Ich sah, wie Audrey die Ohren spitzte, und wurde misstrauisch. Der Komiker, dessen Namen ich nicht mitbekommen hatte, lief auf die Bühne, schnappte sich das Mikro und riss ein paar Witze über Las Vegas. Audrey, die meines Wissens nie in Nevada gewesen war, lachte wie ein Insider.

»Kennst du den Typ?«, fragte ich.

»Geh wieder ins Bett«, sagte sie.

Ich war auf einer heißen Spur. Nachdem der Komiker seinen Auftritt absolviert hatte, ging er quer über die Bühne und ließ sich neben dem Talkmaster, der ihm zu seinem Comeback gratulierte, in einen Sessel fallen.

»Und wie ist er so?«, fragte ich, die Indizien zusammenfügend. »Ist er privat auch so witzig?«

»Woher soll ich das wissen?«

»Wem, glaubst du, sollte ich es erzählen? Vertraust du deinem eigenen Sohn nicht mehr? Komm schon, *ich* bin's.«

Audrey legte beide Hände um ihren Becher. »Warum ist dir das auf einmal so wichtig? Du bist regelrecht besessen. Hast du deine Pillen wieder nicht genommen?«

Ich beobachtete, wie der Komiker sich mit einem feuchten, weißen Taschentuch die Stirn abtupfte. Er sah kränklich aus.

»Weswegen ist er drinnen? Alkohol oder Drogen?«, fragte ich.

»Hast du Angst, ich könnte mich in einen von ihnen verlieben? Ist es das?«, fragte Audrey.

Ich starrte sie an.

»Es sind kranke, wirklich kranke Menschen. Verlorene Seelen, innerlich tot. Es ist mir egal, wie viele Millionen Dollar sie verdienen oder in wie vielen Broadwayshows sie aufgetreten sind, sie sind nicht mein Typ. Ich steh nicht auf Junkies.«

Ich starrte sie weiter an. Audrey spielte verlegen mit ihren Händen und blickte zu Boden.

Ihre Versprechen bedeuteten gar nichts, und das wusste sie auch.

Der Van war so neu, dass er noch mit Händler-Nummernschildern und ungetönten Scheiben unterwegs war. Ich entdeckte ihn auf dem Highway 9, wo ich für meine praktische Fahrprüfung übte. Mr. Graf, mein Fahrlehrer, dessen bevorzugte Lehrmittel blutige Filmchen mit Titeln wie *Der Tod fährt hundertfünfzig* waren, hatte mich zu einem ängstlichen, defensiven Fahrer erzogen – doch als ich den Van sah, ließ ich alle Vorsicht fahren und vollführte ein gewagtes Wendemanöver, um ihm zu folgen.

Durch das Heckfenster des Vans konnte ich einen Mann sehen, der allein auf der Rückbank saß. Er trug seine Haare in einer Art, die ich bisher nur in Zeitschriften gesehen hatte: hinten lang und an den

Seiten kurz, aber perfekt an seine Kopfform angepasst. Er schnippte eine Zigarettenkippe aus dem Fenster, die orangefarbene Funken sprühte, als sie auf dem Pflaster aufschlug.

Ich folgte dem Van noch etwa eine Meile und wurde sogar so mutig, neben ihn auf die Überholspur zu fahren, um besser hineinsehen zu können. Vor uns lag ein Rastplatz mit Tankstelle. Als der Van abfuhr, fuhr ich hinterher.

Der Fahrer, eine Frau mit Schwesternschuhen, öffnete die Schiebetür des Vans, und ein Mann stieg aus. Er war so groß, dass er sich bücken musste, und die Schwester hielt ihm eine Hand hin, um ihm herauszuhelfen. Der Mann kam mir irgendwie bekannt vor, aber ich wusste nicht, woher. Er trug ein kurzärmeliges Sporthemd, sodass man seine sonnengebräunten, muskulösen Arme sehen konnte. Sein Gesicht war mager und vorzeitig gealtert, mit Narben auf Nase und Wange, die wie Schönheitsflecken aussahen. Manche Menschen lebten ein derart verzaubertes Leben, dass selbst ihre Wunden vorteilhaft erschienen.

Während die Fahrerin den Van voll tankte, nahm der Mann seine dunkle Brille ab und rieb sich die Augen. Er sah dünner aus als im Fernsehen, aber er war es: Matt Schramm, der Privatdetektiv, eine Figur in der Serie *Malibu Nights*. Schramm war ein Einzelgänger, der keine Waffe trug, weil er ein Meister asiatischer Kampfsportarten war und seine Fälle löste, indem er »mit dem Bauch« dachte. Sein Standardspruch – »Ich bin dir treuer als dein Schatten« – war vor ein paar Jahren in der Schule angesagt gewesen. Ich hatte ihn selbst ein paar Mal benutzt.

Ich legte den Rückwärtsgang ein, ohne loszufahren. Schramm lehnte mit verschränkten Armen an dem

Van und hielt sein Gesicht in die Sonne. Ich ertappte mich bei der Vorstellung, wie Audrey ihm Blut abnahm – seinen Ärmel hochrollte und mit der Nadel zustach. Ich malte mir aus, wie sie ihn wog, seine Größe notierte und ihn nach seinen Allergien befragte.

Ich setzte langsam zurück und begann, am Steuer zu kurbeln, als Schramm zu mir rüberblickte und einen Arm hob.

»Warte«, sagte er.

Er ging auf meinen Wagen zu, und ich bremste. Er beugte sich zu dem offenen Fenster herunter, hielt eine Zigarette hoch und klickte mit dem Daumen ein unsichtbares Feuerzeug an.

»Den Anzünder im Van kann ich nicht benutzen, sonst fliegt er in die Luft«, sagte er. »Zu viele Benzindämpfe.«

Ich drückte meinen Zigarettenanzünder rein und wartete, dass er wieder heraussprang. Ich konnte Schramms Parfüm im Wagen riechen. Der Zigarettenanzünder klickte, und ich hielt ihn Schramm hin. Er beugte sich noch tiefer, führte meine Hand und inhalierte. Seine Haut war eiskalt.

»Gracias, Junge.«

»Gern geschehen.«

»Bist du von hier?«

»Ich wohne da drüben auf der anderen Seite des Hügels.«

»Tolle Gegend. So *echt*. Ich stamme ursprünglich auch aus dem Mittleren Westen.«

»Woher denn?«, fragte ich.

Schramm ignorierte meine Frage und schlenderte davon.

»Danke für das Feuer, Junge. Mach's gut, aber nicht zu oft«, sagte er.

Als Schramm wieder in den Van der Klinik stieg, bemerkte ich, dass sich vor dem Eingang der Raststätte eine kleine Menschenmenge versammelt hatte. Er winkte ihnen zu, und sie winkten zurück und hörten auch nicht auf, als er die Schiebetür zuschlug. Dann drängte eine Frau nach vorn und schwenkte eine Serviette. »Ich liebe dich!«, rief sie. »Ich *liebe* dich! Ich *bete* dich an!« Der Van fuhr los, und die Frau rannte ihm nach und hämmerte mit den Fäusten ans Fenster. Ich sah, wie Schramm sich duckte.
Als Audrey an jenem Abend zur Arbeit ging, betete ich für sie. Ich betete für uns beide.

Ich konnte nicht anders: Ich wurde argwöhnisch. Wenn Audrey morgens von der Arbeit nach Hause kam, musterte ich ihr Gesicht und ihre Haltung; die geringste Veränderung in der Art, wie sie mich begrüßte, alarmierte mich. Ich verfolgte die Fernsehsendungen, die sie sich ansah. Ich durchsuchte ihre Handtasche. Im Handschuhfach ihres Wagens fand ich eine Rolle zuckerfreier Pfefferminzbonbons für frischen Atem, die ich eine Woche lang täglich überprüfte. Die Rolle verringerte sich stetig um ein Pfefferminz pro Nacht, doch ich wusste nicht, wie dieses Indiz zu deuten war.
Einen Hinweis konnte ich jedoch nicht ignorieren: die plötzliche Veränderung von Audreys Schönheitspflege. Mir war nicht bekannt, dass sie je unter trockener Haut gelitten hatte, doch auf einmal cremte sie sich ununterbrochen ein. Nach ihren morgendlichen Bädern salbte sie ihre Ellenbogen und beim Fernsehen schmierte sie sich mit Kakaobutter ein. Dabei konnte sie sich offenbar nicht für ein Produkt entscheiden: Sie wechselte von Flasche zu Flasche

und von Töpfchen zu Töpfchen, als wäre sie auf der Suche nach irgendwas. Perfektion, so schien es. Und dann fing sie auch noch an, Parfüm auf ihre Uniform zu spritzen und bei der Arbeit Ohrringe zu tragen.

Beim Abendessen brachte ich das Gespräch auf *Malibu Nights*. Ein derart direktes Vorgehen barg gewisse Risiken, doch ich musste sehen, wie Audrey reagierte.

»Ich hab es mir letzte Woche angesehen«, sagte ich, bemüht beiläufig. »Es war der erste Teil einer zweiteiligen Episode über eine rätselhafte Mordserie an Callgirls.«

Audrey aß einfach weiter. Genauer gesagt, sie trank. Ihr Tagesrhythmus habe ihren Appetit aus dem Gleichgewicht gebracht, sagte sie, und anstatt mit uns Schmorbraten zu essen, machte sie sich einen Trinkjoghurt mit Bierhefe. Sie erklärte, sie würde lieber später zu Abend essen, doch ich kannte die Wahrheit: Sie machte eine Diät. Für ihn.

»Warum siehst du es dir nicht mit mir an? Der erste Teil war super«, sagte ich.

»Klar«, erwiderte Audrey. »Klingt bescheuert genug. Ich liebe bescheuerte Fernsehserien.«

Um acht saßen wir auf dem Sofa und schalteten den Fernseher ein. Audrey spritzte sich ihre Lotion in einer welligen Linie auf einen Arm und rieb sie kreisförmig ein. Ich aß eine Hand voll Popcorn, das ich frisch gemacht hatte, und reichte ihr die Schale.

»Nein, danke. Zu viel Butter.« Sie klopfte auf ihren Bauch.

»Du bist doch schlank.«

»Ich steh in letzter Zeit einfach nicht so auf Butter. Danke.«

Matt Schramm stand nicht im Mittelpunkt der Folge, das erschwerte es, Audreys Reaktion zu analysieren. Sein Partner Ronald beherrschte die Handlung. Angeheuert von der Frau eines Filmproduzenten ermittelte er undercover als reicher Freier, um die Verbindung ihres Mannes zu den toten Frauen zu überprüfen, während Schramm die Männer befragte, die die Dienste des Callgirl-Service in Anspruch genommen hatten. Das bedeutete, dass Schramm nach der vertrauten Formel der Serie irgendwann gegen Ende der Folge in Gefahr geraten würde, damit Ronald, der Star dieser Woche, ihn retten konnte.

In der ersten halben Stunde passierte gar nichts. Bei den wenigen Szenen mit Schramm wirkte Audrey gelangweilt, und nur einmal bemerkte ich, dass sie aufmerksam wurde: als eines der Callgirls ihn auf die Wange küsste und fragte, ob er diese Nacht frei sei. »Wozu?«, fragte er. »Um Liebe zu machen«, sagte das Mädchen. »Ich brauche keine Liebe«, erwiderte Schramm. »Ich brauche die Wahrheit.«

In der Werbepause ging ich aufs Klo und stand beschämt vor dem Spiegel. Auch ich hatte meine schlechten Angewohnheiten und Schwächen; vielleicht würde ich deshalb wie Schramm auch eines Tages Hilfe brauchen.

Malibu Nights lief schon wieder, als ich zurückkam, doch etwas hatte sich verändert, sowohl in der Serie als auch bei meiner Mutter. Schramm war, wie ich erwartet hatte, entführt worden – und von dem Mörder nackt in eine Sauna gesperrt worden. Er wurde unter dichten Dampfwolken bei lebendigem Leibe gekocht, Audrey schien vollkommen hingerissen und rieb sich immer noch mehr Lotion in die Hand, die sie längst eingecremt hatte. Sie zappelte mit den Füßen, was ihr selbst offenbar gar nicht bewusst war. Als Schramm, an die Tür pochend, ohnmächtig

wurde, hörte das Gezappel für einen Moment auf, um dann umso hektischer weiterzugehen.
Irgendetwas in mir löste sich. Ich verlor die Kontrolle.
»Gib's zu«, sagte ich.
»Was soll ich zugeben? Hör auf, hier verrückt zu spielen.«
»Er ist da. Er ist dein Patient.«
Audrey schüttelte den Kopf. »Irgendwann wirst du es begreifen. Du wirst es begreifen müssen.«
»Was?«
»Ich gehöre *mir*, nicht *dir*. Ich habe eine *Privatsphäre*. Und es gibt Grenzen. Die kannst du nicht einfach so übertreten.«
Das waren alles Sätze aus *Genesung in einem Jahr*, und ich war zu erregt, um sie zu verstehen. Ich sprang von dem Sofa auf, stürmte durch die Hintertür und schloss mich in Audreys Auto in der Garage ein. Ich schaltete das Radio ein und umklammerte das Steuer. Ich stieß so heftig gegen das Handschuhfach, dass es aufsprang. Ich warf einen Blick hinein. In Audreys Anfang der Woche gekaufter Pfefferminzrolle waren nur noch zwei Bonbons übrig.
Und ich fand noch etwas, etwas viel Schlimmeres: ein zusammengerolltes Foto. Ich breitete es auf dem Sitz aus und knipste die Innenbeleuchtung an. Das Foto zeigte Schramm mit nackter Brust an einem Strand, und darauf war geschrieben: »Audrey Cobb, ich bin dir treuer als dein Schatten. Dein David Baird.«
Meine Augen brannten, und ich erstarrte am ganzen Körper. Sie kannte ihn nicht nur, das Schwein hatte sogar einen Namen.

»Ich versuche, einen Ihrer Patienten zu erreichen«, sagte ich.
»Es ist ein Uhr nachts. Unsere Patienten schlafen.«
»Der schläft bestimmt nicht«, sagte ich und nannte der Frau Bairds Namen.
»Tut mir Leid, mein Herr, aber wir geben die Namen unserer Patienten prinzipiell nicht bekannt.«
Ich legte auf und saß in der dunklen Küche. Sie waren zusammen, in diesem Augenblick. Ich war ganz sicher.
Als ich erneut anrief, verlangte ich die Dienst habende Nachtschwester.
»Haben Sie gerade schon einmal angerufen?«, fragte die Telefonistin.
»Es handelt sich um einen familiären Notfall. Stellen Sie mich durch.«
Das Telefon auf Audreys Station klingelte und klingelte, und jedes Klingeln klang länger als das vorherige und hallte als ein leerer, hohler Ton in meinem Ohr nach, der bedeutete, dass am anderen Ende niemand war – oder dass mit Absicht nicht abgenommen wurde.
So oder so, es war Zeit zu handeln. Ich nahm mir Mikes Autoschlüssel.
Die Auffahrt zur Klinik war von einem rot gestreiften Tor versperrt. Ich fuhr eine Viertelmeile weiter, bog in eine Seitenstraße, parkte am Straßenrand, schaltete das Licht aus und lief, mit vorgestreckten Händen Äste aus dem Weg schlagend, durch den Wald. Obwohl ich noch nie in Maple Glen gewesen war und die Anlage nicht kannte, wusste ich, dass ich in die richtige Richtung ging, denn meine Wut wuchs mit jedem Schritt. Beim Eingang parkten mehrere Wagen, darunter Audreys. Menschen sah ich nicht. Ich überquerte eine Rasenfläche und folgte geduckt

einem Blumenbeet entlang einer Wand, wobei ich durch jedes Fenster spähte, hinter dem noch Licht brannte. In einem Zimmer sah ich einen fetten, nackten Mann bäuchlings auf einer Matratze mit abgerupften Laken liegen, der von einer Schulter zur anderen mit einer sich windenden Schlange tätowiert war. Im nächsten Zimmer saß eine Frau im Yogasitz auf dem Boden vor dem laufenden Fernseher, die Nase direkt an der Mattscheibe. Keiner der beiden Patienten sah reich oder berühmt aus, was nicht heißen musste, dass sie es nicht waren. Schließlich war Truman Capote direkt vor mir vorbeispaziert.

Das letzte Fenster war größer als die anderen und heller erleuchtet. Ich spähte, den Rücken an die Wand gepresst, seitlich hinein und sah einen hufeisenförmigen Schreibtisch und Aktenschränke. Über einem Stuhl hing Audreys Jacke, und auf dem Schreibtisch lag, offen gehalten von einem Tacker, ihr Exemplar von *Genesung in einem Jahr*. Über dem Schreibtisch hing ein Poster mit einem Schimpansen, der auf einer Toilette hockte und eine Banane aß. Darüber stand: »Gott sei Dank für die einfachen Freuden«.

Während ich auf Audreys Rückkehr wartete, ertappte ich mich bei der Hoffnung, dass sie nicht allein sein würde. Nur durch unumstößliche endgültige Beweise konnten sich meine Befürchtungen zu Fakten erhärten, auf die ich reagieren konnte. Ich hatte sogar schon einen detaillierten Plan. Ich würde Audrey mit dem, was ich gesehen hatte, erpressen und fordern, auf ein Internat geschickt zu werden, vorzugsweise eine Eliteschule an der Ostküste mit einem guten Rhetorikteam. Ich würde nie nach Hause kommen oder auch nur einen einzigen Brief schreiben. Ich würde aufs College gehen, mein Examen mit Auszeichnung bestehen und nach New York ziehen, um Fernsehjournalist zu werden. Ich würde die Nächte durchtrinken, Kokain schnupfen und meine Gehaltsschecks auf der Rennbahn verwetten. Nach mehreren Nervenzusammenbrüchen würde ich schließlich nach Hause fliegen und in der Maple-Glen-Klinik einchecken. Audreys und meine Blicke würden sich treffen, sie würde weinen und mich umarmen. »Was hast du erwartet?«, würde ich sie fragen. »Was hast du erwartet?«

Ich hing dieser Phantasie noch immer nach, als ein Mann in Klinikkittel und Jeans aus dem Schatten trat und sich neben mich stellte. Er erkannte mich nicht wieder, aber ich kannte seine Visage. Sie ließ mich gar nicht mehr los.

»Ich schätze, ich habe den Rauchersalon gefunden«, sagte Baird und hielt mir eine Schachtel Zigaretten hin.

Ich nahm eine. Baird ließ sein Feuerzeug aufschnappen und gab mir Feuer.

»Man kann sich immer nur eine Sache zur Zeit abgewöhnen. Bist du aus der Jugendabteilung?«, fragte er.

Ich nickte.

»Und was ist deine Droge?«

Meine Gedanken rasten. »Rauschgift.«

»Welche Sorte?«

»Ich weiß nicht. Alles, nehme ich an.«

»Willkommen im beschissenen Club«, sagte Baird. »Ich hab noch nie eine Droge kennen gelernt, die ich nicht mochte. Außer vielleicht Acid. Zu tiefsinnig für mich. Aber ich glaube, ich habe schon so etwas wie eine Lieblingsdroge, und das sind Tranquilizer.«

Baird hatte die Zigarette im Mund, atmete durch die Nase aus und schlang die Arme um seine Brust, um sich gegen die Kälte zu schützen. Er nahm einen gierigen, zittrigen Zug, legte den Kopf in den Nacken und blies eine zackige, graue Wolke vor den Mond.

»Wie alt bist du überhaupt? Sechzehn?«, fragte er. »In deinem Alter war ich noch ein Chorknabe. Ich hab nicht mal Aspirin genommen. Ein Anhänger der Christlichen Wissenschaft. Dann hab ich mir das Bein gebrochen. Ein komplexer Bruch. Meine Mom und mein Dad haben für mich gebetet. Keine Pillen, bloß Gebete. Doch dann hab ich einen Typ getroffen, der Morphiumtabletten hatte. Glaub mir, die haben geholfen. Ich hatte Visionen. Mein Gott. In einer Nacht hat ein Grizzlybär meinen kompletten Kopf verspeist und dann eine Barbie-Puppe ausgeschissen. Erzähl *das* mal in einer Gruppe!«

Ich rauchte und schwieg. Ich steckte bis zum Hals in der Scheiße. Am besten war ich einfach still und hörte zu.

»Deckung«, sagte Baird. »Sonst sieht sie uns.«

Ich drehte mich um. Audrey war an ihren Tisch zurückgekehrt. Sie saß auf ihrem Stuhl, vor sich ein Plastiktablett mit Essen. Dem Berg Kartoffelbrei und dem großen Stück Schokoladenkuchen nach zu urteilen, machte sie doch keine Diät.

»Kennst du diese Schwester?«, fragte Baird. »Sie hat meinen Arsch gerettet.«

»Die?«, fragte ich.

»Sie ist streng, aber sie hat ein gutes Wesen. Ich betrachte sie, ehrlich gesagt, als meinen Schutzengel. Ohne sie wäre ich nicht clean.«

»Ihr seid befreundet?«, fragte ich.

»Es geht viel tiefer. Willst du die ganze traurige Geschichte hören? Denn darum geht es hier im Grunde doch, ums Beichten.«

»Ich muss wieder zurück. Die suchen mich bestimmt schon.«

»Ich mach's kurz für dich.« Baird drehte den Kopf zu einer Seite, bis sein Hals knackte, strich sich die Haare zurück und räusperte sich. Ein Schauspieler. »Vor drei Wochen bin ich aus Los Angeles hergeflogen. Ich arbeite beim Fernsehen. Mein Studio hat mich eingewiesen. Vielleicht hast du meine Serie mal gesehen.«

Ich schüttelte den Kopf. Baird konnte seine Enttäuschung nicht verbergen.

»Na, wie dem auch sei, ich wurde also hergeschickt. Gegen meinen Willen. Also hab ich natürlich was reingeschmuggelt. Hab's mir in den Arsch gesteckt, Pillen in einem Präser. Nach der Anmeldung verdrück ich mich also als Erstes aufs Klo, aber das Scheißding ist zu weit hochgerutscht. Abends im Bett versuche ich, es wieder rauszuziehen, aber keine Chance. Ich krieg echt Panik. Das Ding könnte platzen und mich umbringen. Ich bitte Dr. Frost um ein Abführmittel, doch er weigert sich. Keine Medikamente, sagt er, und Abführmittel sind Medikamente. Am nächsten Tag esse ich zum Frühstück, Mittag- und Abendessen Weizenkleie mit Rosinen, aber noch immer keine Bewegung. Das Valium sitzt *hier oben.*«

Ich blickte über Bairds Schulter durch das Fenster. Audrey war auf ihrem Stuhl eingeschlafen. Ihr Teller war blitzblank, nicht ein Krümel war übrig geblieben, und auf ihrem Schreibtisch entdeckte ich eine eingerahmte Urkunde: mein Preis vom letzten staatsweiten Rhetorikwettkampf.

Ich hatte ihr Unrecht getan.

»Also wir haben mittlerweile den dritten Abend«, sagte Baird, »und ich hab alles versucht und bin immer noch verstopft. Beim Abendessen klaue ich einen Dessertlöffel – um es heraus*zukratzen.* Aber

irgendwas geht schief, und ich schneide mich innerlich. Ich blute wie verrückt auf den Badezimmerboden. Ich weiß, ich brauche sofort Hilfe, sonst bin ich hinüber, aber wen soll ich rufen? Mitten in der Nacht. Und wenn das Studio erfährt, was passiert ist, bin ich weg vom Fenster. Kein Ferrari mehr. Goodbye Sunset Strip.«
Baird machte eine Pause, zündete zwei weitere Zigaretten an und gab mir eine. Ich saugte heftig an dem Filter. Ich konnte einen kleinen Kick gebrauchen.
»Mir ist also klar, es geht um Leben oder Tod«, fährt Baird fort. »Mein Schicksal liegt in meiner Hand. Ich krieche zum Telefon und wähle die Nummer des Schwesternzimmers. Meine Beine sind von oben bis unten voller Blut. Ich verliere langsam das Bewusstsein. Schwester Cobb nimmt ab und sagt, sie komme sofort, also klettere ich irgendwie auf mein Bett und warte. Sie kommt, sieht das Blut. Ich schwimme geradezu darin. Sie fragt mich, was passiert sei, und ich lüge wie üblich. Ich hab mir den Arsch abgeputzt und mich mit einem Fingernagel gekratzt. Zum Glück hat sie mich sofort durchschaut. Sie dreht mich auf den Bauch, kniet sich hinter mich und greift mit der Hand hinein, mit der nackten Hand ohne Gummihandschuh. Und auch keine Vaseline als Gleitmittel, nur mein Blut. Und in dem Moment bin ich aufgewacht, Junge. Genau in diesem Moment. Da wurde mir endlich die Wahrheit über mich selber klar.«
Baird betrachtete seinen Handrücken und spannte seine Finger. »Ich bin David, und ich bin süchtig«, verkündete er. Er blickte auf. »Das ist meine Geschichte, und deine?«

Ich hätte wissen müssen, dass Audrey sich mir anvertrauen würde, sobald ich aufhörte, sie zu bedrängen. Es geschah ganz plötzlich. Eines Abends guckten wir *Eyewitness News,* und der Moderator verhaspelte sich mit dem Namen des Gouverneurs. »Ein Speed-Freak«, sagte Audrey und wies mit dem Kopf auf den Bildschirm. »Verprügelt seine Freundin mit einem Tennisschläger.«

Ein paar Tage später nahm ich im Supermarkt eine Zeitschrift aus dem Regal und überflog ein Interview mit einer englischen Schauspielerin, für die ich schwärmte. Audrey beugte sich über meine Schulter. »Findest du sie süß?«

»Schon irgendwie«, sagte ich. »Sie ist okay.«

»Ihre Nase ist aus Plastik. Ein Chirurg musste sie nachmodellieren. Zu viel Kokain.«

Anfangs glaubte ich, Audrey wollte mir Angst machen und mich vor den Gefahren eines ungesunden Lebenswandels warnen, doch in dem Maße, in dem sie fortfuhr, mir die Geheimnisse dieser Menschen zu enthüllen, begriff ich, dass sie verbittert war. Trotz allem, was sie für sie tat, wurden die meisten berühmten Patienten der Maple-Glen-Klinik rückfällig, erklärte sie mir, manchmal nur Stunden nach ihrer Entlassung.

»Drama. Sie sind alle dramasüchtig«, sagte sie. »Schaut mich an. Liebt mich. Das ist ihre *wahre* Abhängigkeit. Wir leiden alle, doch sie müssen ein Riesentheater darum machen, während wir, die so genannten kleinen Leute, es in uns hineinfressen. Wahrscheinlich ist es genau das, was uns klein hält.«

Am Morgen meiner Führerscheinprüfung schaltete ich in der Küche *Today,* eine Unterhaltungsshow, ein und setzte mich an den Tisch, um noch einmal Theorie zu büffeln. Audrey kam von der Arbeit nach Hause und setzte einen Kaffee auf. Den Kräutertee hatte sie vor einer Weile aufgegeben. Genau genommen hatte sie eine Menge Dinge aufgegeben: die Bäder bei Kerzenschein, die Lotionen, die Seelenheilbücher. Das ganze Experiment war vorbei.

Der Moderator von *Today* kündigte einen Gast an. Als ich seine Stimme hörte, schnellte mein Kopf hoch.

»Er ist es«, sagte ich.

Audrey stellte ihre Kaffeetasse ab. Baird, unrasiert und im schwarzen Muscleshirt, schien sich auf seinem Stuhl nicht recht wohl zu fühlen. Der Moderator fragte, ob er »zurück« sei, und Baird schlug die Beine übereinander und strich mit dem Zeigefinger über die Naht eines seiner Cowboystiefel. »Offen gestanden, es war ein harter Kampf«, sagte er und hielt inne. »Ich habe ein paar bittere Lektionen gelernt.« Pause. »Über mich selbst. Aber ich würde gern glauben, dass mich das zu einem besseren Menschen gemacht hat. Klarer, gesünder, nehme ich an. Ein bisschen realer.«

»Schwachsinn«, sagte Audrey. »Er ist doch völlig high. Total zu.«

»Du meinst, er lügt?«

»Du siehst einem Profi zu. Der Clown ist die ganze Zeit in Maple Glen voll drauf gewesen. Ein Betrüger durch und durch. Ein absoluter Soziopath. Hat allen Schwestern ein Foto mit Autogramm gegeben und jeder von uns geschworen, keine andere hätte eines bekommen. Ist total ausgeflippt, als wir ihm seinen Drogenvorrat abgenommen haben, und hat angefangen, Lysol aus dem Putzschrank zu trinken.«

Ich blickte in mein Buch, auf die Umrisse von Verkehrsschildern. Ich hatte an ihr gezweifelt, ihr nachspioniert und war dafür bestraft worden. Aber vielleicht war meine Pein unnötig gewesen. Wenn Baird ein derart notorischer Lügner war, hatte er vielleicht auch mich angelogen.

Ich musste es wissen. »Wer hat die Drogen gefunden?«

Audrey schaltete den Fernseher ab. »Ich glaube, ich muss da kündigen.«

Ich wiederholte meine Frage.

»Ich«, sagte Audrey.

Auf halber Strecke aufzugeben wäre sinnlos gewesen. Ich war schon zu weit gegangen. »Und wo hatte er sie versteckt?«

Sie wich meinem Blick aus. »Ich kann mich beim besten Willen nicht daran erinnern.«

Solche Liebe, solche Rücksichtnahme auf meine Gefühle – ich verdiente es nicht.

Und wie üblich nahm ich sie trotzdem.

4

Die Abmachung war, dass ich mir ein Auto kaufen durfte, wenn ich in den Sommerferien arbeitete, und weil ich den Geruch von Benzin, der mir so natürlich erschien wie der von Gras oder Holz, schon immer gemocht hatte, bewarb ich mich bei der Standardtankstelle am Highway 9. Ein paar Tage später rief der Besitzer zurück und lud mich zu einem Gespräch zu sich nach Hause ein. Ich hoffte, dass harte, ehrliche Arbeit und Besitzerstolz vielleicht genau das waren, was mir endlich den Kopf zurechtrücken und meiner Abhängigkeit von Ritalin ein Ende machen würde, also kämmte ich die Haare nach hinten, bügelte ein schickes, weißes Hemd und rieb mit einem Deoroller in meinen Achselhöhlen herum.

Mein Körpergeruch hatte mich nie gestört, aber Mike meinte, andere Leute schon. Sie seien nur zu höflich gewesen, mich darauf hinzuweisen.

»Und denk immer daran«, sagte Mike, »du musst dich selbst verkaufen. Niemand außer dir weiß, was in dir steckt.« Das war eine Anspielung auf Joel, der plötzlich zum Wunderkind mutiert war, nachdem er bei einem Junioren-Tennisturnier in St. Paul, für das er nach allgemeiner Ansicht nicht qualifiziert war, den dritten Platz belegt hatte.

»Der Typ braucht bloß jemanden, der ihm Autos voll tankt«, sagte ich.

»Man kann nie wissen. Vielleicht braucht er mehr als das.«

Die Tankstelle gehörte einem Mann namens Scott Dekalb, der erst vor einem halben Jahr nach Minnesota gezogen war. In der Stadt hatte ich Gerüchte aufgeschnappt, er habe zuvor ein Burger-King-Restaurant in Colorado besessen, das von einem Wirbelsturm zerstört worden war. Er lebte mit seiner Frau in einem Musterhaus mit Glasfront am Rande des neuen Golfplatzes Pheasant Bluff. Die Einheimischen meinten zwar, dass das mit dem Club nie was werden würde, doch der Wert der Grundstücke hatte sich binnen eines Jahres verdoppelt. Sogar ein Spieler der Minnesota Vikings hatte eins gekauft.

Scott wartete in der bogenförmigen Eingangstür, als ich mit meinem Fahrrad die Auffahrt hochfuhr. Er trug ein Polohemd mit hochgestelltem Kragen, Khakishorts und einen dicken, goldenen Präzisionschronometer, dessen leuchtendes Zifferblatt seinen Unterarm grünlich schimmern ließ. Anstatt meine Hand zu schütteln, drückte er meine Schulter.

»Prima. Komm rein. Super. Justin Cobb. Er braucht einen Sommerjob, hört man. Phantastisch.«

Der Fußboden war tiefer gelegt, sodass ich eine kurze Treppe hinabsteigen musste, als ich das Haus betrat. Dürre Bäume in knallbunt bemalten Töpfen säumten den Raum. Ich roch Düngemittel, Torfmoos. Irgendwo hörte ich eine Frauenstimme langsam bis zehn und wieder zurück bis null zählen, eine Yogaübung nahm ich an.

»Meine Frau Eva hat superleckeren Früchtetee gemacht«, sagte Scott und führte mich zu einem u-förmigen Ledersofa, auf dem ein paar aufgeschlagene dicke Bücher lagen. »Du kannst noch Zucker dazugeben, aber es ist eigentlich nicht nötig. Er ist von

Natur aus süß. Du solltest ihn ohne Zucker probieren.«
»Mach ich«, sagte ich.
»Zucker ist ein Killer. Er lässt die Drüsen schrumpfen. Man hat Menschen obduziert, die jede Menge Süßigkeiten gegessen haben, und da, wo eigentlich ihre Nebennieren sein sollten, war gar nichts. Die amerikanische Art zu sterben.«
Während Scott uns einschenkte, blätterte ich durch eines der Bücher. Zahlreiche Stellen waren mit gelbem Textmarker unterstrichen, am Rand wimmelte es von Sternen und Ausrufezeichen. Ich warf einen Blick auf den Titel: *Befreie deinen Geist*. Auf dem Umschlag flog ein geflügeltes Einhorn über einen Regenbogen auf einen Berggipfel zu. Auf dem Kopf trug es eine strahlende goldene Krone.
Der Tee war sauer und dick von Grieseln und Fruchtfleisch, doch aus Höflichkeit nahm ich große Schlucke. Ich hatte das Gefühl, dass das Vorstellungsgespräch gut lief. Die meiste Zeit redete Scott, der eine eigenartig abgehobene Sprache verwendete, um sein Geschäft zu beschreiben. Die Tankstelle nannte er »das Unternehmen«. Benzin und Motoröl waren »das Produkt«, die Kunden »die erweiterte Familie« und die Angestellten »die Servicekette«. Von Geld sprach er auch, er nannte es »Zufluss«. Die meisten Menschen, so erklärte er, hätten gemischte Gefühle bezüglich des Zuflusses und dächten, man müsse ihn sich durch harte Arbeit verdienen, doch nichts liege der Wahrheit ferner. Zufluss sei wie Sauerstoff, sagte Scott.
»Ich möchte, dass du zweimal tief einatmest«, sagte er. »Beim ersten Mal sollst du die Luft regelrecht einsaugen.«
Ich tat, was er sagte.
»Und jetzt ausatmen. Gut. Okay. Und dieses Mal

möchte ich, dass du statt einer bewussten Anstrengung nur langsam die Lunge dehnst. Vergiss die Luft. Öffne einfach deine Lunge.«
Ich atmete auf die zweite Weise ein.
»Und jetzt sag mir«, fuhr Scott fort, »welcher Atemzug war befriedigender?«
»Der jetzt?«
»Voilà«, sagte Scott, »das Prinzip des Zuflusses. Das Universum *will,* dass wir wohlhabend sind, verstehst du? Es *möchte* uns ausfüllen, aber wir würgen es ab. Wir würgen es ab, weil wir den *Mangel* verehren, diese von Menschen gemachte Vorstellung, dass die Welt im Grunde *feindlich* ist.«
»Das glaubt mein Vater auch.«
»Fall nicht darauf rein. Und was sind deine Ziele für diesen Sommer?«
»Nichts Besonderes. In der Hauptsache versuche ich, Geld für ein Auto zu sparen.«
Scott stellte seinen Tee ab, den er, wie mir auffiel, kaum angerührt hatte. »Ich persönlich bevorzuge deutsche Fabrikate. Benz, BMW, Porsche.«
»Teuer. Nett.«
»Es ist alles nur eine Frage davon, wie viel du dir selber wert bist. Wann kannst du anfangen? Diesen Samstag?«
»Kein Problem.«
Scott nahm das Exemplar von *Befreie deinen Geist.* »Ich habe auch noch einen Geschäftsführer angestellt, Chris, den kleinen Bruder meiner Frau. Er fängt allerdings erst nächste Woche an, und in der Zwischenzeit habe ich eine Hausaufgabe für dich. Es ist bei uns so eine Art persönlicher Bibel.«
Er gab mir das Buch, und ich klemmte es unter den Arm. Scott legte seine Hände auf die Knie, und wir standen auf.

»Na, das war doch einfach, oder nicht?«, sagte er. »Erfolg ist wie Segeln: Man muss sich nur zurücklehnen und auf den richtigen Wind warten.«

Einen besseren Job hätte ich mir nicht wünschen können. Ich liebte es, mich über die Windschutzscheibe zu beugen und mit einem Abzieher quietschend über das Glas zu fahren. Ich liebte es, den Verschluss von Öldosen aufzuschrauben und die glänzende Flüssigkeit durch meine Finger tropfen zu sehen. Am meisten jedoch liebte ich meine Uniform: hellblaues Hemd, rote Kappe und dunkelblaue Hose. Auf die Hemdtasche war mein Name gestickt, und die Mütze wurde von einem fackelartigen Aufnäher, dem Firmenzeichen von Standard Oil, geziert.

Spätestens am dritten oder vierten Tag hatte ich den Job locker drauf, sodass ich Scott, als er eines Morgens vorbeikam, um zu sehen, wie ich mich machte, vorschlug, Kosten zu sparen, indem er die Anstellung seines Schwagers bis zum Herbst, wenn ich wieder zur Schule ging, verschob. Ich hatte die Idee vorher an Mike getestet, und er hatte gesagt, sie würde von Initiative und Mut zeugen.

Scott runzelte die Stirn. »Das ist der Mangel-Ansatz, von dem ich sprach. Mehr leisten mit weniger. Sparen. Sich durchschlagen. Zurückstecken. Hast du das Buch, das ich dir geliehen habe, nicht gelesen?«

»Ich hab es angefangen.« Ich hatte es, ehrlich gesagt, verlegt und konnte es nicht wieder finden.

»Lies das Kapitel über potenzielle Energie. In jedem Molekül, in jedem menschlichen Wesen steckt ein riesiges Reservoir latenter Kraft.« Scott nahm den Bleistift, der auf der Registrierkasse lag. »Wenn man weiß, wie man ihn anzapfen kann, steckt in diesem

Graphitstab genug Energie, um einen ganzen Winter lang jedes Haus in St. Paul zu beheizen.«
»Wirklich?«, fragte ich. »Einen ganzen Winter lang?«
»Du bist skeptisch. Das liegt daran, dass du programmiert bist. Wir sind alle programmiert.« Scott hielt mir den Bleistift vor die Nase. »Wenn du den Blick verschwimmen lässt, teilt sich der Bleistift in zwei. Siehst du, wie er sich in zwei teilt?«
»Ja.«
Scott nickte. »Und was sagt dir das über dich? Und über die Wirklichkeit?«
Ich tat, als würde ich einen Moment lang nachdenken, und antwortete dann: »Eine Menge.«
Scott lächelte und überreichte mir den Bleistift, als hätte dieser einen rätselhaften, neuen Wert bekommen. Ich nahm meine Kappe ab und steckte ihn hinters Ohr.

An seinem ersten Arbeitstag kam Chris zwei Stunden zu spät. Er hielt mit einem Chevy Van, dessen Seitenwände mit Wüstenlandschaften und Sternen bemalt waren, an der Supersäule, nahm den Zapfhahn und fing an, seinen Tank zu füllen – alles mit brennender Zigarette in der Hand. Ich warf ihm einen warnenden Blick zu. Er zuckte die Achseln und trat die Kippe mit einem spitzen Cowboystiefel aus.
»Ich habe mein ganzes Leben mit Mineralölprodukten gearbeitet«, sagte er. »Solange man kein brennendes Streichholz reinwirft, ist alles in Ordnung.«
Chris parkte seinen Van, während ich seine Tankquittung ausstellte. Als ich sie ihm gab, zerriss er die Quittung. Das Hemd seiner Uniform war offen und hing lose über seinen Gürtel. Darunter trug er eines dieser T-Shirts, die die Anatomie des menschlichen

Körpers abbilden: sämtliche Muskeln, Knochen und Organe in Originalfarben. Ich fand es ekelhaft.

»Das kannst du stornieren. Mein Benzin geht auf Scott und Eva«, sagte er.

»Du hast fast neunzig Liter getankt.«

»Benzin ist Wasser. Es gibt sehr viel mehr davon, als Standard Oil zugibt. Sie treiben den Preis hoch, indem sie die Vorräte zurückhalten.«

»Solange sie es dir erlaubt haben.«

»Ich brauche keine Erlaubnis. Kleingeld interessiert die nicht, glaub mir. Die beiden haben größere Fische an der Angel. Sie sind Spieler.«

»Was soll das heißen?«

»Das willst du lieber nicht wissen«, erwiderte Chris.

Ich stornierte den Betrag, bewahrte jedoch die Quittung auf, für den Fall, dass es später Fragen gab. Chris verbrachte den Vormittag damit, an der Tankstelle herumzustöbern und auf deren Mängel hinzuweisen.

»Guck dir das an: Dieser Ölzusatz ist Beschiss. Er senkt den Benzinverbrauch nicht, er *erhöht* ihn.«

Später probierte er die hydraulische Hebebühne der Werkstatt. »Hörst du dieses Quietschen und Keuchen? Pass auf: Eines Tages wird das Ding versagen, und ich werde unter einem Auto begraben. Gibt wahrscheinlich eine Höllenentschädigung – das ist die gute Seite.«

Mittags schloss Chris den Getränkeautomaten der Tankstelle auf und nahm sich eine Dose Cola heraus.

»Schon komisch: Die Produkte, mit denen Firmen reich werden, bestehen im Grunde bloß aus Wasser. Gefärbte Flüssigkeit. Als ob wir das *Bedürfnis* hätten, unser Geld zu verschwenden.«

»Für dich ist das ganze Geschäftsleben also nur ein großer Witz?«, fragte ich.

»Ich bin sechsundzwanzig. Ich habe eine bestimmte Lebenseinstellung gewonnen.«

Er hielt mir eine Dose Cola hin.

»Danke.«

»Du siehst aus, als hättest du Durst«, sagte Chris.

»Ich bezahle meine Sachen lieber.«

Am Nachmittag bediente Chris einen Kombi, der mit den Mitgliedern einer Baseball-Jugendmannschaft in Trikots und Kappen voll gestopft war. Ich beobachtete ihn, während ich einen VW Käfer voll tankte. Als er zum Kassieren an das heruntergekurbelte Fahrerfenster trat, wies die Frau am Steuer auf ein Schild »Deklaration absoluter Zufriedenheit«. Darauf stand, dass der Kunde nicht verpflichtet war zu bezahlen, wenn der Tankwart nicht den Reifendruck geprüft, die Scheiben gewaschen und angeboten hatte, den Ölstand zu messen.

»Sie haben meine Reifen vergessen«, sagte die Frau.

»Ich habe sie dem Augenschein nach überprüft. Ihr Reifendruck ist okay.«

»Wir machen einen Kompromiss«, sagte die Frau. »Wir teilen uns den Betrag. Sie kramte in ihrem Portemonnaie, während die Blagen auf dem Rücksitz ihre Zungen an die Scheibe pressten. Chris zeigte ihnen einen Vogel, und die Kinder fingen an zu schreien. Als die Frau sich umdrehte, um sie zum Schweigen zu bringen, schnappte Chris sich durch das offene Fenster ihre Börse, riss ein paar Scheine heraus, warf das Portemonnaie wieder in den Wagen und ging wortlos weg.

Chris gab mir einen Fünf-Dollar-Schein. »Fürs Schmierestehen.«

Ich gab ihm das Geld zurück.

»Ich mag deine Ehrlichkeit. Dann bleibt doppelt so viel für mich übrig«, sagte er.

Nach fünf oder sechs weiteren Wagen nahm Chris sich eine weitere Cola und zündete sich eine Zigarette an. Er starrte auf ein Feld auf der anderen Seite des Highway, wo ein Traktor Heu mähte. Die Aknenarben in seinen Wangen sahen aus wie Fossilien, und sein knochiger Adamsapfel erinnerte an einen Schädel.

»Meine Schwester und mein Schwager sind Haie«, sagte er. »Ich nehme mit, was ich kriegen kann. Fakt ist, dass ich hier doch bloß meine Zeit verschwende, während das Spiel auf höherer Ebene ausgespielt wird.«

»Was für ein Spiel denn?«

»Hochfinanz. Tricksereien mit der Steuer. Glaubst du wirklich, die Leute werden mit dem Verkauf von Benzin reich?«

»Rockefeller ist damit reich geworden. Er hat Standard Oil gegründet.«

»Rockefeller war ein Gauner«, sagte Chris. »Sein Vater war ein kleiner Trickbetrüger.«

Das Klingelzeichen, das einen neuen Kunden ankündigte, ertönte zweimal.

»Ich nehm den Mustang«, sagte Chris. »Kümmer du dich um das Wohnmobil.«

Nach der Arbeit duschte ich mit Lava-Seife, als Mike hereinkam und sich auf die Toilette setzte. Er senkte den Kopf und spuckte zwischen seinen geöffneten Knien Tabaksaft in die Schüssel.

»Wie läuft's bei der Arbeit?«

»Okay.«

»Du klingst nicht überzeugt.«

Ich schrubbte meine Achselhöhlen mit der körnigen Seife. »Es ist anders, als ich erwartet habe.«

»Das ist es immer.«
»Ich habe diesen Geschäftsführer, Scotts Schwager. Er bestiehlt die Firma.«
Mike spuckte. »Das ist, fürchte ich, der Preis, wenn man ein Geschäft betreibt. Angeblich dient die Hälfte des Milchpreises nur zur Deckung der Schäden durch Ladendiebstahl.«
»Die Leute klauen Milch?«
»Die Leute klauen alles. Bei der Milch holen sie ihre Verluste wieder rein.«
Ich hielt meine Arme unter den Strahl. Graues Wasser perlte ab. Die Schmiere saß nicht auf meiner Haut, sondern darunter – eine sich ausbreitende, formlose, schwarze Tätowierung.
»Wie viel Öl gibt es?«, fragte ich Mike. »Chris behauptet, dass Standard Oil Ölfelder unter dem Lake Superior besitzt, die so groß sind, dass der Benzinpreis auf knapp zweieinhalb Cent pro Liter fallen würde, wenn sie je anfangen würden, es zu fördern.«
Mike betätigte die Toilettenspülung; und mein Duschwasser wurde kochend heiß. »Das würde mich nicht überraschen. Ich habe diese Geschichten auch schon gehört.«
Ich schrubbte an dem Fettfilm; ich kam mir getäuscht und verraten vor. Die Firmenuniform hatte mich stolz gemacht.

In der dritten Woche unter Chris zahlte auch ich meine Cola nicht mehr und bediente mich mittags aus dem Snackautomaten. Chris bevorzugte Salzbrezel und Maischips, doch ich war zu bescheiden, um derart beliebte Produkte zu stehlen, und hielt mich stattdessen an Erdnussbutter-Cracker.
Alle paar Tage schaute Scott vorbei, um die Bücher

zu kontrollieren. Er roch nach WickVaporub und Hustenbonbons und schien sich ständig nach einem Tuch umzusehen, mit dem er sich die Nase abwischen konnte. Chris sagte, dass Scott ein Problem mit Kokain hätte und in seinem Haus nächtelange Partys schmeißen würde, zu denen Börsenmakler und Bankiers kämen.

»Im Grunde sind sie die Machtelite«, sagte Chris. »Du und ich, wir sind bloß kleine Fische. Menschliche Währung.«

»Ich spare auf ein Auto. Alles andere ist mir egal.«

»Dann haben dich die großen Ölkonzerne ja genau da, wo sie dich haben wollen. Ein weiterer junger Amerikaner frisst Dreck.«

Unter dem Druck von Chris' Provokationen begann auch ich, mir nach und nach kleine Freiheiten herauszunehmen. Ich ignorierte die Reifen der Kunden und ließ von Insekten verschmierte Windschutzscheiben ungeputzt. Drei Tage lang schob ich es vor mir her, die Toiletten zu putzen, was zu einer katastrophalen Kettenreaktion von verstopften Klos, überquellenden Mülleimern, mutwillig zerstörten Handtuchspendern und überfluteten Fußböden führte. Die Wandschmiereien auf der Männertoilette wurden immer zotiger und derber, bis sie schließlich in der Zeichnung einer Kettensäge in Originalgröße gipfelten, die einen weiblichen Unterleib attackierte. Ich versuchte, das Gemälde mit Stahlwolle abzuschrubben, womit ich jedoch lediglich die Wände aufraute, was das Bild irgendwie noch obszöner aussehen ließ.

Eines Morgens informierte Chris mich bei Brezel und Cola, dass er Acid einwarf.

»Halt mich da raus«, sagte ich.

»Pech. Ich hab dir schon was in deine Cola geschmuggelt.«

Ein Kombi mit drei platten Reifen vom Überfahren einer Baustellenmarkierung hielt an den Zapfsäulen. Während Chris den Wagen aufbockte, blätterten die Insassen – Vater, Mutter und zwei süße Mädchen – in einem alten Straßenatlas im Büro. Wir ließen Seifenwasser über die Reifen laufen, um die Löcher zu lokalisieren, und nahmen dann die Felgen ab. Ich raute den Schlauch an den porösen Stellen auf, klebte Flicken darüber und montierte die Reifen wieder. Als ich sie schließlich überprüfte, bildeten sich überall, wo nach wie vor Luft austrat, kleine Seifenblasen.

»Irgendwas stimmt da nicht«, sagte ich.

Chris kratzte sich am Kopf, und Schuppen rieselten herab. »Wir sind Reptilien, Mann, wir schuppen unsere Haut ab. Siehst du das?«

»Warum verlieren die Reifen immer noch Luft?«

»Wir sind gottverdammte *Echsen*.«

»Seid ihr fertig, Jungs?«, erkundigte sich der Familienvater, der nach draußen gekommen war.

»Unsere Arbeit ist erledigt«, sagte Chris mit seltsamer Stimme. »Sie können weiterfahren.«

Als der Kombi anfuhr, winkte Chris, doch niemand winkte zurück, was ihn zu kränken schien.

»Das waren nette Leute«, sagte er. »Ich habe ihnen nichts in Rechnung gestellt.«

»Ihre Reifen waren nicht richtig geflickt.«

»Nein.«

»Sie werden platzen.«

»Tu's nicht«, sagte Chris. »Tu dir das nicht an.«

»Hoffentlich haben sie die Sicherheitsgurte angelegt.«

»Hör auf. Autsch.«

Wir kamen überein, dass es unsere Stimmung möglicherweise heben würde, wenn wir die Toiletten auf Hochglanz polierten. Nachdem wir die Kloschüsseln

geschrubbt, die Abflüsse freigemacht und die Böden gewienert hatten, versuchten wir, mit in Batterieflüssigkeit getunkten Handtüchern erneut gegen das Kettensägen-Graffiti vorzugehen. Die Striche des Eddings verwischten, ohne blasser zu werden.
»Wer macht so was?«, fragte ich.
»Reiche Geschäftsleute. Es sind immer Geschäftsleute, die diesen ganzen anonymen Sex-Scheiß machen.« Chris schloss die Augen. »Ich bin voll drauf, Mann. Total auf 'm Trip.«
Die Klingel kündigte ein neues Auto an. Chris zuckte zusammen und ließ seinen Lappen fallen.
»Kannst du gehen?«, fragte er.
»Ich gehe.«
»Ich schrubb hier weiter.«
»Schrubb du weiter.«
»Ich warte gleich hier.«
»Wo gleich hier?«
»Hier. Auf der Toilette.«
»Ich glaub, ich kann das nicht.«
»Ich weiß, was du denkst«, sagte Chris. »Ich auch. Diese Reifen.«

Ich kaufte mir ein Auto, einen ausrangierten Streifenwagen mit Rostflecken und Farbresten, wo die Wappen und Schriftzüge abgeschmirgelt worden waren. Vordersitze und Rückbank waren durch ein Gitter voneinander getrennt. Es war ein fetter Achtzylinder, der jede Menge Benzin fraß, aber das war egal, weil ich umsonst tankte. Wenn wir an Wochenenden die Tankstelle zugemacht hatten, fuhren Chris und ich oft stundenlang rum, nur um Benzin zu verbrauchen. Einmal nahmen wir aus Spaß eine Tramperin mit – ein Mädchen aus der Schule, die mich angeblich süß fand – und ließen sie hinter dem Metallgitter auf der Rückbank sitzen, als wäre sie unsere Gefangene.

Abgesehen von gelegentlichen Anrufen hatte Scott aufgehört, unsere Arbeit zu überprüfen. Wir demontierten die »Deklaration absoluter Zufriedenheit« und packten sie zu den alten Batterien und Reifen hinter der Tankstelle. Bis auf die Kappen, die wir zum Schutz gegen die Sonne anbehielten, hörten wir auf, unsere Uniformen zu tragen.

Der Sommer ging zu Ende. In drei Wochen sollte die Schule wieder anfangen. Während einer unserer ziellosen Wochenendfahrten fragte ich Chris, ob er vorhätte, in der Stadt zu bleiben und die Tankstelle zu führen.

»Du hast es also noch immer nicht geblickt?«

»Was?«

Chris nahm einen Schluck Pfirsichwein aus einer gekühlten Flasche. »Warum ist es ihnen deiner Meinung nach egal, wie viel wir ihnen stehlen? Warum gleichen sie deiner Meinung nach nie den Kassenstand mit dem Stand der Tankuhren ab?«

»Weil sie reich sind?«, fragte ich.

»Sie tun, als ob sie reich wären. In Wirklichkeit haben sie den Rest ihrer Knete vor einem Monat verballert. Die Versicherungssumme für ihr Dairy-Queen-Restaurant, alles verpulvert.«

»Ich dachte, es wäre ein Burger King gewesen.«

»Ist doch egal.«

Chris trank den Wein leer, kurbelte sein Fenster herunter und warf die Flasche auf den Highway. »Ich sag dir, die Reifen hinter der Tankstelle oder vielleicht auch die öligen Lappen in der Werkstatt werden in genau zwei Wochen Feuer fangen. Eine Stunde nach Ladenschluss.«

»Klar.«
»Du musst mir nicht glauben. Du kannst unschuldig bleiben. Das ist sowieso klüger.«
»Dieser Job wird mir langsam ein bisschen zu merkwürdig«, sagte ich. »Mir reicht's. Ich steige aus.«
»Dafür ist es ein bisschen zu spät.«

Wenn ich den Brand ignorierte, bis er sich ereignet hatte, würde ich in der Lage sein, überzeugend schockiert zu wirken, sagte Chris. Er warnte mich erneut, den Job zu kündigen, weil das für die Leute von der Versicherungsgesellschaft so aussehen könnte, als wäre ich unzufrieden gewesen, was mich zu einem Verdächtigen machen würde. Am besten sollte ich die Sache einfach aussitzen. Der Brandstifter, ein Profi von außerhalb, hätte die Tankstelle bereits abgecheckt, als Kunde getarnt.
»Wer war es?«, fragte ich. »Der Typ in dem Jeep?«
»Ein Schwarzer. Mit kräftigen Armen.«
»Der ist es?«
»Du hast Vorurteile.«
»Wer? Es macht mich verrückt.«
»Willkommen im Club.«
Obwohl ich jeden Morgen mit der Erwartung aufwachte zu hören, dass die Tankstelle in der Nacht abgebrannt war, geschah nichts. Ich ging wie üblich zur Arbeit. Aber mit Chris ging es bergab. Eines Morgens fuhr er auf dem Highway 5 ein Reh an und verbrachte den ganzen Tag damit, Fellreste von seiner Stoßstange abzukratzen. Am nächsten Tag schraubte er einen Kühler auf, und eine Fontäne von Kühlwasser schoss ihm ins Gesicht. Und am selben Nachmittag überraschte ich ihn im Laden, als er an einer Plastiktüte mit Batterieflüssigkeit schnüffelte.

Ein paar Tage später lud Scott uns zur Feier von Evas dreißigstem Geburtstag zum Mittagessen ein. Chris bestand darauf, die Alarmanlage einzuschalten und den Lieferanteneingang auf der Rückseite des Gebäudes abzuschließen. Er schlug außerdem vor, dass wir in verschiedenen Autos fahren sollten, doch ich erwiderte, dass das Verschwendung sei. Wir nahmen seinen Van.

Scott empfing uns an einem Tisch mit einem Partybüfett: Kiwis und Sternfrüchte, Riesenshrimps auf Spießen, Schimmelkäse und Weißwein in Eiskübeln.

»Eva wird jeden Moment kommen«, sagte Scott. »Ein Drink für dich, Justin?«

»Danke, ich probiere den Weißen.«

»Versuch lieber den Roten. Der hat mehr Charakter.«

»Was auch immer.«

Chris wies auf den überladenen Tisch. »Dieses Haus besteht nur aus Fenstern – die Bullen können direkt reinschauen. Warum ihnen nicht eine richtige Show bieten?«

»Wir essen jeden Tag so«, sagte Scott. »Führ dich doch nicht so paranoid auf.«

»Ich hau ab.«

Aber er ging trotzdem nicht. Während Scott und ich Shrimps knabberten, erschien Eva, auf eine Gehhilfe aus Aluminium gestützt, hinter einer Topfpflanze. Ich hatte sie noch nie stehen, sondern immer nur im Auto sitzen sehen, sodass ich die S-Krümmung ihres Rückgrats gar nicht bemerkt hatte.

»Ich habe meine Kassetten gehört«, sagte sie, ohne es weiter zu erklären.

Ich gratulierte ihr zum Geburtstag, aber sie nahm mich gar nicht zur Kenntnis. Stattdessen fischte sie zittrig nach einem Stück Käse, das immer wieder von dem Cracker rutschte, auf den sie es legen wollte.

»Eva und ich leben *jeden* Tag so, als wäre es unser Geburtstag«, sagte Scott. »Denn so ist es. Was ist Aufwachen anderes als eine Art Geburt? Diese ganze angelsächsische Vorstellung von besonderen Anlässen und Feiertagen erscheint uns vollkommen sinnlos.«

»Das ist Quatsch«, sagte Chris und sah mich an. »Achte gar nicht auf sie. Die beiden sind die egoistischsten Menschen, die ich je getroffen habe.«

»Und du, Justin.« Eva richtete ihre blassen grünen Augen auf mich. »Was erhoffst du dir? Was sind deine Ziele im Leben? Dein Weg?«

»Ich würde später vielleicht gerne im Fernsehen reden. Meine Ansichten und Meinungen einbringen.«

»Interessant. Bist du ein gläubiger Mensch?«

»Eigentlich nicht. Sie?«

»Wir nennen es lieber ›spirituell‹«, sagte Scott.

Die Bemerkung ließ Chris offenbar endgültig ausrasten: Er spuckte Wein auf Scotts sauberes Hemd und holte mit der rechten Faust zu einem Schlag aus, den Scott jedoch abblockte. Er packte Chris am Handgelenk und verdrehte ihm den Arm auf dem Rücken, bis dessen Kinn knapp über seiner Gürtelschnalle hing. Chris flehte um Gnade, doch Scott ließ nicht los.

»Wir sind das Beste, was dir je passiert ist«, sagte Scott. *»Schmierschrauber.«*

»Onkel.«

»Scheiß *Autofreak.«*

In diesem Moment hörte ich die Sirenen. Sie fingen ganz leise an. Eva angelte sich einen Spieß vom Tisch, mit dem sie in ihren Zähnen und ihrem Zahnfleisch herumstocherte. Scott aß einen Cracker. Chris ließ Wasser über sein schmerzendes Handgelenk laufen. Als die Sirenen lauter wurden, packte

Eva ihre Gehhilfe und vollführte eine eigenartig abrupte Drehung. »Ich muss mir meine Kassetten anhören«, sagte sie. »Ich habe meine Ausbildung zur Heilpraktikerin schon halb fertig.«
Die Sirenen verklangen in der Ferne. Das Telefon klingelte. Ich bemerkte Chris' Blick.
»Denk nicht mal dran«, sagte Scott. »Mr. *Wagenheber.*«

Alle kamen, um sich das Feuer anzusehen, sogar Mike, dessen Laden wegen Inventur geschlossen war. Ich sah ihn durch die Windschutzscheibe von Chris' Van in einem Jogginganzug hinter der Polizeiabsperrung stehen. Nicht weit davon richtete ein Trupp der Freiwilligen Feuerwehr seine Schläuche auf die Zapfsäulen und die Häuser entlang der Auffahrt, um sie so gründlich zu benässen, dass sie nicht explodierten. Weitere Schläuche waren auf die Tankstelle gerichtet. Hin und wieder flackerte das Feuer grün und violett auf und sandte zischend Wolken gelber Funken von diversen Chemikalien himmelwärts, die in dem Gebäude gelagert wurden.
»Du hast es gelegt«, sagte ich. »Du warst es.«
»Kein Kommentar, Mann. Tut mir trotzdem Leid wegen deinem Wagen. Ich habe versucht, dich zu warnen.«
Mein Auto war bereits in Flammen aufgegangen und gelöscht worden. Die verkohlte Karosserie stand zusammengesunken in der Auffahrt, alle vier Reifen waren zu Klumpen zerschmolzen. Schwarze Rauchschwaden kamen aus den geborstenen Fenstern.
»Für dieses Auto habe ich hart gearbeitet.«
»Im Grunde bist du so besser dran«, sagte Chris. »Bis zu ihrer ersten Probefahrt mit einem Mercedes

Cabriolet waren Scott und meine Schwester auch halbwegs moralische Menschen.«
Wir saßen schweigend da und sahen zu, wie die Tankstelle abbrannte. Chris legte eine Kassette ein, klappte seinen Sitz zurück und legte seine staubigen Stiefel auf das Armaturenbrett. Die Dämpfe begannen durch die Fensterritzen in den Wagen zu dringen. Sie rochen nach Gummireifen, Benzin und Schmierfett und töteten wahrscheinlich Millionen meiner Gehirnzellen, aber ich konnte nicht aufhören, sie einzuatmen. Sie rochen nach Sommer.
»Das ist mein Ernst«, sagte Chris. »Das Problem sind die Autos, nicht die Menschen.«
Ich blickte zu meinem alten Straßenkreuzer, der still vor sich hin schwelte.
»Es sind unsere Maschinen.«

5

Mike breitete eine topographische Karte des Forest Service auf der Kühlerhaube seines neuen Geländewagens aus, den er extra für unseren Trip nach Westen gekauft hatte. Durchgezogene Linien, die die Höhe markierten, kreuzten sich mit gepunkteten Linien für die Wanderwege. Er zog unsere Route mit einem roten Stift nach, während Audrey auf der Ladeklappe saß und Cowboysongs summte. Joel starrte in den Himmel und pinkelte leise.

»Hörst du mir zu? Es ist ein langer Marsch bergauf«, sagte Mike.

»Und wenn wir ihn ein bisschen abkürzen?«

Mike sah Joel an. »Glaubst du, dass du heute Nachmittag neun Meilen schaffst?« Joel hatte geschwollene Knöchel von einem ganztägigen Sichtungslehrgang für Tennistalente des Adolphus College in Minnesota. Er hatte den Sieg und damit ein Stipendium nur ganz knapp verpasst und war eingeladen worden, es im kommenden Herbst noch einmal zu versuchen. Mike nannte das eine Abfuhr, aber Joel war optimistisch.

»Wie lange sind neun Meilen umgerechnet in Stunden? Im Durchschnitt?«, fragte Joel.

»Ich halte mich möglichst nicht an Durchschnittswerte«, sagte Mike. »Durchschnittswerte sind, wie ein kluger Mann mir einmal erklärt hat, meistens bloß eine Ausrede für irgendwas.«

Mike versuchte vergeblich, die Karte zusammenzufalten, bis er sie schließlich entnervt an mich weitergab. Er war seit Anfang September ziemlich labil: Woody Wolff lag auf der Intensivstation und wurde von Maschinen am Leben erhalten, seit sein Körper die Spenderleber abgestoßen hatte. Eine zweite Transplantation war nicht vorgesehen, und Mike tobte zwei Tage lang darüber, dass die Ärzte aufgegeben hätten. Er rief ehemalige Mannschaftskameraden an, mit denen er am Telefon weinte, und schwor, dass er schlimmstenfalls bereit wäre, einen Spenderpass zu unterschreiben und mit dem Auto von einer Klippe zu fahren. Stattdessen nahm er einen Nachtflug nach Ann Arbour, doch es war zu spät. Sein alter Trainer war ins Koma gefallen. Mike wich tage- und nächtelang nicht von seiner Seite, bis Woodys Tochter ihn bat, nach Hause zu fahren, weil er den Ärzten im Weg war. Als er zurückkam, war er nicht mehr der Alte. Gott, erklärte er uns, würde den falschen Mann zu sich rufen. Er benahm sich, als wäre es seine Schuld und möglicherweise sogar etwas, wofür er verdientermaßen bezahlen musste.

Ich gab ihm die Karte ordentlich gefaltet zurück, und gemeinsam entluden wir die Campingausrüstung: ein Notfallset gegen Schlangenbisse in einer orangefarbenen Gummikapsel, Daunenschlafsäcke in Nylonbeuteln, ein Satz ineinander stapelbarer Aluminiumtöpfe und -pfannen. Bis auf Mike, der in Idaho Elche gejagt hatte, hatte noch keiner von uns die Berge gesehen, und die vier oder fünf Nächte, die wir überhaupt je gezeltet hatten, hatten wir auf regulären Campingplätzen verbracht.

»Du hast Joels Frage nicht beantwortet, Mike«, sagte Audrey. »Wie viel sind neun Meilen in Stunden umgerechnet?«

»Für mich? Drei.«
»Das klingt mir aber reichlich ehrgeizig.«
»Für euch Leute vier.«
Joel stand still, als Mike ihm den Rucksack umschnallte, die Hüftpolster zurechtrückte und seine Arme durch die ebenfalls gepolsterten Schulterriemen führte. Audrey meinte, der Rucksack würde schief sitzen, und Mike fummelte an diversen Schnallen und Zugschnüren herum, aber jedes Mal, wenn er eine Seite fester zog, hing die andere über. Mikes Gesicht lief rot an.
»Lass mich«, sagte Audrey.
Mike hob den Arm und versperrte ihr den Weg. Er zurrte die Zugschnüre fest und verknotete ihre Enden. Schließlich gab er Joel einen Klaps auf den Hintern und sagte: »Du bist fertig.« Als Nächstes nahm er Audreys Rucksack.
»Sieht ziemlich schwer aus«, sagte sie.
»Du hast ja auch den halben Badezimmerschrank mitgebracht. Natürlich ist er schwer.«
»Lass uns nicht streiten. Mach ihn einfach leichter.«
Unter den Achselhöhlen von Mikes Hemd bildeten sich schweißige Halbmonde, während er den überquellenden Rucksack öffnete und diverse Gegenstände in seinen eigenen Rucksack umpackte. Zwei Blut saugende Moskitos stachen in seine Stirn, und ich bewunderte ihn für die Fähigkeit, sie zu ignorieren. Er konnte körperliche Beschwerden scheinbar willkürlich abschalten, was bedeutete, dass er immer etwas erreichen wollte, wenn er klagte.
»Der ganze Trip ist ein Beschiss. Du hast mich reingelegt«, sagte Audrey. »Du hast mir erzählt, du würdest eine Pause brauchen. Das ist keine Pause, Mike. Ich kann nicht fassen, dass die Jungs dafür die Schule verpassen.«

»Ich hab dir doch gesagt, dass ich *nachdenken* muss«, erwiderte Mike.
»Das ist doch das Gleiche.«
»Und so was nennt sich Familie. Was für ein Witz. Wir können nicht mal gemeinsam einen Berg raufwandern«, sagte Mike. »Ich will gar nicht darüber nachdenken, was passieren würde, wenn die Zeiten einmal wirklich hart werden würden.«
»Die Zeiten *sind* hart«, sagte Audrey. »Du machst uns allen das Leben schwer.«
Mike öffnete die Hände und ließ Audreys Rucksack fallen. Er schlug auf dem Boden auf, stand eine Weile auf dem Kopf und kippte dann zur Seite, sodass diverse Gegenstände herauskullerten: ein Blechbecher, tiefgefrorene Eintopfpakete, eine Tüte Brausepulver. Anfangs standen wir nur da und starrten auf die Bescherung, bis Audrey sich auf den Boden kniete und anfing, ihre Sachen einzusammeln. Sie wischte den Becher mit ihrem angefeuchteten Zeigefinger aus und pustete den Staub von den Essenspaketen. Hinterher wirkte sie ruhiger und seltsam besänftigt. Manchmal hatten Mikes Ausbrüche diese Wirkung auf sie.
»Es tut mir Leid«, sagte Mike. »Mir ist einfach alles über den Kopf gewachsen.«
»Der Mann ist fast siebzig«, sagte Audrey. »Er hat geraucht. Er hat getrunken. Es wird Zeit für ihn, Mike.«
»Das heißt, es ist *seine* Schuld?«
»Das habe ich nicht gesagt.«
»Gib's zu: Du hast ihn nie leiden können. Du hast ihn für dumm gehalten. Nun, ich sag dir was: Bevor ich ihn getroffen habe, war ich nichts. Eine Null.«
»Es tut mir Leid, Mike.«
»Er *stirbt*.«

»Ich hab doch gesagt, dass es mir Leid tut.«
Nach weiteren Vorwürfen und Entschuldigungen schnallte Mike Audrey den Rucksack wieder um. Sie knöpfte ein Seitenfach auf und tastete nach irgendwas.
»Hast du zufällig an die Vaseline gedacht?«
Mike sah sie erstaunt an.
»Meine Lippen. Es ist trocken hier oben.«
»Na gut. Dann gib doch auf. Die Luft ist zu trocken, gib auf.«
»Ein Rat vom großen Meister.«
»Was soll das jetzt wieder heißen?«
Mike warf die Arme in die Luft und kehrte uns den Rücken zu. Er hakte seine Daumen unter die Schulterriemen seines Rucksacks und schritt den mit Holzschnipseln bedeckten Pfad hinunter. Ich erwartete, dass Audrey ihm nachrief oder folgte, doch sie stand reglos da, und auch Mike sah sich nicht um. Als er zwischen den Bäumen verschwunden war, setzte Audrey sich auf die Ladeklappe, zog einen Wanderschuh aus und stülpte ihn um. Ein Stein fiel heraus.
»Er *war* brutal«, sagte sie. »Und gemein. Und das weiß Mike auch, deshalb hat er solche Schuldgefühle.«
»Warum?«, fragte ich.
»Er ist froh, dass der alte Sack stirbt. Tief im Innern ist er begeistert.«

Seit Mike sie angekündigt hatte, hatte ich mich vor der Reise nach Montana gefürchtet. Er schnitt mir im Keller die Haare und rasierte mir gerade den Nacken aus, wovon ich wie immer eine juckende Gänsehaut bekam. Alle meine Freunde ließen sich die

Haare bei einem Friseur schneiden, doch Mike behauptete, er könne es besser.
»Woody hatte einen berühmten Spruch«, sagte er und spritzte einen Klecks Allzwecköl auf die Klingen. »Bis man dich nicht gebrochen hat, weißt du nicht, aus welchem Holz du geschnitzt bist.«
»Wie, gebrochen?«, fragte ich. Die Klingen summten und klapperten hinter meinen Schläfen.
»Dein Vater könnte einen Trip nach Westen gebrauchen«, sagte Mike. »Ich glaube, das könnten wir alle. Eine Chance, an unsere Grenzen zu gehen. Ich komme mir langsam vor wie ein nutzloser Haufen Fett. Schau mich an. Schau dir diese Wampe an. Dafür gibt es keine Entschuldigung.«
»Vielleicht solltest du wieder mit dem Joggen anfangen.«
»Oder mich erschießen.«
Die Drohung war beunruhigend, aber nichts Neues; sie erinnerte mich an die Zettel, die ich fand, seit Mike aus dem Krankenhaus in Michigan zurückgekommen war. Den ersten hatte ich in einem Lexikon entdeckt, nachdem Mike mich beim Abendessen herausgefordert hatte, das Wort »schuldbeladen« zu definieren. Er schickte mich in sein Arbeitszimmer, um es nachzuschlagen, und als ich den Webster's aufschlug, flatterte mir ein Stück Papier entgegen.

Wir waren sein Team, und wir haben ihn verlassen.
Dafür werden wir bezahlen müssen.
Wir sind alle schuldbeladen.

Die nächste Botschaft fand ich am Morgen meines Geburtstags unter meinem Kopfkissen. Sie war über das Porträt auf einem Zwanzig-Dollar-Schein geschrieben.

Man sagt, Zeit sei Geld, aber Geld
kann keine Zeit kaufen. Ich habe es geschafft,
beides zu vergeuden, ich weiß Bescheid.

Die dritte und jüngste Notiz lag auf der Treppe, als ich in den Keller ging, um mir die Haare schneiden zu lassen.

Pluspunkte	Minuspunkte
Michigan University	*Als Kind Mom das Leben zur Hölle gemacht*
Heirat mit Audrey Brolin (West Pt.-Kadett aus dem Rennen geschlagen)	*Tabaksüchtig*
Geschäftsdarlehen sechs Monate vor Fälligkeit zurückgezahlt; Fitnessstudio und Health Bar im 2. Jahr in Gewinnzone	*Kontakt zu Gott & Natur & höherem Selbst verloren*
Unterstützung der Familie	*Übertreibung einer unbedeutenden Verletzung aus Angst, als Sportler zu versagen. Den einzigen Menschen enttäuscht, der je an mich geglaubt hat.*

Der Zettel steckte noch in meiner Tasche, als Mike mit meiner Frisur fertig war. Ich hatte die ganze Zeit darüber nachgedacht. Hatte er sein Knieproblem wirklich vorgetäuscht oder war er nur hart gegen sich selbst? Sein rechtes Bein knickte bis heute nach langen Autofahrten oder, wenn er nicht gut geschlafen hatte, manchmal ein. Wenn ich andererseits an Audreys Geschichte dachte, wie das verletzte Knie ihre Romanze zementiert hatte – und wenn ich an die Marotte von Mikes Mutter dachte, durch Leiden Zuwendung einzufordern –, schien es mir nicht abwegig, dass er seinen Schmerz hochgespielt hatte.

Er hielt mir einen Spiegel hin, nahm ihn jedoch wieder weg, bevor ich meinen Nacken genauer ansehen konnte. »Halt still, ich hab eine Stelle übersehen. Nicht zucken.« Ich hörte ein Schnippen, bewegte die Augen und sah ein rotes Schweizer Armeetaschenmesser, dessen kleine Schere ausgeklappt war.

»So eins brauchst du auch, wenn wir nach Westen fahren«, sagte Mike. »Damit kann man Holz schneiden, um ein Signalfeuer zu schüren.«

Er stutzte ein paar Stellen um meine Ohren. Die Schere war stumpf.

»Erinner mich daran, dass ich dir das große mit der Säge kaufe«, sagte er.

Ich fragte ihn nicht, wofür wir ein Signalfeuer brauchten.

An der Stelle, wo der Pfad in den Wald führte, stand ein Pfosten mit einem Kasten, der Bleistift und Papier enthielt, damit Wanderer sich registrieren konnten. Ich spitzte den Stummel mit meinem Messer an und befolgte die Anweisungen auf der Innenseite des Deckels. Ich notierte die Größe unserer Gruppe, das Datum sowie den geplanten Zeitpunkt unserer Rückkehr, übermorgen. Als ich die Registrierung in den Kasten warf, fiel mir ein anderer Zettel auf.

Ihr braucht mir nicht zu folgen.
Ich möchte allein sein.

Ich hätte euch nicht mitschleifen sollen.
Es tut mir Leid.
Ich kann mit dem Bus zurückkommen.

Ich stopfte den Zettel in meine Tasche und ging weiter; Joel und Audrey waren immer noch fünf Minuten hinter mir. Nach einer Meile ebenen Weges wurde der Pfad steiler. Ein Rinnsal in der Mitte des Weges wurde breiter und verästelte sich, sodass ich an manchen Stellen springen und auf Zehenspitzen über trockene Dämme balancieren musste. Dicke Schlammbrocken blieben in den Profilsohlen meiner Schuhe kleben und bildeten breite Klumpen, sodass sich meine Boots wie Schneeschuhe anfühlten. Ich kratzte sie mit einem Stock ab, doch es bildeten sich immer wieder neue Klumpen.

Audrey und Joel näherten sich keuchend. Joels Schnürsenkel waren offen und schleiften über den Boden.

»Ich bin völlig ausgetrocknet«, sagte Audrey. »Ich hab vergessen, Wasser mitzunehmen.« Um ihre Lippen hatte sich eine trockene, weiße Kruste gebildet.

Ich gab ihr meine verbeulte Feldflasche. »Wir müssen sparen.«

Audrey trank gierig und gab die Flasche an Joel weiter.

»Sparen«, sagte ich.

»Wo sind die Jodtabletten?«, fragte Audrey.

»In Mikes Rucksack.«

»Er hat ja wirklich an alles gedacht. Großartig.«

Die Feldflasche kam bei mir an, doch ich benetzte kaum die Lippen. Die Sonne stand hoch und gleißend über den Gipfeln. Audrey kramte einen Beutel Salzgebäckmischung aus ihrem Rucksack, doch ich warnte sie, dass sie davon nur noch durstiger werden würde.

»Wir müssen *irgendwas* für unseren Energiehaushalt tun«, sagte sie.

»Ich glaube, Mike hat mir ein Snickers dagelassen.«

»Hungerrationen. Er hätte uns gleich erschießen sollen, um unser Leiden abzukürzen.«

Hier draußen im Wald, weit weg von Städten und Menschen, schmeckte das Snickers irgendwie unwirklich, synthetisch. Während ich es in drei Teile brach, erläuterte ich meinen Plan. Ich würde schnell vorgehen, während Joel und Audrey in ihrem Tempo folgen konnten. Wenn ich Mike in drei Stunden nicht eingeholt hatte, würde ich zurückkommen, und wir würden unser Zelt aufschlagen und auf ihn warten.

»Und wer darf das Wasser behalten?«, fragte Audrey.

Ich untersuchte Hals und Verschluss der Flasche auf Lecks und befestigte sie an Joels Rucksack. In Joels Augenwinkeln standen Tränen, und seine Nasenspitze war schon rosa und sonnenverbrannt.

»Und wenn Mike nicht zurückkommt?«, fragte er.

»Natürlich kommt er zurück«, sagte Audrey. »Er versucht nur, uns Angst einzujagen.«

»Warum?«, fragte Joel.

»Was weiß ich, eine chemische Reaktion. Er möchte, dass wir begreifen, wie sehr wir ihn brauchen. Das hat er auch schon gemacht, als er noch Football gespielt hat: Das Training verlassen, bis seine Mannschaftskameraden ihn angefleht haben zurückzukommen. So bringt er sich gut drauf, wenn er sich schlecht fühlt.«

»Ich seh euch zwei dann in ein paar Stunden«, sagte ich.

»Bleib hier. Geh nicht auf seine Spielchen ein«, sagte

Audrey. »Es geht um Aufmerksamkeit. Gib sie ihm nicht.«
Ich tastete nach dem Zettel in meiner Tasche. Audrey irrte sich. Hier ging es um mehr als das Erregen von Aufmerksamkeit. Ich ermahnte Joel, sparsam mit dem Wasser umzugehen, und wandte mich ab. Zunächst ging ich langsam für den Fall, dass sie sich mir anschließen wollten, doch als klar wurde, dass sie das nicht tun würden, beschleunigte ich meine Schritte.

Ich zündete mir mit einem wasserfesten Streichholz eine Zigarette an und blickte zu dem schneebedeckten Berghang hinauf. Der Pfad wand sich im Zickzack höher und höher und verschwand in einer Gruppe von Kiefern mit braunen, freigelegten Wurzeln, die über einen Abgrund hinausragten. Meine Schultern brannten, und die Haut unter den Tragriemen war wund gescheuert.
Während ich langsam an Höhe gewann, staunte ich über mein Durchhaltevermögen. Wenn ich auf den Boden starrte und meine Schritte zählte, konnte ich selbst die steilsten Steigungen mühelos erklimmen. Jedes Mal wenn ich mich umsah, war ich doppelt so weit gekommen, wie ich erwartet hatte. Ich bedauerte nur, dass ich den Märtyrer gespielt und meine Feldflasche zurückgelassen hatte. Definitiv ein Fehler. Retter haben das Recht, egoistisch zu sein und ihre eigene Mission an erste Stelle zu setzen. Wenn ich das nächste Mal für jemand den Hals riskierte, würde ich mich vergewissern, dass zunächst bestimmte Forderungen erfüllt waren.
Ich wusste, dass meine Kräfte nachließen, als ich mich bei dem Wunsch ertappte, von den Pilzen zu es-

sen, die ringförmig an einem Baumstamm wuchsen. Ich schlug im Wanderführer den Ratgeber über essbare Wildpflanzen auf, doch keine der Abbildungen ähnelte den Pilzen. Bremsen schwirrten um meinen verschwitzten Kopf. Ich erschlug eine mit der offenen Hand und kratzte ihren harten, dicken Körper mit den Fingernägeln aus meinen Haaren. Als Nächstes griff ein Schwarm Mücken an. Ihre Stiche hinterließen Schwellungen, in denen ich meinen Herzschlag spüren konnte.

Ich brauchte Flüssigkeit. Ich trocknete aus.

Obwohl Mike mich gewarnt hatte, dass man sich mit unbehandeltem Wasser Parasiten einfangen könne, beschloss ich, das Wagnis einzugehen. Ich hielt meine Hände unter eine tröpfelnde Quelle und spritzte mir Wasser ins Gesicht und auf meine Lippen. Nach dem ersten Schluck erschien es mir sinnlos, wieder aufzuhören; entweder würde ich mich infizieren oder nicht. Ich trank, bis mein Bauch gegen den Gürtel spannte, und fragte mich, wie lange es dauern würde, bis die Krämpfe einsetzten, wenn sie denn einsetzten. Aber es könnte gut gehen. Vielleicht hielt Mutter Natur ihre schützende Hand über Menschen, die dabei waren, das Richtige zu tun.

Als Nächstes musste ich meinen Sonnenbrand behandeln. Mit dem Schweizer Armeemesser schnitt ich einen Streifen von einem T-Shirt aus meinem Rucksack ab und wickelte ihn als losen Turban um meinen Kopf. Dann fiel mir Audreys Schminktäschchen ein. Ich kramte es aus dem Rucksack, nahm den Lippenstift, kratzte mit der kleinsten Klinge meines Messers einen Brocken heraus und verstrich das kühle Fett als Sonnenschutz auf Nase und Stirn.

Ich war als Einziger durchgekommen, allein, auf mich gestellt. Ich betrachtete mein Gesicht in Au-

dreys Taschenspiegel, und was ich sah, gefiel mir: ein wilder, bemalter Mann. Aussehen spielte keine Rolle mehr: Es ging nur noch um die Mission.
Ich trommelte mit den Fäusten gegen meine Brust und rief laut johlend meinen Namen. Ich war enttäuscht, kein Echo zu hören.

Auf dem Pfad kam ich an eine Stelle, wo offensichtlich Feuer angezündet worden waren. Die nadellosen Bäume wirkten dünn und klapprig, und aus der Kohle und Asche sprossen schon neue Pflanzen, darunter eine mit gelben, sternförmigen Blüten. Hin und wieder hörte man ein schnatterndes Eichhörnchen, doch ansonsten schien der Wald absolut verlassen. Ich hatte erwartet, dass es in den Bergen von wild lebenden Tieren nur so wimmelte, doch stattdessen fühlte es sich an wie ein leeres Stadion oder ein Haus, dessen Besitzer weggezogen waren.
Ich blieb stehen und hielt mir den Bauch, konnte jedoch kein Unbehagen spüren. Das Wasser war offenbar sauber gewesen. Ich kratzte mir eine weitere tote Bremse aus dem Haar.
Plötzlich hörte ich vor mir Stimmen. Ein Mann und eine Frau kamen den Pfad hinunter, gefolgt von einem gelben Labrador mit einem Stirnband um den Hals. Die beiden hatten schlanke, gebeugte Beine und sonnengegerbte Gesichter. An den Schlaufen ihrer Armeerucksäcke baumelten diverse Campingwerkzeuge und Kochutensilien.
»Wir nehmen die Treppe«, sagte der Mann, als er näher kam. Er reichte seiner Begleiterin die Flasche, und sie spritzte sich einen Schluck Wasser in den Mund. Diese Leute wussten, was sie taten. Die meinten es ernst.

Die Frau gab mir das Wasser. Ich trank und trank. Ich war längst jenseits aller Höflichkeit.
»Hier oben verliert man gut zwei Liter die Stunde«, sagte der Mann und musterte mich missbilligend. »Sag mir nicht, dass du hier heute Abend allein unterwegs bist.«
»Ich bin mit meiner Familie hier. Wir wurden getrennt.«
Der Mann sah die Frau an. »Sie wurden getrennt.«
»Ist Ihnen vielleicht jemand entgegengekommen?«, fragte ich. »Ein großer Mann. Unrasiert. Orangefarbener Rucksack. Grünes Hemd. Er hat eine Knieverletzung, ist also vielleicht komisch gelaufen.«
»Du willst mir doch nicht sagen, dass er zu deiner Gruppe gehört?«
Ich hielt den Mund.
»Nun hör mir mal gut zu«, sagte der Mann mit erhobenem Finger. »Diese Berge sind kein Spielplatz, kein Park. Wenn man hier getrennt wird, hat das Konsequenzen. Es hat sogar Konsequenzen, wenn man seine *Schuhe* zu fest schnürt.«
»Loring, mäßige dich. Du erschreckst den Jungen ja.«
»Das ist nicht gut«, sagte Loring. »Es ist sogar sehr schlecht. Wie viele seid ihr noch außer deinem Vater? Ja, er ist uns begegnet.«
»Noch zwei. Was für einen Eindruck hat er gemacht?«, fragte ich. »Erregt? Verzweifelt?«
Die beiden sahen sich aus den Augenwinkeln an. Ich hatte das Gefühl, dass sie schon so lange allein zusammen unterwegs waren, dass sie keine Worte mehr brauchten.
»Du kommst mit uns«, sagte der Mann. »Das ist ein Befehl. Wenn wir unten sind, können wir einen Ranger hochschicken. Wenn dein Vater irgendeine aku-

te psychische Krise hat, ist es besser, wenn er mit einer Autoritätsperson zu tun hat. Komm, lass uns gehen, Junge.«

»Ich kann nicht.«

»Willst du da oben sterben? Ist *das* der Plan?«

»Ich habe keinen Plan.«

»Das sehe ich. Was hast du für deinen Flüssigkeitshaushalt getan? Sag's mir nicht.«

Ich machte einen Schritt zur Seite und trabte los. Mein Turban löste sich durch den Luftzug und wehte davon, unter meinem heißen Atem begann der Lippenstift auf meinem Gesicht zu schmelzen. Mir wurde klar, dass ich einen verrückten Eindruck auf das Paar gemacht haben musste, doch sie hatten aus Güte oder aus Verlegenheit kein Wort gesagt. Der Gedanke erfüllte mich mit dem Wunsch, einen noch größeren Abstand zwischen uns zu legen, und als ich sie rufen hörte, presste ich die Hände auf die Ohren und fing an zu rennen.

Ich begann Sachen auf dem Boden zu finden. Eine Sonnenbrille. Ein aufgewickeltes Seil. Ein paar Zeltstöcke. Ich sammelte die Gegenstände im Gehen ein, verstaute sie jedoch unter einem Felsen, als sie mir zu schwer wurden. Ein paar Minuten später entdeckte ich Mikes Rucksack abseits des Weges an einem steilen Hang. Sein Inhalt lag auf dem Boden verstreut wie Trümmer nach einem Unfall. Entweder war er im Fallen aufgeplatzt oder ein wildes Tier hatte ihn gefunden.

Es war Zeit, stehen zu bleiben und meine Gedanken zu ordnen. Ich streifte den Rucksack ab, lehnte ihn an einen Felsen und blickte mich um. Ich stand am Anfang eines Geröllfeldes unterhalb eines vereisten

Gipfels mit den Umrissen eines Teekessels. Ich rief Mikes Namen, doch meine Stimme klang schwach und dünn.
Ich überlegte umzukehren, fühlte mich dem Abstieg jedoch nicht gewachsen. Einem weiteren Aufstieg aber eigentlich auch nicht. Mich traf die Erkenntnis, dass die Wanderer Recht gehabt hatten. So konnte man sterben. Aus Unentschlossenheit. Aus Unfähigkeit, etwas anderes zu tun, als einfach dazustehen und zu spüren, wie das eigene Herz schlägt und der Mund austrocknet.
Ich musste etwas essen. Ich durchwühlte meinen Rucksack und stieß auf ein Paket tiefgefrorenes Bœuf Stroganoff. Ich biss ein Stück ab, das in meinem Mund zu einer salzigen Brühe schmolz, und sah mich nach Holz um, um ein Feuer zu machen. Aber ich war schon zu hoch – weit jenseits der Baumgrenze. Ich fing an, braune Grasbüschel aus dem Boden zu rupfen, dann zerriss ich meinen Naturführer, warf die Fetzen auf den Haufen und zündete ein Streichholz an. Eine Flamme züngelte hoch, aber selbst nachdem ich das Feuer in Gang gebracht hatte, verströmte es keine echte Wärme. Es schien seine ganze Hitze zu brauchen, um nicht auszugehen.
Ich rief erneut Mikes Namen. Keine Antwort. Ich versuchte es wieder und wieder.
»Ich bin hier drüben«, ertönte es plötzlich.
»Wo bist du?«
»Mach schnell, ich erfriere. *Schnell.*«
Mittlerweile war es dunkel. Ich folgte Mikes Stimme vorsichtig über das Geröllfeld, rutschte und stolperte aber trotzdem. Vor mir sah ich Wasser schimmern, in dem sich die Sterne spiegelten. Der orangefarbene Mond war fast voll, hatte aber noch die

Form eines Eies. Auf einem Felsen erhob sich die Silhouette eines Nagetiers, das schrill kreischend außer Sichtweite sprang.
»Ich komme. Nicht bewegen. Bist du verletzt?«
Ein zitterndes Stöhnen. Zu abgerissen und erstickt, um vorgetäuscht zu sein.
Der Boden war sumpfig und bremste mein Vorwärtskommen. Ein Bein versank bis zum Oberschenkel im Schlamm, und als ich es herauszog, blieb mein Schuh stecken. In diesem Moment sah ich ihn auf einer Felsplatte liegen. Sein T-Shirt war am unteren Rand von dunklen Flecken verschmiert, und eines seiner Beine lag ausgestreckt in dem Tümpel, als hätte er sich verbrannt und würde es abkühlen.
»Ich habe mich geschnitten. Eine tiefe Wunde. Das Blut gerinnt nicht.«
Es gibt den normalen Verstand und den Erste-Hilfe-Verstand. Ich schaltete meinen Erste-Hilfe-Verstand ein. Das Bein in dem Tümpel war von einem Dunst umgeben, der lediglich als Verzerrung des Sternenlichts sichtbar wurde. Das Wasser blutete Mike aus, es leckte sein Blut. Ich ging in die Hocke, packte das Bein und hob es an, konnte die Wunde in all der tropfenden Flüssigkeit jedoch nicht ausmachen.
»Wo?«
»Kniescheibe. Lass es wieder runter.«
»Es muss hoch gelagert werden, Himmel noch mal«, sagte ich.
Jetzt sah ich auch die Wunde: zwei zackige Hautlappen um ein zerfetztes Stück eiterndes Fleisch. Das herausquellende Blut wärmte meine tauben Fingerspitzen, während es mir gelang, das Bein mit einer Hand festzuhalten und mit der anderen mein Hemd aufzuknöpfen. Ich biss kräftig in den Kragen, riss ihn ab und verband die Wunde.

»Du musst denken, es wäre mir nicht Ernst gewesen. Wenn es mir Ernst gewesen wäre, hätte ich mir die Pulsadern aufgeschlitzt. Das hört man doch immer: die Pulsadern. Hört man das nicht immer?«

Der Schock hatte Mikes Atem angesäuert; ich wandte den Kopf ab. »Halt still«, sagte ich.

»Du bist mir gefolgt.«

»Ich musste.«

Mike umklammerte meinen Arm und zog sich halb hoch. »Ich möchte dich küssen. Du bist mir gefolgt. Du bist gekommen.«

Der Kuss bestand nur aus Bart und Kratzen und scheuerte meine Wange auf.

»Mir geht es schon besser. Jetzt fühle ich mich besser«, sagte Mike. »Leichter oder so. Klarer.«

Mein Magen gurgelte und drehte sich um. »O Gott.«

»Was ist denn?«

»Nichts.« Ich bot Mike meine Schulter an. Er packte sie fest.

»Ich hab alles nur vorgetäuscht. Nach der Operation war ich wieder fit. Mein Knie hätte nur ein wenig Training gebraucht. Und Woody wusste das. Ich konnte es ihm ansehen. Deine Mutter wusste es auch. Sie hat bloß so getan, als würde sie es nicht merken. Sie hatte vermutlich ihre Gründe. Und ich hatte meine. Manchmal wünschte ich mir, sie hätten das verdammte Bein einfach abgesägt.«

Es war eine interessante Rede, regelrecht erhellend, aber ich war nicht in der Verfassung, sie mir anzuhören. Die Parasiten in mir waren zum Leben erwacht. Millionen von ihnen, die sich nach draußen fraßen.

Eine Böe wehte über den Tümpel und ließ den Mond zittern.

Wir begannen den Abstieg im Dunkeln. Ich überredete Mike, eine lange Unterhose zu tragen, um den Verband zu bedecken, und machte ihm aus einer Zeltstange einen Krückstock zurecht. Obwohl die Verletzung, die er sich zugefügt hatte, durchaus real war, übertrieb er seine Lage lang und breit, um alle dramatischen Möglichkeiten auszukosten. Er humpelte, stolperte und schlurfte, zusammengesunken und stocksteif. Ich drohte, ihm seine Krücke abzunehmen, wenn er nicht damit aufhörte.
Er hörte auf.
Auch ich litt. Die Krämpfe stellten sich stetig und mit wachsender Wucht ein. Die ersten kamen im Abstand von ein oder zwei Minuten, und ich überstand sie, indem ich die Bauchmuskeln anspannte. Dann kamen sie schneller und breiteten sich aus, bis ich es nicht mehr zurückhalten konnte. Heiße Zangen wühlten in meinem Magen. Die Flüssigkeit sickerte an meinem Bein hinunter in meinen Schuh, der Gestank traf mich hart und öffnete meine Nebenhöhlen. Der nächste Schwall war kochend heiß, voller Gas und Blasen, nichts als Dampf und Säure.
»Nicht stehen bleiben«, sagte ich. Mike wurde langsamer.
»Es tut weh.«
»Hör auf zu jammern.«
Die Zeit dehnte sich. Der Wald war still und vogellos. Alle paar Minuten fing Mike an, sich zu erklären. Audreys Liebe hatte ihm seinen Elan genommen und eine Profikarriere als hart und entbehrungsreich erscheinen lassen. Aber Football hatte ihn für ein normales Leben unbrauchbar gemacht und ihm eine Energie verliehen, die sein Herz selbst im Schlaf wild pochen ließ. Er hatte seine Intelligenz und seine Ausbildung verraten, um ein Jagdmesser verkaufender

Macho zu werden. Ich sagte ihm, er solle sich seinen Atem sparen und mit einem Therapeuten reden. Ich erklärte ihm, dass es mein Job sei, ihn sicher den Berg hinunterzubringen, und seiner, normal auszusehen, wenn wir unten ankämen.

Der Himmel wurde schon heller, als wir den Schein von Joel und Audreys Lagerfeuer sahen. Entweder hatten sie gar nicht geschlafen oder waren gerade aufgewacht. Bei ihnen saß das Paar. Loring hockte mit einer Bratpfanne neben dem Feuer und wendete unter dem Beifall der anderen einen Pfannkuchen. Das Lager roch nach Kaffee, Speck und verbranntem Fett, und sie schienen sich prächtig zu amüsieren. Audrey summte ein paar Takte eines alten Cowboysongs, und alle stimmten mit ein, während Joel im Rhythmus mit einem Löffel auf einen Topf schlug. Die anderen schunkelten hin und her und schwenkten ihre Becher.

Mike ließ meine Schulter los und setzte sich. Er legte den Stock in den Schoß und senkte den Kopf.

»Kommst du?«, fragte ich. »Ich brauche Flüssigkeit. Ich habe einen Parasiten.«

»Ich kann nicht.«

»Neue Regel. Ganz einfach.« Mike blickte auf. »Egal, was du nicht kannst, du musst. Verstanden? Je schlimmer es wehtut, desto breiter lächelst du. Steh auf. Und keine rührseligen Geschichten. Du hast dich verirrt. Ich hab dich gefunden. Ein alltägliches Abenteuer im Wald.«

Mike ließ sich Zeit, doch schließlich stand er auf. Ich sagte ihm, er solle den Stock zurücklassen, und er ließ ihn fallen.

»Gut. Und jetzt geh. Kinn hoch. Kein Humpeln. Gut.«

»Du bist stärker als ich. Ich habe dich verkannt«, sagte Mike.

Ich hatte lange darauf gewartet, dass er das sagte, aber irgendwie machte es mich nicht so zufrieden, wie es hätte sollen. Ich hatte gehofft, dass wir gemeinsam stark sein würden, nicht bloß einer von uns. Ich hatte nie vorgehabt, alleine stark zu sein.

Dein Reich komme

1

Woher hätte ich wissen sollen, dass eine neue Religion vor der Tür auf uns wartete, als es klingelte, ich ein Buch über Medienberufe aus der Schulbücherei beiseite legte und aufstand, um zu öffnen.

Sie waren beinahe noch Jungen, nur ein paar Jahre älter als ich, und sahen aus wie Collegesportler, die sich für ein Bankett in Krawatte und Anzug mit Namensschildchen geworfen hatten. In der rechten Hand trugen sie schwarze Plastikkoffer, und ich konnte das Talkum auf ihrer Haut riechen. Der eine Junge war blond mit einer kleinen Himmelfahrtsnase und rauen Wangen wie ledrige Ellenbogenhaut. Der andere war groß und gut aussehend und trug eine Brille, deren Gläser mit Fingerabdrücken beschmiert waren. Die Narbe einer Hasenschartenoperation kräuselte seine Oberlippe ein wenig, sodass er leicht lispelte.

»Ich bin Elder Jessup«, sagte er, »und das ist mein Partner, Elder Knowles. Wir würden uns, wenn möglich, gerne mit Ihnen über Gottes Plan für die amerikanische Familie unterhalten.«

Ich wartete, dass er noch etwas sagen würde. Er hatte mich überrumpelt.

»Elder Knowles und ich haben das Privileg, die Kirche Jesu Christi der Heiligen der Letzten Tage zu vertreten.«

»Die Mormonen«, sagte Elder Knowles. »Schon mal von uns gehört?«

Das hatte ich in der Tat. Ich hatte ihre Werbung gesehen. Wunderschön fotografiert mit makellosen Models, anregende Fernsehspots zwischen Reklame für Autos und Wein, die mich immer ein wenig berührt hatten, aber auf eine angenehme Art. Sie waren kitschig, aber professionell, mit einer rätselhaften, aber letztlich beruhigenden Botschaft. Sie schienen ein Leben in Gesundheit und Frieden zu versprechen, voller fröhlicher Gesellschaftsspiele vor lodernden Kaminen und nahrhaftem Essen, das man gemeinsam in gemütlichen Küchen einnahm. Ich erinnerte mich auch noch an den Mormonenjungen, den ich im Camp Overcome getroffen hatte – ein Bettnässer namens Tyson aus Salt Lake City, der sich die Ohren zuhielt, wenn die anderen Jungen schmutzige Witze erzählten, und die blondesten Haare hatte, die ich je gesehen hatte.
Ich lächelte die Ältesten an und lud sie ein, ihre Botschaft an den Mann zu bringen. Was mich anbetraf, hätten sie zu gar keinem besseren Zeitpunkt kommen können. Es war der Monat, in dem Woody Wolff schließlich gestorben war, und zu Hause sahen die Dinge äußerst düster aus. Und auch wenn die Mormonen mir später, als ich ihr Vertrauen gewonnen hatte, den perfiden Trick hinter ihrem perfekten Timing enthüllten, kam mir ihr plötzliches Erscheinen trotzdem wie ein Wunder vor. Sie waren genau die Hilfe, um die ich gebetet hatte, auch wenn ich meine Wünsche damals noch nicht Gebete nannte.
»Ist der Haushaltsvorstand anwesend?«, fragte Elder Jessup. Einen Moment lang wusste ich nicht, wen er meinte.
»Ja, ist er«, sagte ich dann.
»Ist er auch zu sprechen?«
»Ich wüsste nicht, warum nicht.«

In Anbetracht der Tatsache, dass es Mittwochmorgen zehn Uhr war, war das ein peinliches Eingeständnis. Mike war am Wochenende auf der Heimfahrt von einem Ausflug zum Eisfischen wegen Alkohol am Steuer angehalten worden und seit drei Tagen nicht mehr in seinem Geschäft gewesen. Und obwohl auch ich an jenem Morgen in der Schule hätte sein sollen, hatte ich zumindest eine triftige Entschuldigung. Wegen eines Fehlers der Apotheke (sie hatten meine 5-mg-Tabletten gegen 10-mg-Tabletten ausgetauscht) hatte ich am Morgen zu viel Ritalin genommen und mich mit Herzrasen wieder ins Bett gelegt.

»Sag ihm, dass wir gute Nachricht haben«, sagte Elder Knowles. »Außerdem ein Buch, dass deine Familie behalten und lesen kann.«

In diesem Moment erhob Mike im Wohnzimmer seine Stimme zu jenem verträumten, amelodischen Singsang, den er schon seit Tagen vor sich hin blubberte: *Keiner kennt mich. Mein Leben ist halb vorüber. Mike Cobb sind lediglich ein paar Fußstapfen im Sand. Der Fußstapfen-Mann …*

Elder Knowles biss sich auf die Lippe und wandte den Kopf Richtung Straße. Unser Hund kam hinzugetrottet und leckte seine Fingerspitzen ab. Elder Jessup stellte seinen schwarzen Koffer auf die Schwelle.

»Ich glaube, wir kommen besser rein«, sagte er.

Es konnte überall und jederzeit passieren, dass Mike in seine verrückte Gedankenmusik ausbrach. An einem Samstagnachmittag füllten Mike und ich in seinem Sportgeschäft die Thermounterwäsche nach, und ich hatte die Liste des Großhändlers verlegt, als Mike plötzlich losleierte wie ein Werbespot im Ra-

dio, aber es war eben keiner: *Die Zeit verrinnt. Geschwind, mein Kind. Sei still. Die Zeit verrinnt.* Ein anderes Mal waren wir bei der Bezirksausscheidung des Rhetorikteams in der Sporthalle der High School, wo ich gerade eine improvisierte Rede zum Thema »Verschmutzte Flüsse, verschmutzte Träume« gehalten hatte. Als die Trainer und Preisrichter mir die Hand schüttelten, erhob sich plötzlich mitten im Publikum eine Stimme: *Mein Sohn ist stolz. Er glaubt, er hätte etwas geleistet. Genau wie Mike Cobb, der Fußstapfen-Mann.* Und obwohl alle so taten, als hätten sie gar nichts mitgekriegt, und mir weiter gratulierten, konnte ich das Lamento laut und deutlich hören. Es war das Einzige, was ich hörte.
Die Abende zu Hause waren noch schlimmer. Audrey hatte in der Maple-Glen-Klinik aufgehört und einen neuen Job im Krankenhaus gefunden, wo sie wieder Nachtschichten machte. Wenn sie das Haus verlassen hatte, lag ich wach und versuchte, den Singsang zu übertönen, indem ich mir *Night Hearts* im Radio anhörte. Der Moderator der Sendung, Joe Sloane, ein ehemaliger Baseballspieler und ausgebildeter Sozialarbeiter, beriet anonyme Anrufer aus dem ganzen Land. Er gab Jim D. den Rat, seine Diätpillen wegzuschmeißen und ein regelmäßiges Trainingsprogramm anzufangen, oder er ermutigte Catherine L., ihren Freund zu verlassen und ihr Jurastudium abzuschließen. Der Heimatsender von *Night Hearts* saß in Omaha und war klar zu empfangen, und wenn ich ihn im Dunkeln hörte, während Mike in seinem Schlafzimmer leise und unheimlich vor sich hin jodelte, konnte ich die Leiden und Sorgen unserer Familie als kleine Facette eines großen amerikanischen Elends sehen, an dem teilzuhaben keine Schande war.

Tagsüber waren Besucher meine größte Sorge. Wenn Mike zu Hause war und ein Wagen in unsere Auffahrt bog, sprang ich sofort auf und schloss alle Türen zwischen dem Raum, in dem Mike sich gerade aufhielt, und dem Hausflur. Ich drehte den Fernseher lauter oder schaltete die Stereoanlage ein, während Audrey, völlig erschöpft und mit Stöpseln im Ohr, die ganze Krise verschlief. Was immer erforderlich war, um die Leute loszuwerden, ich tat es: Ich nahm Pakete in Empfang, bestellte Plätzchen zu Gunsten der Girlscouts oder sponserte einen Diabetes-Benefiz-Marsch der Fünftklässler. Keiner kam an mir vorbei, niemand hörte Mikes Singsang. Die Mormonen waren die Ersten.

Als Elder Jessup und Elder Knowles Mike zum ersten Mal sahen, lag er, auf einen Ellenbogen gestützt, seitlich auf dem Sofa und studierte die Entwürfe für das Fitnessstudio und die Health Bar, die er hinter dem Laden eröffnen wollte. Seine Augen waren rot und wimpernlos. Er hatte die Angewohnheit, sie zu zupfen, wenn er nervös war, und in letzter Zeit hatte ich sie überall gefunden – im Badezimmer-Waschbecken und in Milchgläsern treibend. So ganz ohne Wimpern, entzündeten sich seine Augen, begannen zu triefen und füllten sich mit Staubpartikeln, sodass er ständig blinzeln musste.

»Morgen«, sagte er, ohne Anstalten zu machen, sich zu erheben.

Die Ältesten streckten ihre Hände aus. Mike richtete sich halb auf, schüttelte sie schlaff und ließ sie früher wieder los, als höflich gewesen wäre.

»Wir kommen von der Kirche der Heiligen der Letzten Tage«, sagte Elder Jessup. Wegen seiner Narbe

spannte sich seine Oberlippe selbst beim Lächeln nicht ganz.
»Ich hab Sie in der Stadt gesehen«, sagte Mike. »Hab mir schon gedacht, dass Sie früher oder später hier auftauchen würden.« Er legte die Baupläne auf den Boden und richtete sich ganz auf. »Habt ihr Durst, Jungs?«
»Danke. Ja. Klares Wasser wäre schön.«
Mike sah mich an. »Hol den Jungs ein Glas Wasser.«
»Wir haben auch Orangensaft«, sagte ich.
Elder Jessup lächelte sein angestrengtes Halblächeln. »Einfach klares Wasser. Und einen Augenblick Ihrer Zeit.«
Schon jetzt, nur wenige Minuten nach ihrer Ankunft, fühlte sich unser Haus leichter, weniger düster und besser durchlüftet an: Ich wollte, dass die Mormonen wenn möglich den ganzen Vormittag blieben. Ich machte einen Krug mit Eiswasser und Zitronenscheiben zurecht, wie Audrey es manchmal für Sommerpartys machte. Die Ältesten hielten mir ihre Gläser hin und gaben kehlige Dankbarkeitsbekundungen von sich, als ich einschenkte, bevor sie beide gleichzeitig erst einen Schluck tranken und dann grinsten.
»*So* gut kann es nun auch wieder nicht schmecken«, sagte Mike. »Es ist aus der Leitung.«
»Es ist die Zitrone«, sagte Elder Knowles. »Das kannte ich noch nicht.«
»Ihr tragt zu dick auf, Jungs. Setzt euch«, sagte Mike.
Nachdem ich den beiden Sessel herangezogen hatte, legte Elder Jessup seinen Koffer auf die Knie und fummelte an dem Metallverschluss neben dem Tragegriff herum.
»Was wissen Sie über das menschliche Schicksal?«, fragte er geschäftsmäßig.
»Sagen Sie's mir«, erwiderte Mike.

Elder Jessup berührte einen Riegel, und sein Koffer klappte überraschend plötzlich auf. Er enthielt eine Reihe von Klarsichthüllen mit einer Ansammlung bunter Broschüren. Er wählte eine rote und legte sie schneidig auf den Couchtisch, so wie man einen Trumpf ausspielt.

»Die Grundlagen stehen alle hier drin«, sagte er. »Gottes Plan für die Menschheit seit ihrer Vorexistenz. Die Mormonen glauben, dass alles, was uns widerfährt, das Ergebnis einer Wahl ist, einer bewussten Entscheidung. Wir glauben, dass die Seelen, wenn sie zur Erde kommen, schon von ihrem bevorstehenden Leben wissen, verstehen Sie?«

Mike drehte die Broschüre um und überflog die Rückseite. »Das heißt, ich muss das hier gar nicht noch mal lesen«, sagte er.

»Wieso nicht?«, fragte Elder Knowles ehrlich verwirrt. »Waren schon andere Missionare bei Ihnen?«

»Er hat es in seiner Vorexistenz gelesen«, sagte ich. »Er macht sich über Sie lustig.«

Die Ältesten lachten nicht. Ihr Blick verdüsterte sich. Elder Knowles drehte das Wasserglas vor seinen Augen, als wollte er es auf fremde Partikel untersuchen. Ich fragte mich, ob er eine verirrte Wimper entdeckt hatte.

»Ich bin zur Zeit leider sehr beschäftigt«, sagte Mike, nahm seine Unterlagen und hantierte damit herum. Sein schmuddeliges, weißes T-Shirt war mit Senfflecken beschmiert. »Aber sagen Sie mir eins. Ich bin neugierig. Wie oft, wenn Sie an eine Tür klopfen und die Bewohner höflich genug sind, sie hereinzubitten, gewinnen Sie auch wirklich ein neues Mitglied? Wie hoch ist Ihre Trefferquote?«

Elder Jessup klappte seinen Koffer zu und stand auf. Elder Knowles tat es ihm mit leichter Verzögerung nach. Er war offensichtlich der Lehrling, der zu folgen hatte.

»Habe ich Sie mit meiner Frage beleidigt?«, fragte Mike. »Das wollte ich nicht.«

»Wir führen keine Statistiken«, sagte Elder Jessup. »Im Idealfall läuft es ab wie bei Ihnen: zuerst Widerstand, dann Neugier und dann – wenn der Betreffende Gelegenheit hatte nachzudenken – ein Anruf, der uns einlädt wiederzukommen.«

»Und in der Zwischenzeit beten Sie für mich«, sagte Mike.

»Ja, das machen wir.«

»Viel Glück. Und überanstrengen Sie sich nicht.«

Ich führte die beiden hinaus, wo Elder Knowles tief in seinen Koffer griff und ein dunkelblaues Buch hervorzog: das Buch Mormon. Ich bedankte mich und versprach ihm, dass ich es lesen würde, obwohl ich den Verdacht hatte, dass ich das nicht tun würde. Ich war wütend auf die Mormonen, weil sie so schnell aufgegeben hatten, nachdem sie so viel versprochen hatten.

»Unsere Nummer steht auf der Innenseite des Einbands«, sagte Elder Jessup. »Wie alt bist du?«

»Fast siebzehn.«

»Geschwister?«

»Einen kleinen Bruder. Er ist vierzehn.«

»Pass gut auf ihn auf. Mein Partner und ich übertragen dir die Verantwortung hier, also ruf uns an, wenn die Zeit gekommen ist. Wir warten. Denk immer daran, du entscheidest dich schon in der Vorexistenz für dein Leben, also weißt du tief drinnen bereits, was du zu tun hast.«

»Erkläre es ihm«, sagte Elder Knowles.

»Es steht doch in dem Buch. Er kann es selber lesen. Ich will es ihm nicht verderben.«

»Danke«, sagte ich.

Die Ältesten verabschiedeten sich und gingen. In der Auffahrt klammerten sie ihre Hosenbeine fest und schwangen sich auf zwei altmodische Fahrräder mit Körben am Lenker. Sie mussten richtig in die Pedalen steigen, damit sie auf dem mit Schnee und Eis bedeckten Boden überhaupt in Fahrt kamen. Als ich mich umdrehte und zurück ins Haus gehen wollte, hörte ich drinnen den Singsang anheben. Ich konnte nicht reingehen. Stattdessen blieb ich in der Kälte stehen, schlug das Buch Mormon auf und fing an zu lesen.

Das einzige religiöse Buch, das ich vor dem Besuch der Missionare je gesehen hatte, war eine verstaubte, unantastbare Antiquität: die Familienbibel der Cobbs. Wir bewahrten sie in Plastik eingeschlagen zusammen mit Zeugnissen und Versicherungspolicen in einer Truhe auf. Sie war auf Deutsch, so dick wie ein Lexikon und in sprödes, rissiges, grünes Leder gebunden. Ich war nur einziges Mal wirklich mit ihr in Berührung gekommen, als ich als Zweitklässler fälschlicherweise behauptet hatte, ich hätte auf dem Spielplatz einen Wolf gesehen. Mike forderte mich auf, meine rechte Hand auf die Bibel zu legen und die Wahrheit zu sagen, aber ich log trotzdem, und nichts geschah. Der einzige andere Gegenstand in unserem Haus, der irgendwas mit Gott zu tun hatte, war eine gerahmte Kopie der *Desiderata*, die Audrey über Joels Bett gehängt hatte, nachdem er ein wichtiges Tennismatch verloren hatte und mit dem Gedanken spielte, den Sport ganz aufzugeben.

Vielleicht weil es mir so seltsam fremd vorkam, mit dem Goldschnitt und der langen Konkordanz mit uralt klingenden Namen, näherte ich mich dem Buch

Mormon mit echter Ehrfurcht. Nachdem ich eine Weile über den ersten Kapiteln gebrütet hatte, wusste ich, dass ich es nie zu Ende lesen würde. Die Sprache war steif, altmodisch und monoton, noch schlimmer als die *Desiderata,* und nirgendwo fand ich eine Erwähnung der Vorexistenz, geschweige denn eine überzeugende Erklärung dafür, wie ein Mensch ein Leben leben konnte, das er bereits in allen Einzelheiten vorausgeschaut hatte, und trotzdem in der Lage war, Lügen zu erzählen, von denen er wusste, dass er dabei ertappt werden würde, oder Mädchen anzusprechen, die ihm mit Sicherheit einen Korb geben würden.

Die Broschüre, die die Mormonen dagelassen hatten, war besser. Ich las sie eines Abends, während ich mir *Night Hearts* anhörte, was ihre Botschaft irgendwie noch lebenswichtiger erscheinen ließ. Die Broschüre erklärte, dass Familien auf Erden zusammenkamen, um sich auf dem Weg zur Erlösung gegenseitig zu helfen. Jeder Einzelne hat eine Rolle zu spielen, weil niemand aus eigener Kraft die Vollendung erreichen kann. Wir entscheiden uns vor unserer Geburt für eine bestimmte Rolle und vergessen sie dann, doch nach dem Tod können wir uns wieder präzise daran erinnern und erkennen, wie sich tatsächlich alles zum Besten entwickelt hat.

Ich las immer noch, als Audrey auf dem Weg zur Arbeit ihren Kopf hereinsteckte.

»Dein Bruder hat eine Bindehautentzündung«, sagte sie. »Ich habe Tropfen rausgestellt. Sorg dafür, dass er sie gleich nach dem Aufwachen nimmt.«

»Klar, mach ich«, sagte ich mit meinem neu entdeckten Gefühl der Nützlichkeit.

»Was ist denn das da?«, fragte Audrey und wies mit dem Kopf auf die Broschüre.

»Das haben die Mormonen hier gelassen.«
»Die Mormonen? Wann waren *die* denn hier?«
»Neulich morgens. Du warst noch im Bett. Mike hat sie angemacht und rausgeworfen.«
Audreys Lippen wurden schmal.
»Er hat nur Spaß gemacht. Deswegen musst du dir keine Sorgen machen. Nur ein bisschen Spaß.«
Nachdem die Haustür hinter Audrey ins Schloss gefallen war, schaltete ich *Night Hearts* ab und dachte still und angestrengt nach. Die Vorstellung, dass unsere Familie sich freiwillig dafür entschieden hatte zusammenzuleben, mit dem Wissen, dass unser Schicksal in der Hand der jeweils anderen lag, hatte mich von meiner Pflicht überzeugt. Es war Zeit.
Mike saß im Bett, in der einen Hand ein Weinglas, in der anderen einen Stift, den er über einen leeren Notizblock hielt.
»Besuchst du den Fußstapfen-Mann?«, sagte er. Der Titel bezog sich auf eine Sendung über Primaten, *Spuren im Sand der Zeit*, die wir am Abend von Woody Wolffs Tod geguckt hatten.
»Machst du das eigentlich auch, wenn Audrey da ist, oder nur bei mir?«
Mike blinzelte mit seinen nackten Lidern und rieb sich die Augen. Ich nahm das Telefon neben dem Bett und gab es ihm.
»Wir rufen die Mormonen an«, sagte ich. »Ich wähle.«
Mike nahm den Hörer. Er hielt mich nicht auf. Ich wählte die Nummer, hörte das Freizeichen, und dann wurde abgenommen.
»Ich bin's«, sagte Mike. Sie redeten fast zwei Stunden lang.

Elder Jessup baute einen Filmprojektor auf, wie wir ihn vor Jahren in der Schule benutzt hatten. Er war aus mattem, grauen Metall und wog eine Tonne. Elder Knowles stand bereit, um das Licht auszumachen, während sein Kollege die Filmrollen aufsteckte und den Film einfädelte.
»Die meisten unserer Filme gibt es inzwischen auch auf Video, aber diesen aus irgendeinem Grund nicht«, sagte Elder Jessup. »Schade eigentlich. Es ist mein Lieblingsfilm. *Enorm* eindrucksvoll.«
Die Ältesten fummelten weiter an dem Projektor herum, während wir anderen geduldig im Dunkeln saßen und auf ein Quadrat gleißenden weißen Lichts an der Wohnzimmerwand starrten. Mike und Audrey hielten auf dem Sofa Händchen. Joel und ich hockten zu ihren Füßen auf dem Teppich. Heute war unsere erste Unterrichtsstunde, unser Neuanfang. Audrey hatte für später Dattelbrote im Ofen.
Der Film begann mit einer Szene auf einem Freeway. Autos hupten, Auspuffgase strömten gen Himmel, der versmogt und ungesund aussah. »Die Menschen haben es eilig«, sagte die Stimme des Sprechers. »Aber warum? Zu welchem Zweck? Wissen sie es überhaupt?«
»Der nächste Teil ist unglaublich«, sagte Elder Knowles leise. Elder Jessup bedeutete ihm mit erhobenem Finger zu schweigen.
Die Kamera schwenkte auf einen gut gekleideten Mann mit rotem Gesicht, der mit seiner Luxuskarosse hinter einem Sattelschlepper feststeckte. Seine Kiefer mahlten, und er schimpfte leise vor sich hin. Plötzlich verzog er das Gesicht und packte sich an die Brust. Sein Kopf kippte nach vorn und sank aufs Steuer. Ein Schnitt, und wir waren auf der Beerdigung. Blumen. Eine Menschenmenge. Eine hübsche

junge Frau in Schwarz, eingerahmt von zwei kleinen, blonden Mädchen mit Hüten.
»Trennung«, sagte die Stimme. »Tod. Das Ende.«
Elder Knowles schnippte mit den Fingern. »Das kommt vor. Einfach so.«
»Das Nichts«, sagte die Stimme. »Leere. Glauben *Sie* das? Wir glauben es nicht. Für uns ist die Familie ewig, und der irdische Tod ist lediglich der Beginn einer erstaunlichen Geschichte, die wir Ihnen erzählen wollen.«
Danach wurde der Film kompliziert, es wimmelte von Experten, Zitaten und Geschichtslektionen, und sogar die Aufmerksamkeit der Mormonen schien ein wenig nachzulassen. Aus dem Augenwinkel beobachtete ich Mike. Er schlug ein Bein über das andere, zog es wieder zurück und kratzte sich an den Armen, während Audrey seinen Kopf kraulte und mit seinem Haar spielte. »Was ist?«, hörte ich sie an einer Stelle flüstern, als der wieder auferstandene Vater seine Frau und seine Töchter mit Gespenster-Armen an sich drückte. Mike antwortete nicht.
Gegen Ende des Films gab der Projektor seinen Geist auf. Es roch ekelhaft nach verbranntem Plastik, und das Bild wurde an den Rändern braun und fing an Blasen zu schlagen. Elder Jessup sprang auf und zog den Stecker.
»Da hätten wir beinahe unsere einzige Kopie verbrannt«, sagte er.
Elder Knowles eilte ihm zur Hilfe. »Und wie fanden Sie es, Mrs. Cobb? Hat es Ihnen gefallen?«
»Ich fand die Szenen mit den Pionieren am besten. Die Opfer, die diese Frauen gebracht haben. Unglaublich.«
»*Mr.* Cobb?«

Mike antwortete nicht sofort. Er sah aus, als würde er jeden Moment in Singsang ausbrechen. Winzige Muskeln um seinen Mund zuckten. Sein Blick war verträumt und abwesend.
Ich warf ihm einen warnenden Blick zu. »Es war super«, sagte ich.
Mike schien sich langsam zu erholen. »Sehr emotional. Sehr professionell gemacht. Äußerst realistischer Herzinfarkt.«
Elder Knowles wirkte begeistert. »Vielleicht interessiert es Sie, dass der Schauspieler ein Konvertit ist. Er ist sogar Bischof in Los Angeles. In der Unterhaltungsindustrie gibt es heutzutage viele Mormonen. Es geht das Gerücht, dass wir demnächst Elton John kriegen.«
»Den berühmten Sänger?«, fragte Mike. »›Rocket Man‹.«
»Einer seiner besten Songs überhaupt«, sagte Elder Knowles und fing an, die Melodie zu summen. Elder Jessup sang ein paar Zeilen Text, und dann stimmte Mike mit ein.
Doch es war falscher Alarm. Nur normaler Gesang. Nach eineinhalb Strophen endete er, und Audrey ging in die Küche, um die Dattelbrote zu holen.

Obwohl wir erst die Hälfte unserer Lektionen hinter uns hatten und auch erst in vier Wochen getauft werden sollten, fingen wir an, sonntagmorgens in der nächstgelegenen Mormonengemeinde zum Gottesdienst zu gehen. Sie lag dreißig Meilen entfernt in St. Paul, in einem gelben Backsteingebäude, das aussah wie ein Krankenhaus oder eine Grundschule. Einziger Farbklecks war die amerikanische Flagge in einem Beet sprießender Osterglocken. Der Flaggen-

mast war höher als der Kirchturm, was ich merkwürdig fand. Außerdem war der Turm kahl – er hatte kein Kreuz. Ich fragte Elder Jessup, warum.
»Lass uns mal in Ruhe überlegen. Angenommen, Jesus wäre von einem Erschießungskommando ermordet worden. Würden die Leute dann Skulpturen von Gewehren auf ihre Kirchen setzen? Oder wenn er gehenkt worden wäre. Mit einem Strick.«
Ich malte mir die Bilder aus.
»Sonst noch was?«, fragte Elder Jessup. »Es muss dir nicht peinlich sein. Dafür bin ich hier.«
»Die Vorexistenz finde ich immer noch ziemlich verwirrend. Mal angenommen, ich habe irgendwann Kinder.«
»Natürlich hast du irgendwann Kinder.«
»Also, meine Kinder existieren bereits als Seelen, richtig? Heißt das, dass sie alles beobachten, was ich tue, und dann entscheiden, ob sie mich haben und wie sie mir durchs Leben helfen wollen?«
Elder Jessup nickte. »Das ist im Prinzip korrekt. Warum? Macht dir das Angst?«
»Der Gedanke macht mich ganz schwindelig.«
»Das ist nur natürlich. Im Moment musst du in ziemlich unglaublichem Tempo einen Haufen neuer Informationen verdauen. Ich bin stolz auf dich.«
Der nächste Sonntag war ein Fastensonntag. Bis auf Joel, der ein englisches Muffin gegessen hatte, weil Audrey sich Sorgen um seinen Blutzuckerspiegel gemacht hatte, trafen wir mit leeren Mägen in der Gemeinde ein. Mike wirkte knurrig und müde, aber ich fühlte mich prächtig; wie auf Wolken schwebend und angenehm wach. Auch Elder Jessup schien fröhlich, während Elder Knowles, der an sich viel stämmiger war, seltsam benommen wirkte. Er trug seine Digitaluhr verkehrt herum am Handgelenk und

hatte sich beim Rasieren mehrmals ins Kinn geschnitten.
Die Treffen und Gottesdienste dauerten den halben Tag. Audrey ging zur Frauenhilfsvereinigung, der Organisation für mormonische Frauen, während Mike mit den Ältesten zu einem Treffen der Priesterschaft ging. Alle gläubigen männlichen Mormonen waren Priester, hatte ich gelernt, und verfügten über heilende Kräfte und die Gabe des Zungenredens, was laut Elder Jessup bedeutete, dass sie sowohl fremde als auch tote Sprachen übersetzen konnten, ohne sie gelernt zu haben.
An diesem Morgen war das Thema der Priesterschaft das Überleben. Die Kirche hielt es für wichtig, sich auf Notfälle vorzubereiten, und alle Mormonenfamilien wurden gedrängt, einen Zweijahresvorrat an Nahrungsmitteln und Wasser anzulegen. Diverse Lagermethoden wurden erörtert und Sojabohnen für ihre lange Haltbarkeit gepriesen. Ich verließ die Versammlung ziemlich deprimiert. Das Ziel, den Rest der Bevölkerung im Falle eines Atomkriegs oder einer großen Katastrophe zu überleben, kam mir egoistisch vor. Und einsam. Sehr einsam.
Bei dem Abendmahlgottesdienst, der dem Treffen folgte, reichten Jungen in Anzug und Krawatte silberne Tabletts mit gebrochenem Brot und winzigen Pappbechern mit Wasser herum. Für die Ältesten war es die erste Nahrung des Tages, doch wir anderen mussten verzichten. Wir waren noch keine vollwertigen Mitglieder der Mormonengemeinde.
Als wir dann endlich essen durften, fuhren wir mit den Ältesten zu einem Restaurant. Sie schoben ihre Krawatten ins Hemd und machten sich über ihre Würstchen und Pfannkuchen her. Ihre ungezwungenen Tischmanieren überraschten mich. Mike aß

ein Omelette, aus dem orangefarbener Käse quoll, Audrey und ich teilten uns Waffeln, die mehrstöckig mit Beeren und Bananenscheiben bedeckt waren, während Joel sich ein Müsli von der Diätkarte bestellte.
»Und?«, fragte Elder Jones und lehnte sich zurück, nachdem wir unsere Teller leer geputzt hatten. »Meinen Sie, dass Sie es schaffen?«
»Ich fühle mich gut«, sagte Audrey.
»Beschreiben Sie das Gefühl.«
»Die Kirche ist wie eine Gemeinschaft«, sagte sie. »Jetzt sind wir nicht mehr nur auf uns allein gestellt. Nur wir vier. Wir haben all diese neuen Freunde, die nur das Beste für uns wollen.«
»Joel?«, fragte Elder Jessup.
»Ich habe Angst. Vor dem Krieg. In der Priesterschaft haben sie gesagt, dass es vielleicht einen Krieg gibt.«
Die Ältesten sahen sich fröhlich an. »Du musst dir keine Sorgen machen«, sagte Elder Jessup. »Zu diesem Krieg wird es noch eine ganze Weile nicht kommen, und außerdem wirst du ihn überleben.«
»Wir alle«, sagte Elder Knowles. »Garantiert.«
Nun war ich mit einem Kommentar dran. Ich wusste nicht, was ich sagen sollte. Ich hatte das Gefühl, die Familie in eine Sache verwickelt zu haben, aus der wir vielleicht nicht so leicht wieder herauskommen würden. Wenn ich mich nur an meine Vorexistenz hätte erinnern können, daran, was ich gesehen hatte, als ich vor meiner Geburt meine Zukunft überblickt hatte.
»Denk in Ruhe nach, Justin«, sagte Elder Jessup und wandte sich an Mike. »Also: Sind Sie dabei?«
»Was immer die anderen wollen. Sie machen einen ganz glücklichen Eindruck.«

»Aber was wollen *Sie*? Sie sind der Vater. Derjenige, der die Entscheidungen trifft.«
In diesem Moment kam die Kellnerin mit unserer Rechnung. Sie schien sich nicht sicher zu sein, wem sie sie geben sollte, und klemmte sie deshalb unter den Pfefferstreuer in der Mitte des Tisches. Mike nahm sie an sich, zückte seine Brieftasche und zog eine Kreditkarte heraus, die er hochhielt, um die Aufmerksamkeit der Kellnerin zu erregen. Wir anderen plapperten wieder los, als hätten wir die gestellte Frage vergessen. Wenig später brachen wir alle gemeinsam auf, und ich sah, wie Elder Jessup einen kleinen, braunen Terminkalender zückte und in ein Feld schrieb: »Cobb-Taufe«.

Audrey schob den Tritt vor den Schrank mit den Alkoholika und fing an, mir Halb- und Viertelliterflaschen Whiskey, Gin und Wodka, Päckchen mit Margarita-Mix-Pulver, Dosen mit Silberzwiebeln und Cocktailkirschen anzureichen. Ich packte alles in einen mit Plastik ausgeschlagenen Karton, damit nichts heraussickern konnte, klebte ihn zu und nahm den nächsten. Als Letztes verstaute ich ein Paket Papierservietten, die mit indiskreten Fragen für Pfänderspiele bedruckt waren. »Haben Sie je eine Kellnerin gekniffen und, wenn ja, wohin?« oder »Wie lange hat ihr schlimmster Kater gedauert? (In Tagen!)«.
»Am liebsten würde ich das ganze Zeug irgendwem spenden«, sagte Audrey, als sie von dem Hocker stieg. »Aber wem? Den Kriegsveteranen? Den Elks?«
Als Nächstes sammelten wir sämtliche Tabakprodukte ein. Wir durchkämmten im ganzen Haus Schubladen und Schränke und vernichteten Pfeifenreiniger, Aschenbecher, Feuerzeuge und Streichhölzer. Mike

sprach davon, ein paar alte Bruyèrepfeifen behalten zu wollen – eine hätte seinem Großvater gehört, behauptete er –, aber Audrey war für einen gründlichen Schnitt. Wir zerknüllten Zigarettenschachteln, warfen Schnupftabakdosen in den Müll und räumten sogar die schmutzigen Steinkrüge weg, die Mike in seiner Werkstatt als Spucknäpfe aufgestellt hatte.

»Vielleicht schießen wir ein bisschen übers Ziel hinaus«, meinte er, als Audrey einen weiteren Müllsack zuknotete. »Ich hab das Gefühl, als ob wir die Familiengeschichte opfern würden.«

»Das tun wir auch«, erwiderte Audrey. »Darum geht es doch. Sei gnadenlos, Baby.«

Als Nächstes verschwanden Tee und Kaffee, inklusive einer neuen Kaffeemaschine, die Audrey an dem Tag gekauft hatte, als die Ältesten zum ersten Mal aufgekreuzt waren. Darauf stapelten wir Zeitschriften – *Esquire, Vogue und Harper's Bazaar*. Den *National Geographic* und Mikes Anglermagazin behielten wir, während wir ein paar alte Ausgaben von *Life* aussortierten. Der Unterschied zwischen diesen beiden Publikationen erschien uns offensichtlich.

Aber wir waren noch immer nicht fertig. Wir fanden immer neue Dinge. Kartenspiele. Pokerchips. Ein Buchstabenbrett für spiritistische Sitzungen. Ich wusste, dass das Projekt außer Kontrolle geraten war, als ich mit Audrey vor dem Regal mit den *Time Life*-Büchern über die Mysterien der Antike stand, die Joel einmal heimlich beim Fernsehen bestellt hatte, indem er die auswendig gelernte Nummer von Mikes Visa-Card angegeben hatte.

»Wovon handeln die genau?«, fragte sie mich.

»Die sind in Ordnung«, sagte ich. »Es sind die einzigen Bücher, die er liest. Eins ist über Stonehenge, die antiken Steinpfeiler.«

»Joel, kannst du mal eben runterkommen?«, brüllte sie.
Sie dachte kurz nach und rief dann: »Vergiss es«, bevor sie wieder an mich gewandt hinzufügte: »Ich bin völlig hinüber. Ich muss was essen.«
Am Ende des Tages stapelten sich auf der Veranda Kisten und Säcke, doch anstatt sie einfach an die Straße zu stellen, damit die Müllabfuhr sie abholte, bestand Mike darauf, sie persönlich zur Müllabfuhr zu bringen. Ich bot ihm an mitzukommen, doch er lehnte ab. Ich vermutete, dass er ein paar Sachen retten wollte.

Am Morgen unserer Taufe wachte ich früh auf und wartete in der Küche auf die Ältesten. Audrey war noch bei der Arbeit, und Mike schlief. Joel war im Bad und versuchte, seine Krawatte zu binden. Ich kochte Wasser für Postum, einen Kaffeeersatz – der laut Mike wie schimmeliger Toast schmeckte, was ihn jedoch nicht daran hinderte, ihn becherweise in sich reinzuschütten –, und schlug mein Buch Mormon auf, um es ein letztes Mal zu überfliegen.
Audrey kam gähnend von der Nachtschicht nach Hause.
»Eine schlimme Nacht. Vollmond. Jede Menge Unfälle«, sagte sie und gab zwei Löffel Postum-Pulver in eine blaue Tasse. »Bist du bereit?«
»Bin ich. Schon fertig angezogen.«
»Die Krawatte steht dir. Ist das eine von Mikes? Sie ist so flott.«
»Das ist meine«, sagte ich. »Elder Jones hat mir geholfen, sie auszusuchen.«
»Das macht mir Mut. Vielleicht werden wir ja doch nicht vollkommen weltfremd werden.«

Während Audrey nach oben ging, um sich ein Kleid anzuziehen, fuhren die Mormonen in einem geliehenen Wagen vor. Beim Reinkommen überreichten sie mir einen Blumenstrauß. Ich stellte die Blumen ins Wasser und las die angesteckte Karte: »Euer himmlischer Vater heißt euch in seinem Garten willkommen.«
»Wir werden euch fahren«, sagte Elder Jessup. »Ich hoffe, ihr habt nichts dagegen. Es ist sicherer.«
»Inwiefern?«
»Der Teufel spielt einem gern Streiche in letzter Minute. Er könnte einen Unfall oder eine Panne verursachen. Ist alles schon vorgekommen.«
Ich hörte oben eine Toilettenspülung rauschen und einen Bügel über eine Kleiderstange schrammen. Joel tauchte mit falsch gebundener Krawatte in der Küche auf, das schmale Ende hing tiefer als das breite. »Ich zeig dir einen Trick«, sagte Elder Knowles und zog sie zurecht.
»Ich frage mich immer noch«, sagte ich zu Elder Jessup, »woher ihr es wusstet. Woher ihr wusstet, dass wir euch brauchen. Hat das auch was mit der Vorexistenz zu tun?«
»Gott hat uns hierher geführt.«
»Los, sag es ihm«, meinte Elder Knowles. »Er wird bald selbst auf Mission gehen.«
Elder Jessup nestelte an seinen Manschetten. »In gewisser Weise sind mein Partner und ich Detektive. Wir halten nach Hinweisen Ausschau, nach Spuren. Wir hören Dinge.«
»Ihr habt ihn irgendwo getroffen. Ihr habt ihn beim Singen erwischt«, sagte ich.
»Nein«, sagte Elder Jessup. »Nichts dergleichen.«
Ich spürte, dass er nervös wurde und den Rückzug antrat. Ich sah Elder Knowles an, der Joels Krawatte gerade in Ordnung gebracht hatte.

»In dieser Stadt gibt es einen Apotheker, der Mitglied der Kirche der Heiligen der Letzten Tage ist«, sagte er. »Wir essen manchmal bei ihm zu Abend. Keine Sorge, er ist kein Spitzel, nur sehr hilfreich. Manchmal macht er sich über bestimmte Kunden Sorgen, zum Beispiel solche, die zu viele Medikamente einnehmen.«

»Die *Apotheke*, in der wir unsere Rezepte abholen?«, fragte ich. Ich war schockiert; das kam mir irgendwie illegal vor. Unfair.

»Das war wirklich dumm, Tim«, sagte Elder Jessup. »Absolut idiotisch. Was für ein Schwachkopf. Dafür wird dir irgendwer in deinen Mormonenhintern treten.«

Wir brachen ein wenig zu spät auf, aber nur ein paar Minuten. Elder Jessup fuhr besonders vorsichtig, blickte immer wieder in sämtliche Spiegel und hielt sich knapp zehn Stundenkilometer unter der Höchstgeschwindigkeit. Audrey, Joel und ich drängten uns auf der Rückbank, Mike saß vorne, eingeklemmt zwischen den Ältesten. Mir fiel es schwer, ihn anzusehen. Sein neuer Kurzhaarschnitt und der saubere weiße Kragen, die Tupfer Rasierschaum hinter den Ohren und sein nach Zaubernuss duftender Hals erinnerten mich an einen Mann, dem der Prozess gemacht wurde, einen Verdächtigen, der zum Gerichtssaal eskortiert wurde.

Um diesen und einige andere beunruhigende Gedanken zu vertreiben, ging ich im Kopf noch einmal die Taufe durch, wie Elder Jessup sie uns beschrieben hatte. Wir würden in weichen, weißen Gewändern das Gotteshaus betreten, wo sich ein Publikum, eine Menschenmenge versammelt hatte. Wir würden als Gemeinde und Familie gemeinsam beten und dann nacheinander zum Taufbecken geführt werden.

Barfuß würden wir in das klare Becken steigen, uns in die Arme der Ältesten fallen lassen und langsam rückwärts ins Wasser getaucht werden. Sie hatten uns ermahnt, dass wir ihnen vertrauen mussten, sonst würden wir uns verkrampfen. Um jeden Spritzer zu vermeiden, mussten wir uns puppengleich vollkommen entspannen.
Trotz unserer Nervosität ging alles ohne Panne über die Bühne. Das Wasser war kühl, klar und tief, und als ich mir hinterher die Haare abtrocknete, konnte ich das Chlor in dem Handtuch riechen. Wir versammelten uns in einem Raum, in dem ein Büfett aufgebaut war, und aßen Maischips mit Käsedips, die unsere neuen mormonischen Brüder und Schwestern bereitet hatten, die uns die Hand schüttelten und uns umarmten. Mike und Audrey standen mit leuchtenden Gesichtern Arm in Arm, und Joel wurde von einem Schwarm Mädchen in Rüschenblusen und langen, altmodischen Röcken umringt. Elder Jessup legte seine Hand auf meine Schulter und sagte: »Denk immer an diesen Moment, wenn du selbst auf Mission bist. Das ist die Belohnung: neue Seelen zu gewinnen. Ich schwöre dir, es gibt auf der ganzen Welt kein besseres Gefühl.« Er sah mir in die Augen, und ich erwiderte seinen Blick. Ich dachte an unsere Gespräche über die Vorexistenz und fragte mich, warum er mir, wenn ich ihn doch lange vor meiner Geburt bereits gekannt hatte, mit einem Mal so ungeheuer fremd vorkam.

2

Mike fing an, sein Mormonentum äußerst ernst zu nehmen. Er freundete sich in der Kirche mit einer Gruppe von Männern seines Alters an, die ihre Häuser mit Holz heizten, Dieselgeneratoren besaßen und Krügerandmünzen im Tresor aufbewahrten. Obwohl einige von ihnen in der Führungsetage größerer Konzerne in St. Paul arbeiteten, durften ihre Familien nicht fernsehen, und sie tauschten Bücher mit Titeln wie *Schutz durch Vorsorge* und *Wie man den Crash überlebt* aus. Sie besuchten Waffenmessen und -tauschbörsen, und wenn Mike von diesen Ausflügen nach Hause kam, hielt er stets glühende Reden über das Selbstversorgungs- und -verteidigungspotenzial unserer Familie.

»In der Stadt zu leben«, meinte er eines Abends, »ist, als würde man im Krankenhaus liegen und mit Maschinen künstlich am Leben erhalten. Irgendwann werden sie den Stecker ziehen.«

»Warum?«

»Weil sie es können. Um ihre Macht zu demonstrieren.«

»Was hätten sie denn davon?«

»Eine furchtbare Befriedigung.«

In Vorbereitung auf die Zeit, in der man sich auf keine moderne Errungenschaft mehr verlassen konnte, fing Mike nun selbst an, alle möglichen Stecker zu ziehen. Er räumte den Fernseher in die Garage und baute eine Energiesparkontrolle an unserem Heizungsthermostat ein, die die Temperatur im Haus auf kühle sechzehn Grad begrenzte. Kassettenrecorder und Stereoreceiver behielt er, warf jedoch alle unsere Kassetten weg, bis auf zwei: *The Man of La Mancha* und *A Nat King Cole Christmas*.

Audrey, die auf ihre Weise auch fromm geworden war, versuchte unsere Entbehrungen zu lindern, indem sie Joels und meine Aufmerksamkeit auf mystische Dinge wie zum Beispiel die Macht des Gebets lenkte. Ihre Begeisterung war rührend, aber leicht hysterisch. Nachdem wir keinen Fernseher mehr hatten, vor dem wir die Abende verbringen konnten, saßen wir mit ihr in der Küche und lauschten Geschichten über plötzlich geheilte Krebserkrankungen und das wundersame Wiederfinden lange verlorener Schätze, die sie in der Kirche gehört hatte.

Ihre Lieblingsgeschichte, die sie uns sogar zweimal erzählte, handelte von einer jungen Frau, die erfahren hatte, dass sie schwanger war, eine Abtreibung vornehmen ließ und es dann bereute. Ein ganzes Wochenende lang betete sie mit dem Bischof, und einige Monate später brachte sie gesunde Zwillingsmädchen zur Welt. Dass Audrey als Krankenschwester diese Geschichte glauben konnte, beunruhigte mich.

»Willst du sagen, der himmlische Vater hätte ihre Schwangerschaft wiederhergestellt?«

»Die Person, von der ich es habe, lügt nicht«, erklärte sie.

»Vielleicht hatte das Mädchen nicht wirklich eine Abtreibung.«

»Rein rational kann man das nicht begreifen. Ich weiß.«

Je tiefer Mike in die Grundversorgung des Hauses eindrang, desto tiefer versank Audrey im Mystizismus. In der Woche, als er den Notstromgenerator installierte, brachte sie ein Buch mit nach Hause, das behauptete, die heilige Vollendung der Bibel zu beweisen, indem es den Buchstaben des griechischen und hebräischen Alphabets Zahlenwerte zuteilte. »›Jehova‹ ergibt zusammen zwölf‹«, informierte sie mich. »Genau wie ›Jesus Christus‹. Zufall?« Bewaffnet mit einem Bleistift und einem Spiralblock, in den sie ihre kryptischen Berechnungen kritzelte, studierte sie das Buch jeden Morgen nach dem Frühstück, um sich bis zum Mittag in erregenden Spekulationen zu verlieren.

»Ich habe unsere Namen addiert. Mein Name ergibt neun. Deiner sieben. Mikes auch sieben. Neun plus sieben plus sieben ist dreiundzwanzig. Zwei plus drei gleich fünf. Und rate mal, was fünf ist?«

Ich schüttelte den Kopf.

»Das Wort ›Familie‹ addiert sich zu fünf.«

»Du hast die Zahl für Joel vergessen.«

»Er ist sieben.«

»*Ich* bin sieben.«

Audreys Gesichtszüge entgleisten. »Du hast Recht. Er ist sechs.« Sie kritzelte irgendwas in ihren Block. »Lass mir ein bisschen Zeit, um das neu zu berechnen.«

Um solche Gespräche zu vermeiden, fing ich an, Audrey aus dem Weg zu gehen. Zum ersten Mal, seit ich acht oder neun war, verbrachte ich Zeit mit Joel. Er war zu einem interessanten Jungen herangewachsen. Nach jahrelanger Diät schlank, aber kräftig und selbstbewusst durch seine Erfolge im Tennis, kannte Joel keine körperliche Angst. Nichts schreckte ihn. Am Fluss gab es Klippen, von denen die Leute ins Wasser sprangen, und eines Nachmittags sprang Joel mit Anlauf von der höchsten, während ich schaudernd zusah. Gut zwanzig Meter tiefer glitt ein

Kanu vorbei. Der Kanute blickte auf und kreischte, als er Joel auf sich zuschießen sah. Zentimeter hinter dem Heck des Bootes tauchte Joel ins Wasser.
Er tauchte nicht wieder auf. Eine oder zwei Minuten später schlich er sich von hinten an und tippte mir auf die Schulter.
»Ich dachte, du wärst tot«, sagte ich. »Das war echt mies.«
»Ich mag es, wenn die Leute denken, ich wäre tot.«
»Das ist doch krank.«
»Es macht so ein angenehm warmes Gefühl überall.«
Auch mental war Joel furchtlos geworden. Trotz Mikes Order, Kleidung nur bei Sears und Penney's einzukaufen und kein Geld für Markennamen zum Fenster hinauszuwerfen, hatte Joel sich eine ansehnliche Garderobe organisiert, indem er mit Freunden Klamotten tauschte. Eines Tages schloss er seine Zimmertür ab und veranstaltete eine private Modenschau für mich.
»Dieses Paar ist fürs Tennis. Und das sind Joggingschuhe. Ich mag Adidas, weil das Leder weich ist. Die Polohemden mit den Pinguinen sind Monsanto, die Krokodile sind Izod. Fühl mal, wie dick die sind.«
Ich strich über den Stoff. »Trag die bloß nicht zu Hause.«
»Keine Sorge, ich mag es nur, sie anzusehen. Sie zu besitzen. Guck mal die Jeans hier: Sergio Valente.«
Er probierte sie an. Der Anblick trieb mir fast die Tränen in die Augen. Die Hose war zu klein und am Hintern durchgescheuert.
»Designerjeans«, sagte Joel. »Ich mag Designersachen.«
»Warum?«
»Ich weiß nicht. Sie fühlen sich irgendwie besonders an. Besserer Schnitt.«

Joel führte seine Joggingschuhe vor. Sie wirkten riesig an ihm. Obwohl er nur drei Jahre jünger war als ich, fiel mir auf, dass seine Klassenkameraden und er ein anderes Leben lebten als ich in ihrem Alter. Sie stylten ihre Haare mit Gel, trugen echte Shorts und keine abgeschnittenen Cordhosen. Und für Schularbeiten, für die ich eine Drei bekommen hätte, kassierten sie Einsen. Außerdem wussten sie, wie man Computer bediente.

Joel packte seine Schätze wieder in eine Kiste, die er in die Ecke seines Kleiderschrankes schob und unter einer Decke versteckte.

»Komm, wir gehen in der Garage fernsehen«, sagte er. »Ich habe ein Verlängerungskabel gelegt.«

»Was läuft denn?«

»Ist doch egal. Werbung. Die Werbespots sind besser produziert als die Hälfte der eigentlichen Sendungen.«

Als wir auf dem Weg nach draußen durch die Küche kamen, sagte Audrey: »Wartet, das sollte euch interessieren.« Sie brütete über ihrem Block auf dem Küchentisch.

»Ich habe die wahre Zahl unserer Familie herausbekommen. Ich habe sie berechnet. Die Zahlen unserer Namen ergeben zusammen neunundzwanzig, und zwei plus neun ist elf.«

»Und was bedeutet das?«

»Nun ja, elf – das heißt, eins plus eins – ist zwei. Unsere Zahl ist also zwei.«

»Und hat zwei eine besondere Bedeutung?«

Audrey konsultierte das Register ihres Buches. Joel war schon aus der Tür. »Geh nur«, sagte sie. »Dieses Buch ist komplizierter, als ich dachte.«

Mittwochs abends hielten wir wie die Mormonen im ganzen Land im Wohnzimmer den traditionellen Heimabend ab. Mike schlug das Lehrbuch der Kirche auf seinem Schoß auf, während Audrey Erdbeereis auf Schalen verteilte. Seit unserer Bekehrung waren wir absolute Zucker-Freaks geworden. Alle Mormonen, die ich kannte, waren Zucker-Freaks.

Thema dieses Abends waren die »Herrlichkeiten des Tempels«. Wir hatten noch nie einen Mormonentempel betreten. Bevor man Konvertiten dieses Privileg gewährte, mussten sie sich zunächst ein Jahr lang bewähren.

Mike stellte uns Quizfragen aus dem Arbeitsbuch. »Nenne alle Tempel in Utah. Justin?«

»Salt Lake City. Ogden. Logan ... Manti?«

»Gut«, sagte Audrey. »Einer noch.«

»St. George?«

Mike blätterte die Seite um. »Jetzt bist du dran, Joel. Setz dich gerade hin.«

Joel streckte seine Arme, spreizte die Finger und gähnte.

»Erkläre die Bedeutung der Totentaufe.«

»Ich weiß nicht mehr. Zum Schutz gegen das Sterben?«

»Das kannst du aber besser.«

»Ich habe meinen Schläger zertrümmert. Ich brauche einen neuen Prince. Einen Graphite Pro.«

»Wie bitte?«

»Hör mal, ich bin ziemlich kaputt. Ich hab morgen ein wichtiges Match. Ich glaube, es hat irgendwas damit zu tun, dass man nie stirbt.«

Nachdem Joel gegangen war, schlug Mike eine weitere Einschränkung unseres Lebens vor. »Der Trockner im Keller frisst bloß Strom. Auf der Leine getrocknete Wäsche riecht sowieso frischer.«

»Ich mag meine Waschmaschine«, sagte Audrey.
»Ich rede auch von dem Trockner. Nur dem Trockner.«
»Wir könnten beides haben: einen Trockner *und* eine Wäscheleine.«
Mike schüttelte den Kopf. »Das wäre eine Überkapazität. Das wollen wir doch gerade vermeiden.«
Die Erklärung klang grimmig und endgültig. Die Diskussion stockte, und Audrey holte mehr Eis. Ich stellte mir vor, wie sie inmitten ihrer gefährdeten Luxusgüter stand, die Schalen füllte und sich fragte, was als Nächstes verschwinden würde. Der Toaster? Die Mikrowelle? Unser Haus leerte sich von Woche zu Woche und wurde immer unbequemer und altmodischer. Ich fand es zunehmend schwierig zu sagen, welches Jahr wir hatten.
Als der Heimabend fortgesetzt wurde, sagte Mike: »Es tut mir Leid. Es sind die anderen Männer. Die machen mich ganz kirre. Ich werde versuchen, nicht mehr so viel Zeit mit ihnen zu verbringen. Waschmaschine und Trockner können bleiben. Die zählen zur notwendigen Grundversorgung.«
»Bist du sicher?«, fragte Audrey. »Ich kann auch versuchen, ohne zurechtzukommen.«
»Dieses Opfer würdest du bringen?«, fragte Mike. »Für mich?«
»Ich würde gern glauben, dass ich es für Gott tue.«

Ich spürte, wie ich nach und nach den Bezug zum wirklichen Leben verlor. Sogar unter anderen mormonischen Teenagern in der Gemeinde war ich im Nachteil. Wir saßen in der Sakristei hinter der Kirche und brachen vor dem Gottesdienst Brot in Stücke, und irgendjemand brachte das Gespräch auf die

Happy Days-Folge dieser Woche und zitierte seinen Lieblingsgag. Ich wusste überhaupt nicht, wovon die Rede war. Ich war ahnungslos. Wenn bei Tanzveranstaltungen ein neuer Song gespielt wurde, bei dem alle wie auf Knopfdruck auf die Tanzfläche stürmten, blieb ich zurück. Und in der Schule schienen sich alle Witze und Sprüche auf Werbespots zu beziehen, die ich nicht gesehen hatte.

Für Joel war es noch schlimmer. Mike entdeckte das Verlängerungskabel und schloss daraufhin den Fernseher in seiner Werkstatt im Keller ein. Manchmal hörten Joel und ich durch die Bodendielen die Abendnachrichten. Mike rechtfertigte das Anschauen der Nachrichten mit der Notwendigkeit, ein wachsames Auge auf die Wirtschaft zu haben. Hin und wieder führte er eine Statistik an – einen Anstieg der Inflation oder einen Einbruch der Zinsraten – und warnte uns, dass Amerika am Rande des Abgrunds stehe.

Zuhause war ein unheimlicher Ort geworden. Um alldem zu entkommen, schwammen Joel und ich einmal zu der Sandbank im Fluss, zu der die Jugendlichen aus der Stadt an heißen Tagen gerne kamen. Steve Hanson, ein Junge, der die Schule schon vor Jahren abgeschlossen hatte, aber noch immer mit Schülern herumhing, hatte ein Radio dabei.

»Mach mal lauter«, sagte Joel. »Das Stück gefällt mir. Ich kriege es nie mehr zu hören.«

Das Mädchen, mit dem Steve da war, lag auf dem Bauch, sonnte sich und blätterte in einer Modezeitschrift. Joel las über ihre Schulter mit, bis das Mädchen sich umdrehte. »In meiner Strandtasche ist ein ganzer Packen. Bedien dich.«

Joel und ich verschlangen den Stapel, gierig auf Farben, Anzeigen und Prominente. Joel drängte mich, mit ihm einen Erotiktest zu machen, der eigentlich für junge Frauen gedacht war: »Haben Sie sich je ganz in Rot gekleidet?« »Ziehen Sie Autos mit Stoff- oder mit Lederbezügen vor?« Joel erzielte eine eigenartig hohe Punktzahl. Wir lasen Partnerschafts-Kolumnen und Ratgeber über Hochzeitsetikette und Weinbestellungen im Restaurant. Über den Fotos irgendwelcher Models vergaßen wir uns so vollkommen, dass die Sonne unsere Rücken verbrannte, bis sich Blasen bildeten.

Das Mädchen bot an, uns Sonnenschutz aufzutragen. »Ich finde Typen, die auf Modezeitschriften stehen, echt mutig«, sagte sie.

»Wir stehen eigentlich nicht wirklich auf Mode«, erwiderte Joel. »Uns ist nur langweilig.«

»Sie sind Mormonen«, sagte Steve Hanson. »Keine Medien. Für mich ist das Kindesmissbrauch. Ich finde, Jugendliche haben ein Recht, an der großen Show teilzuhaben.«

Joel und ich schwammen ans Ufer zurück und machten uns auf den Heimweg. Er knirschte mit den Zähnen, kickte kleine Steine vor sich her und brach Zweige und Äste von den Bäumen, an denen wir vorbeikamen.

»Ich kann es nicht glauben – wir verpassen das ganze Punk-Ding. Alles verändert sich. Die Hemden verändern sich. Die *Stile*.«

»Was hat das mit dir und mir zu tun?«

»Justin, darf ich dich mal was fragen?«

»Klar.«

»*Kümmert* dich die Welt da draußen denn überhaupt nicht? Gibt es da draußen nicht irgendwas, was du *willst*?«

»Da müsste ich überlegen.«

»Wenn du überlegen musst, vergiss es.«

Zu Hause gingen wir in den Keller, um unsere Hand-

tücher in den Trockner zu werfen, fanden jedoch an seiner Stelle nur die leere Unterlage vor. Audrey war im Garten und klammerte Handtücher, die sie zuvor auswrang, an eine Leine.
»Zwei ist die Zahl für Jude«, sagte sie. »Ich habe es gelöst.«
»Wo sind meine weißen Shorts? Sind sie sauber?«, fragte Joel.
»Ich wasche jetzt von Hand. Das macht die ganze Sache ein wenig langsamer.«
»Es ist, als wären wir nicht mal mehr *Amerikaner*«, sagte Joel.

Ein paar Tage später rebellierte Joel offen. Er fing an, seine Designerklamotten zu tragen.
Zuerst fiel es niemandem auf. Mike war mit einem neuen Projekt beschäftigt, er wollte im Keller Regale für unseren Vorrat an Proteinkügelchen bauen. Er sah glücklich aus, gesund und kräftig. Der Verzicht auf Kaffee, Zigaretten und Alkohol hatte ihm eine rosige Gesichtsfarbe beschert, und selbst sein Haar wirkte voller. Das Punk-Ding zu verpassen, schien mir ein vertretbarer Preis für sein Wohlbefinden.
Auch ich hatte ein Projekt. Ich musste eine Rede schreiben. Der Bischof wählte jede Woche drei Laien aus, die vor der Gemeinde sprechen sollten, und in dieser Woche war ich an der Reihe. »Wie wäre es mit einer optimistischen Ansprache über die Sparsamkeit?«, sagte er. »Mormonen sind das Volk des Bienenstocks, musst du wissen. Der Bienenstock ist unser Symbol. Und wozu sind Bienenstöcke gut?«
»Für Honig?«
»Es sind kleine Fabriken. Nichts wird vergeudet. Sie sind Symbole der Effektivität. Der Nützlichkeit.«

Ich kam mit meiner Rede kaum voran; Bienen inspirierten mich nicht. Sie drängten sich wimmelnd über- und untereinander, während sie öde, monotone Aufgaben für eine Königin erfüllten, die sie praktisch nicht zur Kenntnis nahm.

Auch Audrey war beschäftigt. Ihr Interesse für die Zahlenmystik war abgeebbt und einem Faible für Engel gewichen. Mormonische Engel waren nicht wie andere Engel. Sie trugen normale Kleidung und hatten keine Flügel. Ihre Körper waren nicht durchsichtig, sondern fest, stofflich. Im Grunde konnte man sie überhaupt nicht von Menschen unterscheiden. Laut Audrey wandelten sie wie Tramper über die Erde, um treuen Mormonen in Not zu Hilfe zu eilen.

»Schwester Hutchinson hatte in Utah eine Panne. Der Motor war zu heiß gelaufen oder so«, sagte Audrey. »Im Umkreis von fünfzig Meilen keine Tankstelle. Da kam wie aus dem Nichts ein Mann mit einem Eimer vorbei. Er sagte kein Wort, sondern füllte nur das Kühlwasser nach und verschwand dann wieder in der Richtung, aus der er aufgetaucht war.«

Als Audrey gerade mit ihrer Geschichte fertig war, kam Joel herein. Er trug seine Sergio-Valentes-Jeans.

»Ich gehe schwimmen, Justin, kommst du mit?«

Ich folgte ihm nach draußen. »Die Hose passt nicht mal.«

»Das ist trendy.«

»Sieht schmerzhaft aus.«

»Ist es auch irgendwie. Aber es lohnt sich.«

An jenem Tag waren Joels Sprünge gewagter denn je. Er gab vor einer Gruppe Mädchen mit einem Salto rückwärts von der Klippe an. Er übte Schrauben, Saltos und Bomben. Als wir gerade nach Hause gehen wollten, kam Steve Hanson mit seinem Ghetto-

blaster und forderte Joel heraus, auf eine Kiefer am Rand der Klippe zu klettern und von einem ihrer Äste zu springen.
»Was gibst du mir, wenn ich es mache?«, fragte Joel.
»Was willst du denn?«
»Deinen Ghettoblaster.«
Steve willigte ein, und Joel kletterte an dem Baumstamm hoch. Kiefernnadeln und Borkenbrocken rieselten zu Boden. Ich rief Joel zu, er solle aus halber Höhe springen, doch er hatte die Spitze im Auge.
»Zu hoch«, rief ich.
»Mach es«, brüllte Steve Hanson. »Ich lege noch meine Ted-Nugent-Bootleg-Kassetten drauf.«
Das gab den Ausschlag. Joel schrie, stieß sich ab und sprang. Doch er blieb in dem Baum hängen. Er hatte sich verschätzt. Ebene für Ebene krachte er durch die Äste, erst gerade, dann seitlich und dann wieder gerade. Zweige knackten und brachen. Joels Körper schlug ein Rad.
Steve Hanson lachte. Der Sturz dauerte ewig. Joel landete vollkommen verkehrt, einen Arm ausgestreckt. Ich hörte den Knochen knacken. Über einem Ohr war ein Streifen kahle, abgeschürfte Kopfhaut zu sehen. Außerdem hatte er einige Fingernägel verloren.
Steve Hansons Vorstellung von erster Hilfe beschränkte sich darauf, herumzustehen und mich zu warnen, Joels Hals nicht zu berühren. Ich beachtete ihn gar nicht. Ich kniete mich nieder und stützte Joels Kopf.
»Ich bin halt auch manchmal hyperaktiv«, sagte er.
Wir luden ihn auf den mit Bierdosen voll gemüllten Rücksitz von Steve Hansons Barracuda. Ich rollte die Jeans zu einem Kissen zusammen und schob sie unter Joels Kopf.

»Du schuldest mir was, Steve«, stöhnte Joel. »Ich will diese Nugent-Kassetten.«
»Scheiß Wiedergeborene.«
»Versprochen ist versprochen«, sagte Joel.
»Scheiß Heilige.«
»Leck mich doch, Steve.«

Ich saß an Joels Krankenbett und schrieb meine Bienenstock-Rede. Ich beneidete ihn um die Schmerztabletten, die er verschrieben bekommen hatte. Sie machten seinen Blick sanfter. Sein gebrochener Arm lag auf seinem Schoß in einem Gips, der nach Klebstoff roch und noch unbeschriftet war. Joel sagte, er wolle nicht, dass die Leute darauf schrieben, weil er fand, dass ein weißer Gips edler aussah.
Auf dem Nachttisch stand Steves Ghettoblaster und dröhnte Ted Nugent, aber der Stunt, mit dem Joel ihn sich verdient hatte, war unnötig gewesen. Mike hatte sich mit seinen Survival-Kumpels zerstritten, weil er sich weigerte, einen Beitrag für einen unterirdischen Bunker zu leisten, den sie in der Gegend der Eisenerzminen im Norden Minnesotas bauten. Er hatte den Fernseher wieder ins Wohnzimmer gestellt, den Generator abgestoßen, Audrey neue Haushaltsgeräte gekauft und Geld für einen Kleinbus lockergemacht, um Joel zu Turnieren und Sichtungslehrgängen zu bringen. Der von Mike befürchtete Zusammenbruch Amerikas war nicht gekommen, und ich spürte, dass er müde wurde, darauf zu warten.
Die einzige Erinnerung an unsere Selbstversorgungsphase war Audreys Wäscheleine, die sie immer noch benutzte, weil sie mit Mike übereinstimmte, dass die an der Luft getrocknete Wäsche einfach

frischer roch. Durch das Fenster über Joels Krankenbett sah ich zu, wie sie seine Valente-Jeans mit einer Wäscheklammer neben seine pinkfarbenen und gelben Designer-Polohemden hängte.

»Du hast gewonnen«, erklärte ich Joel. »Du hast es ausgestanden. Sauber.«

»Tun alle anderen in der Kirche auch nur so als ob? Ich meine, tun sie nur so, als ob die Welt untergehen würde? Die Welt geht nämlich gar nicht unter, weißt du.«

»Nein, da hast du wahrscheinlich Recht«, sagte ich.

»Möchtest du eine?« Joel bot mir auf seiner offenen Handfläche eine Pille an. »Nimm sie einfach. Gott ist das scheißegal. Er sieht nicht mal hin.«

»Glaubst du trotzdem noch an ihn?«

»Schon immer. Deshalb weiß ich auch, dass für uns alles gut ausgehen wird.«

3

Nach einem halben Jahr regelmäßigen Kirchgangs, Fastensonntagen, Spendensammlungen, Chorälen und Bibelstunden erklärte Mike mir, er bräuchte eine Atempause, einen kleinen Urlaub, und ich fand, dass auch mir eine Pause gut tun würde. Sein Plan war, dass wir zu zweit nach Kanada fahren – nur wir beide, ohne Joel und Audrey – und mit einem Wasserflugzeug zweihundert Meilen bis zur Mitte des Lake Nipigon fliegen. Dort würden wir uns auf einer unbewohnten Insel absetzen lassen, wo es lediglich eine Blockhütte und ein Motorboot gab. Wir würden drei Tage lang nur fischen, ohne Ablenkung, und unser Essen auf einem Gaskocher zubereiten. Wir würden reden. Obwohl Mike durchblicken ließ, dass die Reise sehr teuer sein würde und er für die Reservierung am Labour-Day-Wochenende schon einen heftigen Zuschlag bezahlt hatte, sagte er, er würde das Geld für gut angelegt halten, wenn wir unsere Vater-Sohn-Beziehung vertiefen könnten.

Ich wusste nicht, dass eine derartige Beziehung zwischen uns noch existierte, und hätte im Zweifelsfall auch nicht gewusst, wie ich sie vertiefen sollte.

Wir brachen abends auf, Mikes liebste Zeit zum Autofahren. Die Regeln der Mormonen missachtend, trank er vorher schwarzen Kaffee und versorgte sich mit Kautabak. Er meinte, es wäre wichtig, wach zu bleiben. Alle paar Meilen kurbelte er das Fenster herunter und spuckte einen Mund voll Tabaksaft in die Dunkelheit. Ich spielte am Radio herum. Zu jeder vollen Stunde kamen Nachrichten, angekündigt durch eine Fanfare dröhnender Musik, und die meisten Meldungen handelten von Politik, ein Feld, in dem Mike sich für einen Insider hielt, weil er einmal an einem Spendentreffen für die Republikaner teilgenommen hatte. Seiner Ansicht nach war es mit dem Land bergab gegangen, seit Nixon von den Kennedy-Anhängern in der Machtelite des Ostens aus dem Amt gejagt worden war.

»Ich brauche diesen Trip«, sagte Mike. »Ich bin absolut überfällig. Ich glaube, es ist kein Geheimnis, was ich durchgemacht habe.«

Ich wusste nicht, was er meinte, und fragte ihn auch nicht. Soweit ich wusste, verlief Mikes Leben gut. Sein Geschäft hatte im vergangenen Sommer durch den Fitness Club und die Health Bar einen Schub bekommen und begann endlich zu florieren. Das Geld hatte es Audrey ermöglicht, ihren Job aufzugeben, und Joel konnte jetzt auf ein Internat in St. Paul gehen, dessen Tennisteam zur regionalen Spitze zählte.

»Es war nie mein Ziel, ein Heiliger zu werden«, sagte Mike. »Ich hab das für euch getan, für die Familie. Wir brauchten eine Struktur.«

»Vermutlich schon.«

»Aber es ist irgendwie außer Kontrolle geraten. Endlich bin ich in einer Position, das Leben zu genießen, finanziell gesprochen, und jetzt … das Timing stimmt nicht.«

Mike spuckte Tabak aus und sah aus dem Fenster, ohne seine Gedanken weiter mit mir zu teilen. Das bekümmerte mich nicht. Was mich beunruhigte, war sein neu erwachtes Bedürfnis, mir Dinge zu erzählen – unseren Ausflug für große Gespräche zu nutzen,

von denen ich nicht wusste, ob wir sie wirklich führen mussten.
An der Grenze tankten wir. Ich machte die Windschutzscheibe sauber. Als Mike gezahlt hatte, blieb er vor der Motorhaube stehen, packte einen Schokoriegel aus und hielt ihn mir hin. Ich biss ein kleines Stück ab. Kauend betrachteten wir die tief stehenden, klar sichtbaren Sterne. Der Geruch einer nahe gelegenen Papierfabrik hing säuerlich in der Luft.
»Vergiss diesen Moment nie«, sagte Mike.
Ich versprach es.
»Vielleicht kommt so ein Moment nie wieder.«
Ich nickte ernst.
»Ich habe viel gelitten, obwohl ich wahrscheinlich dazu neige, es zu verbergen. Und vielleicht denkst du jetzt, dass ich Mitleid von dir will.«
Genau das dachte ich, schwieg jedoch wohlweislich. Sein Leiden war Mike wichtig – er trug es voller Stolz, war jedoch aus irgendeinem Grund davon überzeugt, dass niemand etwas davon merkte. Er glaubte tatsächlich, dass er im Stillen litt, während ihm jeder hätte sagen können, dass er erbärmlich aussah.
»Ich vermisse meinen alten Trainer«, sagte er. »Ich weiß, du hast ihn gehasst.«
Daran wollte ich nicht rühren.
»Einige haben ihn gehasst, und ich gebe zu, Woody konnte ein echtes Ekel sein. Ich persönlich glaube, ich habe genau das gebraucht.«
»Warum denn das?«
»Ich kam einfach nicht vorwärts. Ich brauchte einen ordentlichen Arschtritt, um in die Gänge zu kommen. Trotzdem kann ich verstehen, dass manche Menschen ihn gehasst haben.«

Am Grenzübergang stand ein uniformierter Beamter in einem hell erleuchteten Glaskasten und fragte Mike nach dem Anlass unseres Aufenthaltes in Kanada. Aus irgendeinem Grund log Mike: »Ein Krankheitsfall in der Familie.« Der Grenzposten leuchtete mit der Taschenlampe auf Mikes Führerschein, gab ihn zurück und winkte uns durch. Moskitos tanzten im Licht unserer Scheinwerfer. Im Auto war es still. Ich suchte einen Sender im Radio, fand jedoch keinen. Ein Stück weiter probierte ich es erneut, aber wieder ohne Erfolg.

Am nächsten Morgen schaukelte ein Wasserflugzeug am Ende eines langen Stegs. Ein Indianer mit einem glatten, schwarzen Pferdeschwanz betankte die Maschine. »Was weißt du?«, fragte er mich. Ich zuckte mit den Schultern, offenbar die Antwort, die er erwartet hatte.
Mike und der Pilot schoben Transportwagen mit frischen Vorräten für die Blockhütte über den Steg. Der Indianer stand an der Frachtluke und half ihnen, die Sachen einzupacken: kartonweise Obstsalat in Dosen, Bohnen, Würstchen, Kaffee, Trockenmilch und Instant-Kartoffelbrei. Dazu eine Kiste Bier und eine Propangasflasche. Der Indianer verstaute die Vorräte mit Sorgfalt und verteilte ihr Gewicht gleichmäßig auf das Flugzeug.
»Letzte Bestellung von Luxusgütern«, sagte Mike zu mir. »Brauchst du noch irgendwas von der Bude am Pier? Zigaretten?«
Mike hatte nie durchblicken lassen, dass er wusste, dass ich manchmal rauchte. Er klang fast so, als würde er es gutheißen, was mich überraschte.
»Ich hab alles«, sagte ich. Ich hatte vorgesorgt: drei

Päckchen Old Gold, ein bisschen Hustensaft, ein bisschen Gras und ein Scrabblespiel für den Fall, dass es regnete.

Bevor ich ihm meine Hilfe anbieten konnte, nahm Mike alle drei Angelruten, unsere Spinnerschachtel und unsere beiden Seesäcke, sodass ich mich um nichts mehr kümmern musste. Er grunzte und stöhnte. Wir folgten dem Pilot in das Flugzeug und setzten uns auf ausklappbare Holzsitze hinter dem Cockpit. Ich legte meinen Sicherheitsgurt an.

»Wenn wir über dem Wasser abstürzen, hilft dir der Gurt auch nichts«, erklärte Mike mir. »Er könnte dich im Gegenteil nach unten ziehen.«

Ich blieb trotzdem angeschnallt.

Der Pilot hob über dem flachen, blauen See ab. Er war Mitte zwanzig, blond und gut aussehend, und das Fliegen schien ihm ganz locker von der Hand zu gehen. Er aß M&Ms aus einer Tüte in seiner Jacke, die er sich wie Popcorn in den Mund warf und mit einem Schluck aus einer Dose 7 Up herunterspülte. Auf seinem Schoß lag eine Karte, die er jedoch kein einziges Mal ansah. Es sah aus, als würde er auf Sicht navigieren, den Blick in den Himmel gerichtet wie ein Busfahrer auf den Straßenverkehr.

»Zander und Hechte sind heiß und fett diese Saison«, sagte er. »Forellen so lala. Ich würde mich auf die Zander konzentrieren.«

Mike und der Pilot fachsimpelten eine Weile übers Fischen, wobei Mike vorgab, weniger erfahren zu sein, als er in Wirklichkeit war. Er fragte den Piloten nach Tipps für Köder und Angelplätze, während ich aus einem kleinen Fenster auf den See blickte. Er wölbte sich am Horizont und war mit kleinen Inseln übersät.

»Mein Sohn und ich haben selten Gelegenheit, Zeit

miteinander zu verbringen«, sagte Mike. »Wir freuen uns auf diesen Trip.«
Der Pilot nickte.
»Es ist heutzutage nicht leicht, Kinder großzuziehen. Die Eltern sind nur ein Einfluss unter vielen, und nicht einmal der wichtigste.«
»Ich habe keine Familie«, sagte der Pilot.
»Irgendwann bestimmt.«
»Ich bin gern Single.«
»Das sind wir alle. Spielt keine Rolle.«
Mike stand von seinem Sitz auf und ging quer durch die Kabine zu seinem Seesack. Er schleifte ihn zu seinem Platz, löste die Kordel und vergrub seine Arme bis zu den Ellenbogen darin. Das Segeltuch wölbte sich an den Stellen, wo Mikes Hände herumwühlten. Schließlich zog er eine Flasche Black-Velvet-Whiskey heraus, brach das Siegel mit dem Daumennagel und schraubte den Verschluss auf.
»Möchten Sie einen Drink?«
Der Pilot hielt seine 7-Up-Dose hin, und Mike träufelte Whiskey hinein, bevor er mich ansah. »Willst du auch einen Kurzen? Wir sind schließlich auf einem Angelausflug.«
Ich verzog das Gesicht, als der Whiskey durch meine Kehle rann, und tat so, als wäre ich Alkohol nicht gewohnt. Dabei hatte ich, auch seit ich Mormone war, den einen oder anderen Drink genommen.
Die Landung war ziemlich unsanft. Das Flugzeug holperte, rutschte und rumpelte. Wir wendeten, legten an einem Steg aus Brettern und Fässern an, an dessen Seite halbe Reifen genagelt waren, und fingen an auszuladen. Als wir fertig waren, schüttelte der Pilot uns die Hand, kletterte wieder in sein Flugzeug und tuckerte los. Als das Flugzeug an Fahrt gewann und abhob, hielt Mike wie zum Gruß die Fla-

sche hoch. Das Flugzeug umkreiste die Insel einmal, ging kurz in den Sinkflug und verschwand. Mike und ich tranken noch einen Schluck. Ich zückte meine Packung Old Gold und bot ihm eine Zigarette an.
»Danke. Ich kaue lieber. Aber rauch du ruhig.«
Ich zündete das Streichholz mit einer Hand an.
»Netter Trick«, sagte Mike. Ich hatte gehofft, dass er es bemerken würde.
»Da sind wir nun«, sagte ich.
»Nichts zu tun, außer zu fischen und zu reden.«
»Schön.«
»Es *ist* schön«, sagte Mike und brach sich einen Priem Red Man aus seinem Tabaksbeutel. Ich wartete darauf, dass wir mit dem Reden anfingen. Ich war gewappnet.

Nachdem wir ausgepackt hatten, gingen wir fischen. Das Boot hatte ein kleines, langsames Leck, das wir nicht finden konnten. Rostiges Wasser spülte um unsere Füße. Darin trieben zusammengeknüllte Bällchen aus Plastikfolie von den Käsebroten, die wir gegessen hatten. Mike studierte die Karte, ich ordnete die Spinnerschachtel, entknotete Dreifachhaken und sortierte die Sinkbleie. Wir fuhren seit vierzig Minuten gegen den Wind, hatten Buchten überquert und schmale Kanäle passiert, doch erst jetzt versuchte Mike, unseren Standpunkt zu verorten.
»Die legendäre Forellenbucht«, verkündete er, faltete die Karte zusammen und schob sie unter seinen Hintern, damit sie nicht wegflog.
»Bist du sicher?«
»Vertrau mir, Justin. Vertrau mir ausnahmsweise einmal.«
»Gut.«

Ich setzte den Anker – eine mit Zement gefüllte Kaffeedose. Das Tau ratterte von der Spule und ließ die Kurbel rotieren. Das Wasser war tief, das tiefste, in dem ich je gefischt hatte.

»Das uralte Dilemma der Menschheit: Würmer oder Blutegel?«, fragte Mike.

»Blutegel, denke ich.«

»Das hatte ich befürchtet«, sagte Mike.

Er hob den perforierten Deckel des Ködereimers an. Die Blutegel krochen lang und schlangenartig aus dem Wasser, ballten sich jedoch an unseren Haken zu festen, ledrigen Knäueln zusammen. Wir setzten unsere Haken direkt über den Grund des Sees und befestigten die Ruten in den Halterungen, doch nichts passierte. Eine Stunde verstrich, ohne dass ein Fisch anbiss. Aus Langeweile gaben wir unseren Blutegeln Namen. Ich nannte meinen aus irgendeinem Grund Leif. Mikes hieß Luscious. Irgendwann bekamen sie auch Stimmen. Leif war ein Mann, ein Maulheld, der Sachen sagte wie: »Leck mich am Arsch, du mieser kleiner Zander.« Luscious war ein verführerischer, weiblicher Egel. »Hey, komm, Killer«, schnurrte sie, »willst du tanzen?« Mikes Luscious-Stimme war lustiger als meine Leif-Stimme.

»Komm, wir tauschen mal«, sagte ich nach einer Weile. »Jetzt bin ich Luscious.«

»Vergiss es, Kumpel. Gerade jetzt, wo ich das Gefühl hab, dass das Glück zu mir kommt. Eine Lady im Glück.«

Ich öffnete die Kühlbox und nahm eine Flasche Bier heraus, die ich trank, während ich Wasser aus dem Boot schöpfte. Plötzlich zuckte Mikes Rute und bog sich nach unten. Nach kurzem Kampf zog er einen Zander aus dem Wasser und schlug ihn mit dem Kopf auf das Motorgehäuse, um ihn zu töten. Der

Egel hatte den Kampf erstaunlicherweise überlebt. Mike tat, als würde er ihn küssen, bevor er ihn wieder auswarf. Sofort fing er einen weiteren Fisch.
»Können wir *jetzt* die Namen tauschen?«, fragte ich. Meine Eifersucht auf Mikes Erfolg überraschte mich. Ich wollte, dass er seine Glückssträhne mit mir teilte.
»Tut mir Leid, Tiger. Ich hab schon eine Verabredung«, sagte Luscious.
Ich leerte die Bierflasche und öffnete die nächste. Mike schien nicht zu bemerken, wie viel ich trank – das Fangen der Zander hatte ihn in seinen Bann geschlagen. Schließlich sagte ich: »Mir ist kalt. Lass uns zurückfahren.«
»Leif kneift«, sagte Luscious. »Was für eine Memme.«
»Wir haben immer noch zwei Tage zum Fischen«, sagte ich. »Ich habe Hunger.«
»Memme«, sagte Luscious. »Es ist noch nicht mal dunkel.«
Ich holte meine Schnur ein, nahm den steifen, toten Egel ab und warf ihn über Bord. Ich hasste Angeln. Ich nahm einen Wurm auf meinen Haken. Ich hasste Egel. Als Mike einen weiteren Kommentar mit seiner Luscious-Stimme machte, sagte ich: »Sprich mit deiner richtigen Stimme. Das ist doch albern. Ich dachte, wir hätten diesen Ausflug gemacht, um miteinander zu reden.«
»Aber, Liebling, das *ist* meine richtige Stimme«, sagte Luscious.

Die Außenwände der Hütte waren mit welliger Dachpappe verkleidet, und ich war mir sicher, dass nur Männer darin übernachtet hatten. Riesige, tote Motten klammerten sich mit ausgebreiteten Flügeln an die verrosteten Fliegengitter. Das Sofa war mit rissigem, braunen Kunstleder bespannt, die Holzlehnen waren mit Brandlöchern übersät. In der Küche passten keine zwei Tassen oder Gläser zusammen, und in der unordentlichen Besteckschublade fand ich mehr Flaschenöffner als Gabeln.

Zum Abendessen gab es grüne Bohnen aus der Dose und gebratenes Dosenfleisch namens Spork, eine kanadische Version von Spam. Mike drehte das rosafarbene, poröse Fleisch mit einem Pfannenwender um, während ich die Bohnen in heißem Wasser aufkochte.

»Gestern hast du gesagt, dass es dir nicht gut gehen würde«, begann ich, um unser lang erwartetes Gespräch in Gang zu bringen. Ich war gerade betrunken genug, es jetzt führen zu wollen. »Was ist denn das Problem? Woody? Ist es bloß Woody?«

»Reich mir den Pfeffer, Süßer«, sagte Luscious.

Ich gab Mike den Pfefferstreuer. »Ich meine es ernst. Ich frage dich, wie es dir geht. Ich möchte es wissen.«

Mike wackelte mit den Hüften, wendete eine Scheibe Spork und nippte an seinem Plastikbecher mit Black Velvet. »Deck den Tisch, Liebling. Sei ein Schatz. Luscious hat das Essen fast fertig.«

Mike servierte das gebratene Dosenfleisch und die Bohnen auf Papptellern, die vom Fett rasch durchgeweicht waren. Wir sprachen nicht und spülten jeden Bissen des salzigen Fleisches mit einem großen Schluck kühlem Bier herunter. Unsere Mägen gluckerten. Mike hatte den selbstgefälligen Gesichtsausdruck eines Anglers, der einen Rekordfang eingeholt hatte, und nachdem wir unseren Nachtisch gegessen und die Teller weggeworfen hatten, nahm ich einen letzten Anlauf zu einer erwachsenen Unterhaltung.

»Ich trinke echt gerne. Das macht mir Sorgen«, sagte ich. »Hast du in meinem Alter viel getrunken?«
Mike runzelte die Stirn und zuckte die Achseln.
»Manchmal frage ich mich, ob ich es schaffen werde. Hast du dich auch so gefühlt, als du mit dem Football aufgehört hast? Irgendwie unvorbereitet? Als ob alle ein Geheimnis kennen würden, das sie dir nicht verraten, oder als ob du vielleicht zu beschränkt wärst, um es zu begreifen?«
Mike nahm eine von meinen Zigaretten, zündete sie an, blies einen Rauchring und schlug die Beine übereinander.
»Ich weiß, was du meinst mit innerlich leiden und so«, sagte ich.
»Süßer«, sagte Luscious und klopfte ihre Asche ab, »du hast ja keine Ahnung.«

Als ich aufwachte, regnete es. In der Hütte war es eiskalt. Ich blickte in die untere Koje des Doppelstockbetts, aber Mike stand schon am Herd, briet Eier und noch mehr Spork-Dosenfleisch. Fünf Minuten später rief er mich zu Tisch, und mir fiel auf, dass seine Stimme nicht wieder normal geworden war. Er war Gott sei Dank nicht mehr Luscious, aber ein anderes Wesen: müde, launisch und bedrückt. Seine seltsam gute Laune von gestern war verschwunden.
»Ich hab den ganzen Kaffee getrunken«, sagte er. »Ich mach neuen.«
»Ich kann auch Tee kochen«, sagte ich.
»Es gibt keinen Tee.«
»Dann lass mich den Kaffee machen.«
»Lass nur, es macht mir nichts aus.«
Nach dem Frühstück zogen wir unsere Regenkleidung an und gingen nach draußen. Der Regen weh-

te uns in stechenden Fäden direkt ins Gesicht. Nach mehreren Anläufen gelang es Mike, den Motor zu starten, und er fuhr uns auf den See hinaus. Der Regen war eisig. Als Mike den Ködereimer öffnete, waren die Egel schlaff und tot. Er leerte ihn über die Bordwand, sagte »Scheiß drauf« und steuerte uns durch den strömenden Regen zurück zum Steg.

Wir zogen uns um, und ich klappte das Scrabblebrett auf. Mike war nie ein Freund von Gesellschaftsspielen gewesen, die er ebenso wie Puzzles für Zeitverschwendung hielt, aber es gab sonst nichts zu tun. Unser großes Gespräch würde nicht stattfinden – so viel schien klar. Wir füllten eine Schüssel mit Brezeln und eine mit Chips und machten zwei Flaschen Bier auf. Während Mike seine Buchstaben wählte, ging ich auf das Außenklo und drehte mit Toilettenpapier einen Joint. Ich hielt jeden Zug so lange wie möglich in der Lunge und warf die Kippe dann in das Loch.

Ich fing an. Mein Eröffnungswort war *Derwisch*. Meine besten Wörter beim Scrabble waren immer solche, die ich noch nie ausgesprochen hatte, Wörter, bei denen es mich überraschte, dass ich sie überhaupt kannte.

Mike begutachtete seine Steine und rieb sich die Lippen. Schließlich legte er mit großer Geste jeden einzelnen Buchstaben seines Wortes auf das Brett. *Verlies*.

»Klasse«, sagte ich. Endlich amüsierte ich mich. Ich buchstabierte *Base*, überlegte es mir noch einmal anders und legte schließlich *Vase*. Ich zählte meine Punkte laut vor und verdreifachte sie, weil ich auf einem Bonusfeld gelandet war.

Mike schien das nicht zu beeindrucken. Er legte *Trübsinn*.

»Seltsam«, sagte ich. »Ist dir das schon mal aufgefallen? Manchmal ist ein Scrabblebrett wie ein Buchstabenbrett für spiritistische Sitzungen.«
»Inwiefern?«, fragte Mike.
»Es regnet. Und du hast das Wort *Trübsinn* gelegt. Kommt mir halt irgendwie seltsam vor.« Ich wusste, dass ich bekifft war und wahrscheinlich besser die Klappe halten sollte, obwohl ich meine Beobachtung durchaus treffend fand.
»Dir vielleicht.«
Ich legte *extrem* und Mike *Abscheu*. Es war für mehrere Runden sein letztes längeres Wort. Während ich immer weiter hochwertige Buchstaben zog – *Z, V* und *Q* sowie jede Menge Vokale, um sie zu benutzen –, bekam Mike ausschließlich gewöhnliche Konsonanten. Runde für Runde konnte er bestenfalls einen Plural bilden oder mickrige Pronomen wie *das, wer* und *ob*. Zuversichtlich griff er in den Beutel und wühlte mit der Hand darin herum, als könnte er die Steine durch Betasten voneinander unterscheiden, doch sein Pech blieb ihm treu. Mir kam der Gedanke, dass ich vielleicht schlauer war als er. Die Vorstellung deprimierte mich, und ich schob sie beiseite.
Ich legte *Quarz*. »Tut mir Leid. Ich hab einfach Glück mit den Buchstaben.«
Mike starrte eine Weile auf seine Steine und legte dann *verletzt*.
»Noch ein paar von der Sorte, und du hast mich eingeholt«, sagte ich.
Mike stand auf, ging in die Küche und kam mit der Flasche Black Velvet zurück. Stehend betrachtete er das Brett. Sein Gesicht war rot. Er setzte die Flasche an.
»Lass uns das Spiel zu Ende spielen«, sagte ich. »Es wird gerade interessant.«

Mike schüttelte den Kopf. »So hatte ich mir das nicht vorgestellt.«

»Komm schon. Du bist gerade in Schwung.«

»Das ist traurig.«

Ich legte das Wort *funkeln*. Ich wollte immer noch gewinnen. Mike gab mir nie die Chance, bei irgendwas zu gewinnen.

»Vor zwei Wochen wollte ich sterben«, sagte er. »Ich hab sogar den Arzt angerufen, um mir Pillen verschreiben zu lassen. In meinem Kopf stimmte irgendwas nicht. Ich fühlte mich geschlagen, wie gelähmt. Ich hätte nicht Mitglied dieser Kirche werden sollen. Mein Geschäft langweilt mich. Und ich habe viel zu jung geheiratet – das weiß ich jetzt. Ich habe wegen Sex geheiratet, dabei hätte ich es aus Freundschaft tun sollen.«

Mikes Geständnis berührte mich nicht. Für mich klang es wie ein Vorwand, um aus dem Scrabblespiel auszusteigen. Seit der Fahrt nach Montana sprach er häufig davon, sterben zu wollen, normalerweise wenn er versuchte, sich aus irgendwas rauszuwinden.

»Pech«, sagte ich mit einer Stimme, die nicht ganz die meine war. »Leg ein Wort. Hör auf zu jammern.«

Mike stellte die Flasche ab. »Diese Reise ist ein Flop. Ich dachte, hier draußen würden wir uns endlich nahe kommen. Den ganzen Mist aufbrechen, der zwischen uns steht.«

»Setz dich und spiel weiter.«

»Ich hätte es wissen müssen.«

»Setz dich und spiel weiter«, sagte Leif.

Am nächsten Morgen war es klar. Wir wachten spät und verkatert auf. Mike wickelte eine neue Schnur auf seine Spule, während ich Pfannkuchen machte.

Wir ertränkten sie in Sirup und schmierten dick Butter drauf. Unser verlassenes Scrabblespiel stand noch unangerührt auf dem Tisch, und ich ertappte mich dabei, wie ich die Wörter beiläufig las. Ich konnte nicht glauben, dass ich sie gestern einen Moment lang für bedeutsam gehalten hatte.

Wir fuhren auf den See. Der Himmel türmte sich über uns blau bis ins Weltall hinauf. Die Sonne brannte. Weil unsere Egel tot und unsere Würmer starr und reglos waren, beschlossen wir, mit künstlichen Ködern zu fischen. Ich nahm eine silberne Elritze. Mike nahm einen goldenen Spinner mit Schwanz. Dieses Mal gaben wir ihnen keine Namen. Das würde nur Ärger geben. Wir angelten mit einer verbissenen, methodischen Intensität und schipperten durch die Kanäle wie Mitglieder der Küstenwache, die nach einer Wasserleiche suchen.

Ich fing den ersten Zander, einen kleinen.

»Gut«, sagte Mike.

Er fing den nächsten Fisch, einen Hecht.

»Saubere Arbeit«, sagte ich.

Wir waren höflich und zuvorkommend. Wir gaben uns große Mühe, die Gefühle des anderen nicht zu verletzen. Als Mike der größte Zander des Tages entwischte, weil er die Schnur für einen Moment durchhängen ließ, lobte ich seine Geschicklichkeit, ihn überhaupt auf den Haken bekommen zu haben. Als ich meine Schnur mit Sinkbleien überfrachtete, die sich in einem Baumstamm verhakten und die Spitze meiner Rute abrissen, gab Mike nicht mir, sondern dem Hersteller die Schuld. Und als ich zwischendurch mehr Fische gefangen hatte als er und spürte, dass er mürrisch und frustriert wurde, wählte ich einen Köder, von dem ich wusste, dass ich damit nicht umgehen konnte, und ließ Mike gleichziehen.

Es war kein phantastischer Tag, aber wir brachten ihn rum. Ich lernte, dass Distanz überhaupt nicht peinlich ist. Dass uns der Alkohol ausgegangen war, schien ebenfalls zu helfen – wir hatten den Dreitagesvorrat in weniger als zwei Tagen vertilgt.
Am Nachmittag hatten wir die erlaubte Höchstzahl an Zandern gefangen. Wir säuberten die Fische auf dem Steg und warfen ihre Köpfe und Eingeweide in den See. Schwärme von Elritzen wimmelten um den Abfall, und ein Marder schlich sich ans Ufer und tauchte eine Tatze ins Wasser. Wir verstauten den Fisch in der mit Propangas betriebenen Kühltruhe. Hinterher schlug Mike vor, Karten zu spielen, doch ich winkte ab. »Das ist wahrscheinlich schlauer«, sagte er. Wir lagen in unseren Betten und blätterten in alten Ausgaben von *Outdoor Life,* die irgendjemand in der Hütte zurückgelassen hatte.
»Hör dir das mal an«, sagte Mike auf dem unteren Bett. »›Vielfraß stahl meinen Elch‹. Es stimmt angeblich. Dieser Typ war auf einem mehrtägigen Jagdausflug in Wyoming oberhalb der Baumgrenze ...«
Wir lasen uns abwechselnd Artikel vor. Es war nicht dasselbe wie Reden. Es war besser. Die Geschichten von Hornissenschwärmen und angreifenden Grizzlys waren zum größten Teil absolut lächerlich, und wir lasen sie mit komischen, übertriebenen Stimmen und kleinen Musikeinlagen, um die Spannung zu erhöhen. Für die Geschichte des einsamen Marsches einer jungen Frau, die im Dezember durch die Tundra Alaskas gewandert war, benutzte Mike seine Luscious-Stimme. Ich lachte laut. Als Leif erzählte ich die Geschichte eines Jagdhundes, der so hartnäckig war, dass er einer verkrüppelten Gans über die gesamte Chesapeake Bay nachgeschwommen war.

Dann geschah etwas: Wir tauschten die Rollen. Mitten in einer Geschichte über hungrige Wölfe wurde Mike Leif. Er klang besser als Leif. Und ich klang besser als Luscious, stellte ich fest. Sie fiel mir mit ihrer Koketterie und Biestigkeit leichter.

Wir lasen immer noch, als wir das Flugzeug hörten. Die Hütte vibrierte. Wir gingen nach draußen, um nachzusehen. Es hätte eigentlich erst am nächsten Tag kommen sollen, aber nun war es da und setzte zur Landung auf dem See an. Nach dem Aufsetzen wendete es und steuerte den Steg an. Der Pilot winkte aus dem Fenster. Wir winkten zurück.

»Wahrscheinlich zieht schlechtes Wetter auf«, sagte Mike.

Und so war es. Der Pilot entschuldigte sich beim Einladen dafür. Aus Angst, die Sturmfront könnte ihn tagelang am Boden festhalten, war er früher geflogen. Er bot Mike eine Teilerstattung der Kosten an.

»Sagen wir sechshundert statt achthundert«, meinte er. »Ich weiß zwar, dass es eine gottgewollte Naturgewalt ist, aber ich habe trotzdem ein schlechtes Gewissen.«

»Lässt sich nicht ändern«, sagte Mike. »Sie haben richtig entschieden.«

Wir bestiegen das Flugzeug und hoben über der Insel ab. Am Abend auf der langen Heimfahrt von Kanada taten wir, als wären wir schwer enttäuscht, dass wir unseren Ausflug hatten abkürzen müssen.

»Wirklich schade«, sagten wir. Wir klagten über die Fische, die uns versagt geblieben waren, die Übernachtung im Freien, die wir verpasst, die entspannten Bootsfahrten, die nie stattgefunden, und das hart umkämpfte Scrabblespiel, das wir nicht beendet hatten. Wir waren uns einig, dass der Ausflug gerade angefangen hatte, richtig gut zu werden, als er zu

Ende gegangen war. »Ich mochte dieses Spork-Fleisch«, sagte Mike.

Ich erklärte ihm, dass ich Spork auch mochte. Wir lachten.

Wir lachten, weil wir unser Glück kaum fassen konnten. Wir waren gerade noch rechtzeitig von dieser verdammten Insel runtergekommen.

4

Ein paar Monate vor meiner Mission, für die ich mein Zuhause verlassen würde, um eine Religion zu verbreiten, die ich nicht gewählt hatte, die ich aber auch nicht richtig abstreifen konnte, und sei es nur, weil ich nichts hatte, womit ich sie ersetzen konnte, nahm ich an einer Reise zu den heiligen Stätten der Mormonen teil. Zwei Reisebusse standen mit laufendem Motor vor der Kirche, umringt von Dutzenden von Teenagern in Shorts. Erwachsene mit Klemmbrettern wiesen uns die Plätze an. Elder Tinsdale, unser Leiter, rief meinen Namen, und ich trat, einen Koffer in der Hand, vor.

»Verstau dein Gepäck und steig ein«, sagte er. »Bus zwei.«

»Ich würde, wenn möglich, gern hinten sitzen.«

»Die Sitzordnung ist festgelegt«, sagte Elder Tinsdale. »Sie ist das Ergebnis sorgfältigen Gebets. Tut mir Leid.«

Ich stieg in den Bus mit Airconditioning und ging auf der Suche nach meinem Namensschild den Gang hinunter. Auf der einen Seite saßen die Jungen, auf der anderen die Mädchen. Die Begleiter saßen vorne hinter dem Fahrer. Er war der einzige Nicht-Mormone an Bord – ein Schwarzer mit einem weißen Hemd mit silbernen Schulterstücken. Er hatte einen Plastikbecher Kaffee mit Deckel in der Hand, und in seiner Hemdtasche sah ich eine Packung Camels. Ich fragte mich, wie weit er sich vom Bus entfernen musste, wenn er eine rauchen wollte.

Ich hatte einen Sitzplatz am Gang etwa in der Mitte des Busses, und dafür war ich dankbar: Das erleichterte es mir, die Toilette zu erreichen. In letzter Zeit musste ich überdurchschnittlich häufig pinkeln, bis zu zwei Mal pro Stunde. Ich gab den Medikamenten die Schuld. Als der Schulpsychologe im Frühjahr erfahren hatte, dass ich den Unterricht gestört und bei leichten Tests versagt hatte, hatte er meine Dosis erhöht.

Ich stand auf, um meinen Sitznachbarn Orrin Cord auf den Fensterplatz zu lassen. Er schien in Gedanken versunken und sprach nicht mit mir, sondern wandte sein Gesicht zu dem getönten Fenster und verschränkte die Hände auf seinem Schoß. Orrin war der führende Skeptiker unserer Gruppe und lebte in einer permanenten Glaubenskrise. Seine vier älteren Brüder waren alle Missionare gewesen, in Ländern von Guatemala bis Japan, und die Geschichten, die sie aus diesen fremden Kulturen mitgebracht hatten – Geschichten von Revolutionen, die von brutalen Regierungen niedergeschlagen worden waren, von amerikanischen Fabriken, die ihren Arbeitern zwanzig Cents pro Stunde dafür bezahlten, dass sie Tennisschuhe nähten, von Bauernfamilien, die ihre Töchter als Prostituierte verkauften –, hatten in Orrin eine kultivierte Verbitterung genährt. Es war ein offenes Geheimnis, dass er Tee trank, und manchmal trug er zu Jugendtreffen eine Baskenmütze. Er hatte mir erklärt, dass er mehr über die Geschichte der Kirche wüsste als alle anderen Reiseteilnehmer, einschließlich unserer Leiter, und gedroht, seine Stimme zu erheben, wenn er sie dabei ertappte, Lügen zu verbreiten.

Wir waren noch gar nicht losgefahren, da musste ich schon. Die Toilette war schmal wie ein aufrecht stehender Sarg. Über dem Waschbecken baumelte ein Kiefernduftspender in Form eines kleinen Bäumchens. Ich zielte, erleichterte mich, schüttelte ab und machte den Reißverschluss wieder zu, mir der Tatsache wohl bewusst, dass ich drei lange Tage vor mir hatte. Manchmal wünschte ich mir, mit dem Ritalin aufhören zu können, doch ich hatte Angst vor den Entzugserscheinungen, von denen ich gehört hatte: Kopfschmerzen, Reizbarkeit, Stimmungsschwankungen, Lethargie. Als ich einmal versäumt hatte, meine Tagesdosis zu nehmen, hatte ich zwölf Stunden geschlafen und war rasend und so heftig zitternd aufgewacht, dass ich mir kaum die Zähne putzen konnte.

Das Mädchen, das auf der anderen Seite des Ganges neben mir saß, lächelte, als ich wiederkam. Ich lächelte zurück. Opal Singer war von mormonischem Adel. Laut Orrin, der sich hobbymäßig mit Ahnenkunde beschäftigte, war sie eine direkte Nachfahrin von Brigham Young und seiner zweitjüngsten Frau. In Opals Adern floss das Blut der Propheten. Für sie würde die Tour zu den heiligen mormonischen Stätten eine Art Heimkehr werden, eine Pilgerfahrt, während ich erst in diese Welt eingeführt wurde.

»Aufgeregt?«, fragte ich sie.

»Ja. Ich konnte die ganze Nacht nicht schlafen.«

»Auf welchen Ort freust du dich am meisten?«

»Ich weiß nicht genau. Was ist mit dir?«

»Missouri. Der Garten Eden.«

»Bist du sicher, dass er in Missouri und nicht in Kansas ist?«

Wir sahen Orrin Hilfe suchend an.

»Missouri«, sagte er. »Der Garten Eden ist definitiv in Missouri.«

In den ersten Monaten nach der Bekehrung meiner Familie hatte ich nur Verbote und Pflichten gesehen: keine Filme ab 18, keinen »Hard«-Rock, endlose Gottesdienste, monatliches Fasten. Ich hatte gedacht, mein Leben würde öde und langweilig werden, bis ich irgendwann aussteigen würde. Ich hatte jedoch das Besondere einer Religion unterschätzt, deren heilige Stätten – die Farm im Norden des Bundesstaates New York, wo Joseph Smith Gott und Jesus erschienen waren, der Pfad des Großen Mormonentrecks über die Ebenen von Nebraska und das Gelobte Land in der Wüste Utahs – alle in Amerika lagen, ganz in der Nähe, wo man sie sich tatsächlich mit eigenen Augen anschauen konnte.

Seit dem Winter, als die Reise angekündigt worden war, hatte ich mich auf das Memorial-Day-Wochenende gefreut. Wir hatten vor, die Heiligtümer im Mittleren Westen abzufahren, von Nauvoo, Illinois, einer frühen Siedlung, bis nach Independence, Missouri, wo Jesus laut Joseph Smith' Prophezeiung auf die Erde zurückkehren und alle frommen Mormonen zusammenrufen würde, um ein »neues Jerusalem« zu errichten.

Der Bus überquerte die Staatsgrenze von Missouri nach Iowa, und ich hatte ausnahmsweise einmal nicht das Gefühl, Geschichte zu atmen. Mittags schluckte ich eine weitere Pille, die ich mit dunkler Kirschlimonade herunterspülte. Ich stellte mir vor, wie die Pille sich in meiner Speiseröhre zu kleinen weißen Energiebomben auflöste. Unter Menschen, die keine Medikamente nahmen, herrschte der Glaube vor, Pillen würden einen benommen machen, während sie einen in Wahrheit so gnadenlos aufpeppten, dass man sich stundenlang in einfachen Tätigkeiten wie dem Falten von Kleidungsstücken verlieren konnte. Und in diesem Sommer war ich sogar aus dem Rhetorikteam geflogen, weil ich es einfach nicht mehr abwarten konnte, bis ich an der Reihe war.

»Was ist los? Stimmt irgendwas nicht? Ist dir schlecht?« Opal hatte offensichtlich gesehen, wie ich die Pille genommen hatte.

»Ja.« Es war immer einfacher, ja zu sagen.

»Vielleicht brauchst du eine Handauflegung. Du könntest Elder Tinsdale bitten, dich zu segnen, wenn der Bus das nächste Mal hält.«

Ich nickte und sagte, ich würde es mir überlegen. In Wahrheit funktionierte das Handauflegen bei mir nicht. Vor einem halben Jahr, um die Weihnachtszeit, hatte ich furchtbare Ohrenschmerzen und bat die Kirche um Hilfe. Zwei Älteste setzten mich auf einen Klappstuhl, legten ihre Hände auf meinen Kopf und begannen zu murmeln. Nachdem sie für Beistand durch den himmlischen Vater gebetet hatten, fuhren sie fort, mir meine Zukunft vorherzusagen. Sie prophezeiten mir ein Leben voll glänzender Verheißungen: eine bedeutende Stellung, großen Einfluss und eine liebevolle Frau, die mir viele Kinder gebären würde.

In den nächsten Stunden ließen meine Ohrenschmerzen ein wenig nach, aber am darauf folgenden Morgen wachte ich mit einem dröhnenden Schädel auf. Aus Angst, dieser Rückfall könnte den ohnehin schwindenden Glauben meiner Familie weiter schwächen, versuchte ich, die Schmerzen zu ignorieren. Es funktionierte nicht. Nach dem Mittagessen gab Audrey nach und rief einen Spezialisten an. Mike sah enttäuscht aus, als würde er sich irgendwie betrogen fühlen. Ein Teil dessen, was ihn am Mormonentum angezogen hatte, war die Aussicht, keine Arztrechnungen mehr bezahlen zu müssen.

Je weiter wir nach Iowa vordrangen, desto flacher wurde die Landschaft. Opal döste ein. Ein silberner Speichelfaden sickerte über ihr Kinn. Ihr Arm hing über die Lehne zum Gang, Kettchen und Armbänder klimperten. Ich kannte kein Mädchen, das so viel Schmuck besaß. Die Vielzahl ihrer Blechmedaillons, falschen Goldkettchen, Ohrclips und Glasringe verlieh ihr eine antike, beinahe persische Aura, als hätte ein Sultan sie mit Geschenken aufgewogen.

Orrin stieß mich mit dem Ellenbogen an. »Hast du schon den Heiligen Geist?« Sein Witz bezog sich auf Elder Tinsdales Versprechen, dass wir ein warmes Kribbeln im Bauch spüren würden, wenn wir uns der ersten Station unserer Reise näherten.

»Noch nicht.« Ich stand von meinem Platz auf. Ich musste schon wieder pissen.

»Wohin gehst du?«, fragte Orrin. Er wusste es verdammt genau. Ich hatte den Fehler gemacht, ihm meinen Zustand zu offenbaren.

»Halt's Maul«, sagte ich.

Orrin blickte auf seine Uhr. »Eine Minute – ich stoppe die Zeit. Wenn du länger als eine Minute brauchst, trete ich die Tür ein.«

Ich wurde schamrot und ging. Das Zeitlimit war ein Kniff gegen Masturbation, der in den Broschüren empfohlen wurde, die unser Bischof verteilte. Weitere Tipps rieten, mit den Händen auf der Decke zu schlafen oder ein Suspensorium unter der Unterwäsche zu tragen. Offenbar hielt die Kirche Bequemlichkeit für einen entscheidenden Faktor bei der Masturbation und glaubte, dass bereits die kleinste Verzögerung einen jungen Mann zur Aufgabe bewegen könnte.

Dummerweise hatte Orrin mich auf Gedanken gebracht, und sobald ich die Toilettentür hinter mir verschlossen hatte, wollte ich einfach dort bleiben. Das Bild von Opals feuchtem Kinn drohte übermächtig zu werden. Zur Selbstkontrolle wandte ich eine weitere Technik an, die mir Bischof Salaman bei einem unserer monatlichen moralischen Rüstgespräche beigebracht hatte. »Wenn du spürst, dass du dich berühren willst«, hatte er gesagt, »stell dir vor, deine Phantasiefrau hätte eine Wunde, eine tiefe, blutende Wunde. Das reißt dich sofort wieder raus.«

Dank meiner Medikamente wurde meine Vorstellung ziemlich lebendig. Die blutende Wunde in Opals Leib – ein leuchtend roter Spalt unter ihrem Brustkorb – erregte mich nur noch mehr.

»Du hast das Zeitlimit überschritten«, sagte Orrin, als ich zurückkam. Er hatte seine braune Baskenmütze und eine verspiegelte Sonnenbrille aufgesetzt. Auf seinem Schoß lag ein Notizblock, auf der obersten Seite stand: »Checkliste Fehlinformation und Falschdarstellung«.

»Wenn ich neben Opal sitzen würde«, sagte Orrin, »würde ich das Zeitlimit auch überschreiten. Das ist kein Zufall.«

»Was ist kein Zufall?«

»Dass sie euch nebeneinander gesetzt haben.«

»Sie?«

»Die höheren Mächte. Die Bischofschaft. Offenbar haben sie Angst, dass du die Kirche verlässt. Das tun die meisten Bekehrten. Also haben sie sie als Köder dorthin gesetzt.«

Im Laufe der Fahrt führte Orrin seine Theorie weiter aus. Die Kirche, so glaubte er – und zitierte mehrere Beispiele dafür –, würde nur durch Liebe und Sex überdauern. Letztendlich war es der Reiz, eine hübsche Mormonin zu heiraten, der die Mormonenmänner bei der Stange hielt. Meine eigenen Beobachtungen bestätigten Orrins Idee. Im Gegensatz zu den Mädchen in meiner Schule hatten mormonische Mädchen eine frühreife Selbstsicherheit und waren auf eine seltsam üppige Art verführerisch. Sie sprachen mit tiefer Stimme und benutzten Mascara. Sie trugen fast nie Turnschuhe, sondern immer Schuhe mit Absätzen und cremten sich ständig die Hände.

»Die Kirche ist gegen Sex vor der Ehe – *sagt* sie –, aber in Wahrheit fördert sie ihn. Das muss sie, wenn sie überleben will. So ist es von Anfang an gewesen, schon seit den Tagen der Pioniere. Und glaub mir, die Mädchen kennen ihre Pflicht. Sie *tun* ihre Pflicht.«

»Opal auch?«

»In dem Moment, in dem sie dich neben sich sitzen sah, wusste sie, dass sie einen Auftrag hatte. Sie ist knallrot geworden.«

»Du lügst. Du machst dich wieder über mich lustig.«

»So etwas nimmt ein mormonisches Mädchen mit der Muttermilch auf. Sie haben einfach diesen Instinkt. Sie sehen ein Schaf, das vom rechten Weg abgekommen ist, und führen es zur Herde zurück. Aber du musst mir ja nicht glauben.«

»Das tue ich auch nicht.«

»Kluge Einstellung. Nichts für bare Münze nehmen, sondern auf einen Beweis warten.« Orrin blickte wieder aus dem Fenster auf den Highway. »Spürst du den Geist schon?«

»Nein.«

»Ich auch nicht«, sagte er. »Ich verrate dir ein Geheimnis: Es gibt ihn gar nicht.«

»Bevor die Heiligen, vertrieben von Hass und Verfolgung, gen Westen nach Utah zogen, erbauten sie diese Stadt, die größte im ganzen Staat. Sie gründeten eine Bürgerwehr und errichteten einen hoch aufragenden Tempel. Der Prophet, Joseph Smith, kandidierte für das Präsidentenamt. Nauvoo, Illinois, war eine Nation in der Nation, blühend und lebendig, Objekt neidischer Missgunst ihrer Anrainer.«
Elder Tinsdale beendete seine Rede und ermutigte uns, Fragen zu stellen. Orrin hob die Hand.
»Was ist mit der Mehrehe? Das haben Sie ausgelassen. Das war der *eigentliche* Grund, warum die Mormonen nach Westen vertrieben wurden.«
Elder Tinsdale wandte sich an Sister Helms, die strengste und älteste unserer Anstandsdamen. »Polygamie«, sagte sie, »entspricht nicht den Lehren der Kirche.«
»Aber früher«, sagte Orrin.
»Was vergangen ist, ist vergangen. Die Kirche entwickelt sich weiter. Sie verändert sich.«
»Ich dachte, es wäre der Sinn dieser Reise, etwas über die *Geschichte* zu erfahren.«
Die Gruppe bildete eine Schlange, und wir folgten den Leitern in das von der Kirche geführte Besucherzentrum. Wir kamen an einem Gemälde von einem betenden Bauern und einem weiteren von Jesus in Mittelamerika vorbei, wo er dem mormonischen Glauben zufolge nach seinem Tod und seiner Auferstehung den Bewohnern erschienen war. In einer nachgestellten Szene des Familienlebens von Joseph Smith saßen zwei lebensgroße Puppen auf antiken

Stühlen um einen Kamin. Elder Tinsdale dimmte das Licht und startete die Projektion menschlicher Gesichter auf die konturlosen Köpfe der Puppen. Die Plastikfiguren erwachten auf gespenstische Weise zum Leben, ihre »Stimmen« ertönten aus versteckten Lautsprechern.
Das Thema Polygamie wurde nicht wieder erwähnt, und Orrin schlurfte mürrisch neben mir her. »Was für eine Schönfärberei«, flüsterte er immer wieder. Meine Blicke waren auf die vor uns gehende Opal fixiert. Ihre Haut über einer hauchdünnen Schicht von Babyspeck war glänzend braun wie Karamellbonbons. Ihre Wimpern waren so lang, dass sie unecht aussahen. Sie stellte keine Fragen und wirkte verärgert, wenn andere es taten. Ich beneidete sie um den schlichten Glauben, den sie ausstrahlte, ihre Bereitschaft, sich führen und belehren zu lassen. Es beeindruckte mich beinahe so sehr wie Orrins Verstand.
Mittags gab es ein Picknick im Park. Die Leiter saßen zusammen unter einem Baum, tranken Limo mit Traubengeschmack und knabberten an gegrillten Hähnchenschenkeln. Bis auf Elder Tinsdale waren es nur Frauen. Seit seiner Scheidung vor einem Jahr – eine Trennung, die die Kirche für schicklich hielt, weil Sister Tinsdale sich den Scientologen angeschlossen hatte – war er von hilfsbereiten älteren Damen umringt gewesen, die sein Haus putzten und für ihn einkaufen gingen. Jetzt beugten sie sich leicht vor und sahen ihm beim Essen zu. Bei jedem seiner Worte nickten, seufzten oder lachten sie, und wenn sein Glas leer war, schenkten sie ihm nach.
»Ich habe mit Opal geredet«, sagte Orrin und schnappte sich einen noch unberührten Hähnchenschenkel von meinem Teller.
»Und was ist passiert?«

»Sie sagt, du wärst ein Fuchs. Sie liebt dein Haar. Sie findet allerdings, du könntest es vielleicht ein bisschen kürzer tragen.«

»Wann wird sie deiner Meinung nach aktiv werden?«

»Weiß ich nicht. Ich wünschte nur, *ich* wäre ein Bekehrter«, sagte Orrin. »Man kann Schicht für Schicht ins Innere vordringen. Die Geheimnisse enthüllen. Den vergrabenen Schatz entdecken. Ich bin schon drinnen geboren, und jetzt ist alles so schal.«

Nach dem Essen besichtigten wir Nauvoo zu Fuß. Vom Mississippi wehte ein fischiger Geruch über die Stadt und ließ mich zum westlichen Horizont blicken. In dem Haus, in dem Joseph Smith gelebt hatte, standen wir hinter Samtkordeln und bestaunten eine Küche, in der weibliche Puppen Bohnen und Mais einkochten. Ich trat ein wenig zurück, um ein paar kleinere Kinder vorzulassen, und fand mich neben Opal wieder. Unsere Ellenbogen stießen aneinander.

»Ich höre, du bist mit Brigham Young verwandt«, sagte ich.

»Wer ist das nicht?«, witzelte Opal, und dafür mochte ich sie noch mehr. »Anfang des Jahrhunderts gab es in St. George, Utah, einen Mann mit mehr als tausend Enkeln.«

»Ich wette, er war müde.«

»Müde wovon? Du *Perversling*!«

Als Nächstes bewunderten wir das Arbeitszimmer des Propheten. Opal spielte mit einem Kettchen an ihrem Handgelenk. Sie betrachtete ihren Handrücken, als würde sie nach Makeln suchen. »Meine Haut wird faltig«, sagte sie. »Ich bin siebzehn. Vor hundert Jahren wäre ich jetzt schon verheiratet gewesen. Dann müsste ich mir um mein Aussehen keine Sorgen mehr machen.«

»Ich finde, du siehst gut aus.«
»Danke. Das hilft. Ich finde, du siehst auch gut aus.«
Elder Tinsdale drängte sich zwischen uns, und Opal fiel zurück. Elder Tinsdale legte seine breite, behaarte Hand auf meine Schulter. Seine Gabe, »sich auf die Ebene der Jugendlichen hinabzubegeben«, war in der ganzen Gemeinde berühmt, obwohl sie sich im Grunde nur auf häufigen Körperkontakt beschränkte.
»Spektakuläre Reise, was?«, sagte er. »Was für eine Art zu lernen.«
»Was sehen wir uns morgen an?«
»Das Gefängnis von Carthage. Da hat der Pöbel Joseph Smith erschossen, die Schweine.«
Ich sah ihn an.
»Verzeihung.«
»Ich fluche auch manchmal.«
»Ich nehme den Tod des Propheten persönlich, und das sollte ich nicht. Es ist alles nach dem göttlichen Plan verlaufen.«
Es entstand ein Schweigen. Elder Tinsdales Magen knurrte. Ich bereute langsam, dass ich nichts zu Mittag gegessen hatte.
»Opal ist eine ganz besondere junge Frau«, sagte Elder Tinsdale. »Der himmlische Vater hat ihr besondere Gaben verliehen.«
»Ich weiß«, sagte ich leise.
»Wie geht es deiner Familie?«
»Besser. Viel besser. Mein Bruder ist ein Tennisstar. Mein Vater hat ein lukratives Angebot für sein Geschäft bekommen. Wir ziehen in ein größeres Haus neben einem Golfplatz.«
»Hört sich an, als wären ihre Gebete erhört worden. Das freut mich. Und du wirst dich auf dieser Reise gut amüsieren, okay?«

»Ja. Versprochen.« Ich blickte auf Opals Schultern. Elder Tinsdale knuffte meinen Arm. »Spektakulär.«

In jener Nacht schliefen wir auf dem kalten Linoleumboden einer kircheneigenen Turnhalle. Nach Mitternacht wachte ich mit heftigem Druck auf der Blase auf und schälte mich aus meinem Schlafsack. Auf Zehenspitzen schlich ich durch die Reihen schnarchender Mormonen und fühlte mich angenehm bewacht und geborgen. Vor unserer Bekehrung hatte ich zu gar nichts gehört, nur zu unserer Familie und meiner Schule, aber jetzt war ich Teil einer Bewegung, einer Gemeinschaft. Ich hatte überall im Land und auf der ganzen Welt Freunde.

Als ich aus der Toilette kam, hörte ich ein Geräusch. Ich drehte mich um und sah Opal barfuß in Shorts und T-Shirt. In einem ihrer Mundwinkel hatte sich eine Kruste gebildet, und eine Wange war ganz rot vom Abdruck ihres Schlafsackreißverschlusses.

»Ich kann nicht schlafen, wenn ich von zu Hause weg bin«, sagte sie. »Ich vermisse meine Frettchen.«

»Sind Frettchen nette Haustiere?«

»Bis sie erwachsen sind und fett werden. Dann fangen sie an zu stinken. Lass uns rausgehen – hier drin erstickt man ja.«

Von der Wiese hinter der Kirche konnte man den Mississippi sehen, seine glatte, leuchtende Oberfläche war riesig. Die Sterne waren so nah, dass sie dreidimensional wirkten. Ein blinkender Satellit zog am Himmel seine Bahn. Opal zitterte, nahm meine Hand und drückte sie.

»Es ist da oben, ich weiß es«, sagte sie. »In all seiner Herrlichkeit.«

Ich nahm an, sie meinte die celestiale Herrlichkeit,

die höchste Stufe in dem dreirangigen mormonischen Himmel. Die beiden unteren Ebenen, die terrestriale und die telestiale Herrlichkeit, waren auch noch hinreichend nette Fleckchen, aber nicht wirklich herausgehoben. Nur in der celestialen Herrlichkeit konnte ein treuer mormonischer Ehemann seine Frau bei einem geheimen Namen rufen, der ihm während der Siegelung im Tempel enthüllt worden war. Wenn das Paar dann im Jenseits wieder vereint war, konnte es sich in alle Ewigkeit fortpflanzen, mit seinem Nachwuchs neue Planeten bevölkern und über diese Welten regieren wie Gott über unsere.
»Die Jugendlichen, die unseren Glauben nicht teilen, tun mir Leid. Sie blicken in den Himmel und sehen nur … Himmel.«
Opal legte meine Hand auf ihr Knie. »Ist es egoistisch, wenn man will, dass andere Menschen dasselbe haben, was man selbst hat?«
»Nein. Ich glaube, das ist das Gegenteil von egoistisch.«
»Rück näher. Mir ist kalt.«
Ich legte meinen Arm um sie.
»Ich bin ein glücklicher Mensch«, verkündete Opal. »Ich weiß, heutzutage ist es uncool, das zuzugeben, vor allem wenn man jung ist. Pech – ich bin glücklich. Ich weiß, wohin mein Weg mich führt. Ich weiß, wo er enden wird. Die Leute sagen, man sieht es in meinen Augen. An meinem Gesichtsausdruck. Früher war es mir immer peinlich, so zufrieden auszusehen, aber jetzt ist es mir egal. Ich habe beschlossen, mein Licht leuchten zu lassen.«
Dabei legte Opal ihren Kopf an meine Schulter. Der Duft von ihrem Shampoo stieg mir in die Nase. Sie drehte ihren Kopf und pustete gegen mein Ohrläppchen, eine Folge zarter, regelmäßiger Stöße.

»Kitzelt das?«
Ich nickte.
»Hast du Drogen genommen?«, fragte sie. »Bevor du bekehrt worden bist, meine ich.«
»Ich habe eine Menge Drogen genommen.«
»Und wie war das?«
»Kommt drauf an.«
»Worauf?«
»Auf die Droge.«
Opal gähnte, öffnete meine Hand und fuhr mit dem Zeigefinger an den verästelten Linien entlang. Sie leckte an meinem Hals. Erst kurz und flüchtig, dann immer länger, bis ihre Zunge von meinem Ohr bis zu meinem Schlüsselbein wanderte. Ich spürte meine Arterie gegen ihre Zungenspitze pulsieren und fühlte, wie meine Brust heiß wurde. Opal schob ihre Hand zwischen den Knöpfen hindurch und spielte mit meiner Brustwarze.
»Mach deinen Gürtel auf«, sagte sie. »Ich möchte dich da berühren.«
Ich zögerte, und Opal sagte: »Du brauchst mich. Es ist schön, dass du mich brauchst. Jetzt mach auf.«
Ich tat es. Kühle Luft wehte durch meinen Reißverschluss, gefolgt vom warmen Griff von Opals Hand. Anfangs fühlte sich meine Haut taub und gummiartig an, doch bald reagierte ich. Ich ließ die Schultern sinken. Opal sog ihre Wangen ein, um ihren Mund zu befeuchten und senkte dann den Kopf. Sie schob ihre Haare beiseite. Das Letzte, was ich sah, bevor ich die Augen schloss, war Opals Hand, die sich unter ihr eigenes Bündchen schob.
Ihre Effizienz war wirklich bezaubernd. Es war ein sauberer, glatter Akt. Danach fühlte ich mich glänzend und aufpoliert.
Hinterher sagte Opal: »Keine Drogen mehr – ver-

sprichst du mir das? Ich habe sie geschmeckt. Sie schmecken wie Chemikalien.«

Ich küsste ihr Haar und ihre Stirn. »Das hat sich perfekt angefühlt. Ich möchte mehr mit dir machen. Wann können wir mehr machen?«

Plötzlich wirkte Opal schüchtern. Sie verbarg ihr Gesicht vor mir. Sie rupfte ein Büschel Gras aus und ließ es zu Boden rieseln. »Vielleicht nie. Ich weiß nicht. Es ist kompliziert.«

»Warum?«, fragte ich. »Beim nächsten Mal können wir es andersherum machen.«

»Das wäre schön. Tut mir Leid. Ich weiß einfach nicht«, sagte sie.

»Wegen der Drogensache?«

Opal schüttelte den Kopf und seufzte.

»Warum?«

»Weil andere Menschen mich auch brauchen.«

Die Treppe im Gefängnis von Carthage war so eng, dass Elder Tinsdale uns in Gruppen einteilte, bevor wir das Gebäude betraten. Zwischen Opals Rücken und meiner Brust ließ er den Arm sinken wie eine Bahnschranke, und sie ging ohne mich weiter. Sie sah sich nicht um. Sie war den Vormittag über freundlich zu mir gewesen, aber nicht warm und offen, und ich fragte mich, ob sie mich auf eine Probe stellen wollte oder ob ich ihr bei Tageslicht irgendwie anders erschien. Ich hatte mein Ritalin, wie versprochen, beim Frühstück weggeworfen und befand mich jetzt in einem Zustand nervöser Selbstkontrolle: Ich wartete, ob meine Symptome zurückkehren würden: das Fußwippen, das Gequassel und die Kribbeligkeit.

Opals Gruppe, in der auch Orrin war, verließ das Gefängnis, als meine hineinging. Orrin schüttelte den

Kopf. Er sah angewidert aus. Ich hörte, wie er Opal erklärte: »Smith war ein Freimaurer. Als sie ihn erschossen haben, hat er den freimaurerischen Hilferuf ausgestoßen. Warum muss die Kirche diese Dinge *geheim* halten?«

»Ich bin sicher, sie hat ihre Gründe«, sagte Opal.

Oben in der Gefängniszelle ließ Elder Tinsdale das Martyrium des Propheten lebendig werden. »*Hier* ist der Pöbel eingedrungen«, sagte er. »Joseph Smith stand *hier*. Sie haben ihn zu dem Fenster *dort* drüben getrieben.« Er forderte uns auf, uns um das Fenster zu versammeln und einen alten Steinbrunnen auf der Straße zu betrachten, in den die Mörder die Leiche des Propheten geworfen hatten. »Erlaubt mir, persönlich Zeugnis abzulegen. Wenn ich hier an diesem blutigen und schrecklichen Ort stehe, weiß ich, dass das Evangelium wahr ist. Ich spüre seine Macht. Ich bitte euch, innerlich ruhig zu werden und dieses Wissen mit mir zu teilen.«

Irgendjemand nieste, und die Gruppe verstummte.

»Dieses warme Gefühl in der Magengrube – spürt ihr das?«

»Ja«, sagte ein Mädchen.

»Spürst du es auch, Justin? *Justin?*«

Ich blickte überrascht auf. »Noch nicht«, antwortete ich wahrheitsgemäß.

»Lass dir Zeit. Sei ganz still und konzentriere dich.«

Ich hatte Angst, dass ich anfangen würde, mit den Füßen zu wippen, doch das tat ich nicht. Es gelang mir erstaunlicherweise sogar, jeden Gedanken aus meinem Kopf zu vertreiben, was in meiner Lage für sich genommen schon ein Wunder war. Langsam spürte ich ein schwaches Kribbeln, bei dem es sich um den Heiligen Geist, eine Entzugserscheinung oder auch das Gefühl handeln konnte, das von der

Nacht mit Opal geblieben war. Ich entschied mich für den Heiligen Geist.

»Was ist los?«, fragte Elder Tinsdale.

»Ich spüre es.«

»Du klingst aber nicht besonders überzeugt.«

»Aber das bin ich. Ich spüre es.«

Mein Zeugnis machte mich trotz seiner Zögerlichkeit sofort zum Helden. Ich hatte einen Riesentreffer gelandet. Auf dem Rückweg gratulierte meine Gruppe mir. Die Mädchen umarmten mich, und die Jungen klopften mir auf den Rücken. »Saubere Arbeit«, sagte einer. Ich fühlte mich aufgerichtet, bewundert und begehrt. Ich hatte jetzt einen Fanclub, meine private Anhängerschar. Wenn mir jemand einen Streifen Kaugummi anbot und ich darauf biss, fühlte ich mich von dem Geschmack getragen. Es war der Geschmack der Gewissheit, dazuzugehören.

Die Busfahrer starteten die Motoren und öffneten die Türen. Elder Tinsdale bat uns um Aufmerksamkeit. »Wie ihr feststellen werdet, haben wir die Sitzordnung geändert, also haltet nach euren Namensschildchen Ausschau. Wer vorher keinen Fensterplatz hatte, sollte jetzt einen haben. Außerdem habt ihr so die Gelegenheit, neue Freunde kennen zu lernen.«

Als ich den Gang hinunterging, sank mein Mut. Auf Orrins altem Platz saß jetzt ein Junge namens Tim Kriss, Orrin hatte meinen Platz gegenüber von Opal übernommen, die nicht gewechselt hatte. Als ich an ihr vorbeikam, schlug sie die Augen nieder und eine Seite in ihrem Buch Mormon um. Ich spürte eine ohnmächtige Wut. Meine Stirn spannte sich. Die Kopfschmerzen, auf die ich gewartet hatte, stellten sich ein.

Schließlich fand ich meinen Platz – auf einer Dreierbank in der letzten Reihe neben der Toilette. Ich setz-

te mich. Neben mir saß Sister Helms, eine der Leiterinnen.
»Wir dachten, du würdest dich hier hinten vielleicht wohler fühlen. Uns ist aufgefallen, dass du sehr häufig musstest«, sagte sie.
»Das lag an meinem Medikament. Das nehme ich jetzt nicht mehr.«
»Dein Medikament gegen was?«, fragte Schwester Helms.
Die Kopfschmerzen wurden schlimmer und strahlten in den Nacken aus. Mein Atem ging schneller, was jedoch meinen Sauerstoffbedarf trotzdem nur unvollständig deckte. Ich hatte einen Zusammenbruch. Ich konnte mich nicht konzentrieren.
»Du knirschst mit den Zähnen«, sagte Sister Helms. »Beruhig dich.«
»Ich bin ruhig. Ich bin vollkommen ruhig.«
Sister Helms nickte und rutschte einen Platz weiter.

Am Garten Eden parkten wir neben den Toiletten und Mülleimern. Am Nachmittag hatten wir bei einem Burger King Halt gemacht, und alle hatten irgendwelchen Müll wegzuschmeißen. Meine Mitreisenden gähnten, streckten sich, atmeten tief durch oder gingen im Kreis, um ihre Krämpfe zu lösen. Es war ein kühler Abend, und eine Brise fuhr mir durchs Haar und ließ mich umkehren, um mir aus dem Bus meine Jacke zu holen. Auf dem Armaturenbrett entdeckte ich die Camels des Fahrers und steckte die ganze Packung samt Streichhölzern ein. Was ich wirklich brauchte, war Aspirin, doch Mormonen betrachteten jedes Medikament, egal welches, mit Argwohn, sodass ich bezweifelte, dass irgendjemand zugeben würde, Kopfschmerztabletten dabeizuhaben, selbst wenn ich den Mut aufgebracht hätte, danach zu fragen.

Die Gruppe bildete einen Kreis auf dem Parkplatz, um Elder Tinsdales Vortrag zuzuhören. Orrin und Opal schienen mir aus dem Weg zu gehen. Sie standen neben Elder Tinsdale, die Schulter parallel gegen den Wind gestemmt, und hingen an seinen Lippen. Orrins Gesicht war nicht mehr so verkniffen. Er hatte seine Sonnenbrille ins Haar geschoben und einen leuchtenden Senffleck auf dem Kinn. Opal befeuchtete einen Finger und wischte ihn ab.

Ich fühlte mich betrogen. Ich ballte die Fäuste. Ich konnte nicht glauben, wie schnell sie mich abgelegt und sich einem anderen zugewendet hatte. Um sie zu vergessen, konzentrierte ich mich auf Elder Tinsdale, fand seine Ausführung jedoch reichlich unglaubwürdig. Ich hatte meine eigenen Vorstellungen vom Garten Eden, vor allem von seiner geographischen Lage. Ich stellte ihn mir irgendwo im Mittleren Osten vor, mit Sand bedeckt, eine versteckte, verwitterte Ruine. Ich stellte mir ausgetrocknete Flussbetten und Berge am Horizont vor – und kein gewöhnliches Tal in Missouri mit Büschen und Gras und knotigen Harthölzern. Trotzdem versicherte Elder Tinsdale uns, dass es wahr sei: An genau dieser Stelle hatte Gott Adam Leben eingehaucht, und hierher würde Jesus Christus eines Tages zurückkehren und die Auserwählten um sich scharen – einhundertvierundvierzigtausend treue Seelen, die ihm folgen und die Werkzeuge nach Independence bringen würden, um den Ewigen Tempel zu errichten.

Elder Tinsdale beendete seine Rede mit einem weiteren persönlichen Zeugnis. Neben mir hatte Tim Kriss zu zittern begonnen. Sister Helms streckte den Arm aus und tätschelte ihm die Hand. Noch greifbarer als in der Gefängniszelle erfassten hohe Gefühlswellen die Gruppe – diesmal allerdings nicht durch mich verursacht. Ein Junge rief: »Vater!« Ein Mädchen begann zu weinen. Der Star-Center unseres Basketballteams schlang die Arme um sich und wiegte seinen Oberkörper mit geschlossenen Augen sanft hin und her. Sogar Orrin wirkte mäßig ergriffen; er legte den Kopf in den Nacken, um die untergehende Sonne zu betrachten, während Opal, heiter wie immer, lächelnd neben ihm stand.

Elder Tinsdale brachte die Versammlung zur Ordnung, indem er uns anwies, nach Belieben über die Pfade zu wandeln, die vom Parkplatz in die umliegenden Wälder und Felder führten. »Sucht euch ein friedliches Fleckchen zum Beten und Meditieren. In einer Dreiviertelstunde hupen die Busse.«

Ich wollte alleine losgehen, um eine Zigarette zu rauchen, doch als ich sah, dass Opal und Orrin die Gruppe gemeinsam verließen und durch ein Giftefeuwäldchen davonschlichen, beschloss ich, ihnen zu folgen. Sie hielten einander beim Gehen an den Händen gefasst, und ihre Schritte waren leicht und im Einklang. Ich ließ mich ein Stück zurückfallen, zündete eine Camel an und spielte mit dem Gedanken, das Streichholz in einen trockenen Busch am Wegesrand zu werfen. Den Garten Eden niederzubrennen wäre eine echte Leistung, und ich war überrascht, dass es bisher noch niemand versucht hatte. Orrin und Opal waren mittlerweile außer Sichtweite. Ich hatte eine Ahnung, was sie miteinander vorhatten, war mir jedoch nicht sicher, ob ich es sehen wollte.

Ich ließ das Streichholz fallen, trat es aus und rechnete es mir als gute Tat an, bloß weil ich die böse unterlassen hatte. Ich war unkonzentriert und zerstreut, und als ich die Augen schloss und betete, vergaß ich auf halber Strecke, wofür ich eigentlich gebetet hatte. »Himmlischer Vater, schütze meine Familie. Heile mich von meiner Kribbeligkeit. Führe mich bei meiner zukünftigen Mission.« Ich öffnete die Augen und ging weiter den Weg hinunter, Orrin und Opal unwillkürlich doch folgend.

Ich hörte sie, bevor ich sie sah. Irgendjemand schluchzte – heftig, schniefend, bebend. »Okay, okay, ich hör ja schon auf«, sagte Opals Stimme. Ich trat hinter dem Busch hervor und blickte nach unten. Orrin saß auf seiner am Boden ausgebreiteten Jacke, seine Levi's hing in seinen Kniekehlen. Opal hockte mit aufgeknöpfter Bluse neben ihm, sie trug einen leuchtend pinkfarbenen BH. Orrin ohrfeigte sich selbst wie Männer, die Aftershave auftragen. Seine Augen waren rot und verheult. Er murmelte immer wieder die Anti-Sex-Beschwörungsformel.

»Sie ist verletzt, sie blutet …«

Ich fand den Anblick empörend und auch ein bisschen widerlich, aber ich konnte die Augen nicht abwenden. Opal packte Orrins Handgelenke, doch er wehrte sich. »Weg. Lass mich in Ruhe. Lass mich los«, sagte er. Opal gab nach und begann, ihre Bluse zuzuknöpfen.

»Sie blutet, sie hat eine Wunde.«

»Hör auf damit.«

Orrin zog sich die Hose hoch und fummelte an seinem Gürtel herum. Er hatte standgehalten, er hatte die Versuchung besiegt, doch statt Respekt empfand ich nur Verachtung. Er war all das, was er vorgab, nicht zu sein: programmiert, ängstlich, eingeschüchtert und schwach. Sein Skeptizismus, den ich bewundert hatte, war nur eine Show, was mich vermuten ließ, dass seine Güte ebenfalls nur Show war.

Und auch wenn Opals Vorstellung von Heiligkeit mich schon ein wenig irritierte, hatte sie zumindest den Mut, sie durchzuziehen. Orrin war sein Glaube an Gott peinlich, während Opal eher verwirrt wirkte, was mir irgendwie echter vorkam.

Verwirrung konnte ich respektieren. Verwirrung verstand ich.

Ich kauerte mich ins Gebüsch und wartete, dass sie gingen. Opal stand auf und streifte ihre Sandalen über, während Orrin auf seiner Jacke sitzen blieb und den Kopf hängen ließ. Ich konnte durch den offenen Reißverschluss seine weiße Unterhose sehen. Meine Kopfschmerzen, die für einen Moment abgeklungen waren, setzten mit neuer Heftigkeit wieder ein. Ich bemerkte, dass meine Knie zitterten.

Orrin hob den Kopf. »Komm zurück. Geh nicht. Vielleicht habe ich das Falsche getan.«

»Natürlich nicht. Du machst doch *nie* etwas falsch.«

»Ich werde für dich beten.«

Opal zeigte Orrin den Stinkefinger und ging weg. Ich wartete einen Moment und folgte ihr dann. Ich hatte meine Unschuldsmiene sorgsam geprobt. Ich wählte einen Seitenpfad, der den Weg, auf dem Opal ging, kreuzte. Ich war vor ihr da und versuchte, erfreut und überrascht auszusehen, als sie auf mich zukam.

»Hi. Ich habe gerade meditiert.«

»Schön für dich«, sagte Opal. Sie versuchte, an mir vorbeizugehen, doch ich hielt mich weiter neben ihr.

»Unglaublicher Ort. So inspirierend. Ich habe wieder den Geist gespürt.«

Opal beschleunigte ihre Schritte. »Geh weg. Hör auf, mich zu nerven.«

»Ich vermisse dich. Ich möchte mit dir reden. Lass uns reden. Warte. Ist es nicht unglaublich hier? Was ist denn los?«

Opal blieb stehen, fuhr herum und sah mich an. Ihre Nasenlöcher waren rosa, feucht und gebläht. »Das meine ich ernst. Lass mich in Ruhe. Ich habe die Schnauze voll von Typen, die klammern. Ich habe es satt, für alle die Mutter zu spielen.«
Ich konnte nicht still stehen. Ich nickte. Ich wippte mit einem Fuß. »Klar«, sagte ich. »Klar. Okay. Ich verstehe. Okay.«
»Du zitterst ja«, sagte Opal. »Du machst mir Angst.«
»Mir geht es gut.«
»Lass dich segnen, okay? Du brauchst eine Segnung.«
»Das hab ich schon mal versucht. Es hat nichts geholfen.«
»Dann versuch es noch mal.«

Am letzten Tag der Reise fuhren wir nach Independence und standen auf einem begrasten Hügel herum, wo nach dem Glauben der Mormonen eines Tages der große Tempel stehen würde. Alle wirkten verkrampft und unausgeschlafen, und jeder Zweite hatte sich eine Grippe eingefangen.
Sogar Elder Tinsdale war krank geworden. Während er uns über den Tempel belehrte, schob er im Mund ein Hustenbonbon hin und her, sodass manche seiner Worte nur schwer zu verstehen waren.
»Der Befehl, ihn zu errichten, könnte schon bald kommen. Vielleicht morgen. Vielleicht werden einige von euch sogar dabei sein. Stellt euch vor, wie es sein muss, Spaten und Meißel zu schwingen, wenn Jesus euer Vorarbeiter ist. Was für ein Gefühl.«
Ich betrachtete den Lehm und das Unkraut, das Restaurant und das Parkhaus gegenüber, die Autos, Laster und Ampeln, doch ich konnte mir die Türme und

Verstrebungen, die Elder Tinsdale beschrieb, nicht vorstellen.

Wie üblich erfuhr ich von Orrin die wahre Geschichte. »Das Grundstück, auf dem der Tempel errichtet werden soll, *gehört* der Kirche nicht mal. Eigentümer ist eine andere Religionsgemeinschaft. Eine Ironie des Schicksals, was?«, sagte er.

»Ich hab es satt, immer nachzudenken. Ich versuche es jetzt mal mit Glauben.«

»Glauben an was? An einen Haufen Märchen?«

»An ein paar davon.«

Auf der langen Heimfahrt fiel die Heizung aus. Die Leute setzten sich, wohin sie wollten, und pflegten mit Packen von Tempos ihre Erkältungen. Elder Tinsdale war erschöpft und schlief so fest ein, dass er nicht einmal den eingepackten Big Mac bemerkte, den Sister Helms sanft auf seinen Schoß legte. Als es dämmrig wurde, schaltete der Fahrer die Innenbeleuchtung aus, und irgendjemand legte *The Osmonds' Greatest Hits* auf. Ich ging nach hinten, wo Opal allein mit dem Buch Mormon auf den Knien saß. Sie rutschte zur Seite.

»Ich habe mich angesteckt«, sagte sie, als ich mich neben sie setzte.

Ich zuckte die Schultern.

»Ich kann verstehen, wenn du sauer auf mich bist«, sagte sie.

»Ich bin nur kaputt.«

»Das ist der Infekt.«

»Das ist nicht der Infekt«, sagte ich.

Die Osmonds-Kassette lief, als wir eine lange Stahlbrücke nach Illinois überquerten. Es war ein seltsames Gefühl, das Heilige Land zu verlassen, ohne zu wissen, wann man, wenn überhaupt, dorthin zurückkehren würde. Ich ließ die Augen zufallen, während

Opal mir Geschichten über den in Utah lebenden Zweig ihrer Familie erzählte. »Ich musste an meinen Opa denken. Er hatte vier Frauen. Er lebte in der Wüste – ein großer, kräftiger Mann mit einem Bart. Ich habe ihn einmal zusammen mit meiner Mutter besucht, als ich neun war. Seine vierte Frau June stillte ein Baby – meinen Onkel. Ich habe zugesehen, wie mein eigener Onkel gestillt wurde. Das muss dir merkwürdig erscheinen.«

»Was?«, sagte ich. »Tut mir Leid. Ich bin heute Abend nicht ganz bei mir.«

»Diese Pillen, die du nimmst.«

Ich schüttelte den Kopf. »Ich habe sie abgesetzt.«

»Warum?«

»Ich weiß es nicht. Sie waren mir irgendwie im Weg.«

Die Kassette wurde umgedreht. Im Bus war es kalt und dunkel. Opal legte ihr Buch Mormon weg, und ich zog eine Decke aus der Gepäckablage. Wir zogen unsere Schuhe aus und legten den dünnen, blauen Stoff über unsere Beine. Darunter bewegten sich unsere Hände, lautlos, wie Geister.

5

Von allen Orten, die die Generalautoritäten als Einsatzgebiet meiner Mission hätten auswählen können – Südafrika, Südamerika, South Carolina –, entschieden sie sich für New York. Ich konnte es nicht glauben, als ich den Brief las. Wir waren in jenem Sommer in ein Haus neben dem Golfplatz gezogen, und Mike und Audrey spielten mit dem Profi von nebenan, als der Federal-Express-Transporter vorfuhr und den Brief abgab. Ich konnte sie auf dem Fairway sehen, als ich ihn öffnete, und nachdem ich ihn ein paar Mal gelesen hatte, rief ich ihnen zu, sie sollten mit dem Golf-Buggy herkommen. Meine Finger kribbelten. Mein Mund war von dem Schock ganz ausgetrocknet.

Noch bevor Audrey ausgestiegen war, gab ich ihr den Brief. Sie schob ihre Sonnenbrille in die Stirn unter ihre weiße Schirmmütze. Mike legte einen Arm um sie und beugte sich zu ihr herüber. Golf, das neue Haus und ein mit gesellschaftlichen Aktivitäten des Clubs prall gefüllter Terminkalender hatten sie näher zusammengebracht, als ich sie je gesehen hatte.

Audreys Teint schien einen Hauch blasser zu werden, während sie las. Sie hielt Mike den Brief hin. Seine Augen wurden rund und groß. »Ta-ta-tataaa!«, improvisierte er einen Tusch. »Du hast den Jackpot gewonnen.«

Audreys Gesichtszüge wurden hart. »Nun, ich neh-

me an, das verändert einiges. Keine Zweifel mehr. Aufgeregt? Bestimmt.«
Mit Rücksicht auf ihre Gefühle unterdrückte ich ein Grinsen. Sie hatte mich bearbeitet, in Minnesota zu bleiben, auf die State University zu gehen und mich ein wenig aus dem kirchlichen Leben zurückzuziehen. Sie und Mike verbrachten ihre Sonntage jetzt auf dem Golfplatz und gingen nur bei Regen zum Gottesdienst. Joel, der von seinem Internat auf ein abgelegenes Intensiv-Tennis-Trainingscamp geschickt worden war, ging gar nicht mehr hin. Er hatte einen neuen Glauben gefunden. Kraft eines Buches, das sein Trainer ihm empfohlen hatte, nannte er sich jetzt einen Buddhisten und behauptete, die Lehren und Übungen würden seinen Aufschlag verbessern.
»Ich muss noch ein wenig nachdenken«, sagte ich zu Audrey.
»Komm, Mike. Ich würde das achtzehnte Loch gern noch zu Ende spielen.«
Um mich der Richtigkeit des Briefes zu vergewissern, bat ich Bischof Salaman, in Salt Lake City anzurufen. Ich saß im Anzug in seinem Büro, während eine schier endlose Kette von Telefonistinnen ihn zu irgendwem weiterverband, der das Schreiben definitiv bestätigen konnte. Ich war begeistert über meinen Auftrag, aber auch nervös. Ich fürchtete, dass man mich in New York im Gegensatz etwa zu Russland oder Brasilien als eine Plage empfinden würde, eine Störung. Die Leute dort waren beschäftigt. Ihre Uhren gingen schneller.
Als Bischof Salaman schließlich einen Vorgesetzten erreichte, gab er mir mit einer Hand das Okayzeichen. »Interessant«, sagte er, als er fertig war.
»Erzählen Sie mir alles. Ich werde verrückt.«
»Nach dem Bewerbungsgespräch, das sie mit dir ge-

führt haben, waren sie sich einig, dass du über eine besondere Macht verfügst. Du weißt, wie man mit Worten Grenzen einreißt. Sie haben den Eindruck, dass New York der perfekte Ort für dich ist, weil die Bewohner ruppig, ungeduldig und skeptisch sind. Wir hatten dort in letzter Zeit nicht besonders viel Erfolg.«

»Ist es endgültig?«

»Natürlich ist es endgültig. Die Kirche hat gesprochen. Genieße deine letzten Wochen zu Hause. Sei stolz. Du bringst Segen zu Menschen, die dessen dringend bedürfen.«

Als sich die Nachricht von meiner Bestimmung herumsprach, fingen die Leute an, mir Ratschläge zu geben. Elder Munsen, der in Bolivien gedient hatte, schrieb ein Gebet für mich auf und schweißte es in Plastik ein, damit ich es in der Brieftasche mit mir herumtragen konnte. Es stamme aus den Tagen von Brigham Young, sagte er, und solle in Notfällen rezitiert werden, etwa wenn ein Missionar sich einer Gefahr oder feindlichen Situation gegenübersah. Das Gebet rief den himmlischen Vater an, jeden mit Stummheit zu schlagen, der seinen irdischen Plan durchkreuzte.

Die Mädchen hatten auch Ratschläge für mich: Ich solle stark und keusch bleiben und schreiben. Ich vermutete, dass Bischof Salaman dahinter steckte. Eine nach der anderen nahmen sie mich in der Disco oder bei Softballspielen beiseite und versicherten mir hauchend, dass sie auf mich warten würden, wenn ich in zwei Jahren in die Gemeinde zurückkehrte, bereit, mit mir aus bzw. aufs Ganze zu gehen. Sie erinnerten mich daran, dass heimkehrende Missionare nach kirchlicher Tradition ein halbes Jahr nichts anderes zu tun hatten, als sich auszuruhen

und gesellig zu sein, wonach man von ihnen erwartete, sich zu verloben.
»Wenn du interessiert bist, warte ich auf dich«, sagte Marla Larson, »aber nicht, wenn du irgendeine Dummheit mit einem New Yorker Mädchen machst. Ich weiß, im Osten sollen die Mädchen sehr erfahren sein und so, aber ich kann dir etwas geben, was diese Mädchen dir nicht bieten können.« Sie streifte mein Ohr mit den Lippen. »Eine Familie.«
Da war Janes Hatchs Angebot schon verführerischer. Sie versprach mir, Briefe zu schreiben, in denen sie mir ihre geheimsten Gedanken und Phantasien mitteilen würde; sie würde mir rückhaltlos ihre Seele offenbaren. »Den ersten Brief habe ich schon fertig. Er ist ziemlich schmutzig. Bis ich ihn geschrieben habe, wusste ich gar nicht, was in mir schlummert.«
»Was denn zum Beispiel?«
»Das weiß nur ich«, sagte Jane, »und du kannst es herausfinden.« Sie küsste mich auf die Nasenspitze. Ihr Atem roch nach Eiscreme und Pfefferminzbonbons.
Die anderen jungen Männer, die eine Mission antreten sollten, reagierten missgünstig, als sie die Nachricht erfuhren. Sven Lind, der nach neun zermürbenden Monaten am Spracheninstitut der Kirche in diesem Monat nach Ungarn gehen sollte, warf mir vor, ich hätte irgendwelche Beziehungen bei den höheren Würdenträgern spielen lassen. Rob Farell, dessen Ziel Costa Rica war, deutete an, dass die Missionare in New York das bevorzugte Opfer von Taschendieben und Straßenräubern wären. Als ich ihm erklärte, dass ich keine Angst vor Verbrechern hätte, weil ich meine Runden mit einem Partner drehen würde, warnte Rob mich, dass die New Yorker Räu-

ber in Gangs arbeiteten. »Und das HLT-Schildchen auf deiner Hemdtasche sagt ihnen, dass du besonders hilflos bist. Du hast weder ein Messer noch eine Pistole noch sonst irgendwas.«
Ich erwähnte das Gebet, das Elder Munsen mir gegeben hatte. »Ich habe Gott«, erklärte ich.
»Das ist gut. Das ist echt komisch. Achte nur drauf, dass du dieses Gebet auch auf Spanisch kannst.«
Elder Gorman, ein alter Mann im Rollstuhl, der seine Mission nach dem Krieg in Deutschland verbracht und viele ehemalige Nazis zu Jesus Christus bekehrt hatte, gab mir den seltsamsten Rat. »In dieser Stadt wirst du alles sehen«, sagte er. »Das Beste, das Schlimmste und alles dazwischen. Vielleicht stehst du es durch, vielleicht auch nicht. Vielleicht wirst du ein neues Leben finden. So was kommt vor. Oft sogar.«
»Aber Sie sind doch auch zurückgekommen.«
»Aus Düsseldorf? Wer würde da nicht zurückkommen? Dort gab es nichts für einen jungen Mann. Mein Freund Elder Bragg hingegen, der nach Rom gegangen ist …«
»Ich werde versuchen, vorsichtig zu sein. Ich werde mein Bestes tun«, sagte ich.
Elder Gorman hob seine knochige Hand und winkte mich neben seinen Stuhl, damit er flüstern konnte. »Hör nicht auf das, was die Mädchen sagen. Hau auf den Putz, Kleiner. *Lass die Sau raus!*«

Als Audrey und Mike am Abend schlafen gegangen waren, legte ich die Kleidung heraus, die ich für meine Mission gekauft hatte. Dunkle Anzüge, weiße Hemden, schwarze Socken, schwarze Schuhe. Ich probierte sie an und stellte mich vor den großen

Spiegel, in dem ich aussah wie eine Mischung aus Abe Lincoln und einem Gangster aus Chicago. Um das Bild abzurunden, klemmte ich mein Buch Mormon unter den Arm und probte meine Begrüßungsformel. »Hallo, Ma'am, ich bin Elder Cobb. Ich bin gekommen, um Ihnen zu helfen.« Wenn es nicht überzeugend klang, senkte ich meine Stimme.

Durch die Wand konnte ich Audrey im Bett weinen hören. Ich hatte gedacht, die Tatsache, dass ich in den Vereinigten Staaten blieb, würde sie vielleicht trösten, doch das Gegenteil war der Fall. Jedes Mal, wenn im Fernsehen oder im Gespräch New York erwähnt wurde, brach sie aufs Neue in Tränen aus und musste das Zimmer verlassen. Eines Abends fragte ich sie, was denn das Problem sei. »Wenn du nach Belgien gehen würdest«, sagte sie, »oder nach Chile, könnte ich mir dich nicht vorstellen. Du würdest einfach verschwinden. Aber in New York kann ich mir jeden deiner Wege ausmalen. Justin am Brunnen im Central Park. Justin in einem Taxi auf der 5th Avenue.«

»Du kannst mich jederzeit besuchen. Der Flug dauert nur zwei Stunden.«

Audrey tupfte ihre triefenden Augen ab. »Mach dir doch nichts vor. Sobald diese Maschine gelandet ist, ergreifst du die Flucht. Ich kenne dich, Justin.«

»Ich werde das Evangelium verbreiten.«

»Mach dir nichts vor. Du gehst schließlich nicht nach Korea, sondern nach Manhattan. Die brauchen da kein Evangelium. Und du wirst es auch nicht brauchen.«

Es gab noch viel zu regeln vor meiner Abreise. Audrey half mir, Reisetaschen zu kaufen. Mike schenkte

mir eine Uhr. Ich musste mich einer ärztlichen Untersuchung unterziehen. In einem Buchladen kaufte ich Einladungskarten für meine Abschiedsparty und riskierte einen verstohlenen Blick in einen Führer durch das Nachtleben von New York.
Außerdem musste ich meine Zähne gründlich nachsehen lassen. Ich entschied mich für Perry Lyman, obwohl ich das nicht gemusst hätte. Unsere Familie hatte inzwischen einen anderen Zahnarzt, Dr. Synge, der aus Chicago gekommen war und seine Praxis in der alten Molkerei in der Innenstadt hatte, eines von vielen historischen Gebäuden, in die neue Firmen eingezogen waren, seit Shandstrom Falls prosperierte. Leute, die früher einen Ford gefahren hatten, bevorzugten jetzt ausländische Modelle und aalten sich in Whirlpools auf der Veranda hinter dem Haus. Die Kids trugen *nur* noch Designerklamotten.
Ich entschied mich für Perry Lyman, weil es etwas gab, was nur er für mich tun konnte. Ich hatte gehört, dass er wieder einen Durchhänger hatte. Das Unkraut um sein Farmhaus wucherte bis zu den Fenstern. Er hatte den Helikopter verkauft und den Dienst bei der Nationalgarde quittiert.
Ich fuhr allein zu der neuen Klinik, die er in einem heruntergekommenen Einkaufszentrum eröffnet hatte. Das Schild an der Tür wies keine Partner aus. Die Markierungen auf dem Parkplatz waren verblasst und rissig.
Er begrüßte mich in einem schäbigen Wartezimmer, eine Anmeldung gab es nicht. Er trug einen zerknitterten, kurzärmeligen Kittel, unter dem man die verfetteten Muskeln eines Bodybuilders, der nicht mehr trainierte, erkennen konnte.
»Der junge Mann Gottes«, sagte er.

»Lassen Sie's einfach, Perry.«
Das Behandlungszimmer war karg, keine Poster, nur eine Uhr, die aussah, als wäre sie aus den Beständen einer alten Grundschule gerettet worden. Sie hatte runde, kindliche Ziffern und ein weißes Zifferblatt. Den alten Behandlungsstuhl hatte er behalten, aber das Leder war mittlerweile rissig und brüchig. Ich beschloss, zunächst alle Untersuchungen über mich ergehen zu lassen, bevor ich Perry Lyman erzählte, was ich von ihm wollte.
»New York City«, sagte er.
»Ich hatte Glück.«
»Wirklich? Ich würde es eine klassische Double-Bind-Situation nennen. Jung, weiß und ledig in Gotham, aber ein mormonischer Missionar. Autsch.«
Ich blickte an der vergilbten Lampe vorbei zu ihm hoch. »Wollen Sie mich jetzt untersuchen oder nicht? Und was ist mit dem Bart passiert? Was ist aus dem G.I. Joe geworden?«
Perry Lyman musterte mich mit kaltem, ausdruckslosen Blick. Am Ende hatten wir uns immer wieder Auge in Auge gegenübergestanden, und nun umkreisten wir einander ein letztes Mal. Es gibt Fremde, die für einen wichtiger werden als die eigene Familie, vielleicht weil niemand erwartet, dass man sie liebt. Man kann sie jederzeit verlassen, wenn man will. Und sie einen auch. Jeder gemeinsame Augenblick ist eine freie Entscheidung.
Perry Lyman drehte das Wasser im Spuckbecken an. Auf einem seiner Fingerknöchel sah ich die Narbe, die von der Ziehung meines Weisheitszahns herrührte.
»Ich habe aufgehört, mich gegen die Tatsachen zu wehren«, sagte er. »Ich habe mich mit all meiner menschlichen Unordnung akzeptiert. Ich schlage

vor, dass du dasselbe tust, bevor du dich in dieser Religionskiste vergräbst.«
»Ich soll zugeben, dass ich ein einziges Chaos bin?«
»Eine Art Chaos. Der King Kong der oralen Obsessionen. Weit aufmachen.«
Ich versiegelte meine Lippen. Ich weigerte mich, ihn hereinzulassen.
»Ich habe auch noch andere Patienten. Mund auf.«
»Auf Ihrem Parkplatz liegt eine dicke Staubschicht«, sagte ich. »Hier ist seit Tagen kein Patient mehr gewesen.«
»Hoffnung, mein Junge. Ich lebe von der Hoffnung. Genau wie du.«
Perry Lyman nahm einen Kratzer von seinem Tablett, und ich öffnete meinen Mund, so weit es ging, bis meine Wangenmuskeln schmerzten. Er schien sich nicht sicher, ob er wirklich wieder dort hineinwollte, und ich konnte es ihm nicht verdenken. Mein Mund war eine tiefe und dunkle Höhle.
Er fummelte eine Weile herum, bevor er die Geduld verlor, den Kratzer weglegte, das Tablett beiseite schob und eine Schachtel Zigaretten aus der Hosentasche zog. Er klopfte zwei Zigaretten heraus, zündete beide an und hielt mir eine hin. Ich nahm sie, meine letzte, sagte ich mir. Meine letzte, wenn jemand zusah.
»Frieden?«, fragte er.
Ich brauchte einen letzten Dienst von ihm. »Frieden.«
»Ich weiß noch, wie du einmal auf Lachgas warst und geplappert hast. Du bist eine ziemliche Quasselstrippe«, sagte Perry Lyman. »Die meisten Patienten reden über ihr Privatleben. Spucken ihre dunklen Geheimnisse aus. Aber du warst der pure Ehrgeiz. Ich war überrascht; so sehe ich dich gar nicht. Ich hätte nie vermutet, dass es dein sehnlichs-

ter Wunsch ist, Moderator einer Fernsehsendung zu werden.«

Ich verschränkte die Hände vor der Brust. »Habe ich das wirklich gesagt? Es ist ein Gedanke, mit dem ich gern spiele.«

»In diesem Fall ist New York der perfekte Ort für dich. Stell Kontakte her. Klopf an bestimmte Türen. Lass dir die richtige Frisur verpassen, nimm Sprechunterricht. Vielleicht klappt es ja.«

Ich sah auf meine Uhr. Der Vormittag verstrich. Wenn ich mein Flugticket bis Mittag nicht bezahlt hatte, würde ich den Frühbucher-Bonus verlieren.

»Lass uns zur Sache kommen«, sagte Perry Lyman. »Ich weiß, warum du heute hier bist. Es ist offensichtlich.«

Ich wand mich auf meinem Stuhl.

»Du willst deinen Daumen zurück.«

»Ja«, sagte ich.

»Angst vor Autorität. Versagen. Fremden. Einsamkeit. Du brauchst diese Beruhigung. Du brauchst diese Titte.«

Ich stand von dem Stuhl auf. »Vergessen Sie es. Es war ein großer Fehler.«

»In deinem Fall war der Fehler, je damit aufzuhören«, sagte Perry Lyman. »Es wird nicht mal eine Stunde dauern.«

»Aber dann verpass ich den billigen Flugtarif.«

»Man kann nicht alles haben.«

Nach heiklen Verhandlungen willigten Mikes Eltern ein, an meiner Abschiedsparty teilzunehmen. Anfangs hatten sie gefordert, dass keine Mormonen kommen dürften, weil Grandma glaubte, die Kirche wäre eine Sekte, die die Regierung übernehmen wollte. Mike blieb ausnahmsweise einmal hart und erreichte ihre Zustimmung zu zwanzig HLT-Gästen. Grandpas Problem war die Frage, ob Alkohol ausgeschenkt werden würde. In diesem Punkt gab Mike nach, was mich nicht überraschte. Er und Audrey waren seit Monaten Stammgast bei der Happy Hour im Clubhaus.

Am Tag der Party blies Audrey Luftballons auf, beaufsichtigt von Grandma, die in einem Liegestuhl im Garten saß und durch eine Rundum-Sonnenbrille die jüngste Ausgabe von *True Crime* studierte. Sie hatte seit unserem letzten Treffen deutlich abgebaut, und es gab Pläne, sie in einem Altersheim in Minneapolis unterzubringen. Ihr Hörvermögen war hinüber, wodurch ihre Aussprache undeutlich geworden war, sie hatte am Kopf eine kahle Stelle, und sie benutzte nachts einen kleinen Sauerstoffspender, rauchte aber so viel wie eh und je. Grandpa war wie immer, nur vielleicht ein bisschen dicker und stiller. Im Fenster des Horizoneer hing ein Zu-verkaufen-Schild.

Ein Pritschenlaster brachte die geliehenen Picknicktische und Zeltplanen. Mike und ich entluden sie, während Joel mit einem ebenfalls geliehenen Rasenmäher in Kreisen durch unseren Garten fuhr. Wir spannten ein Badmintonnetz und stellten ein Krocketset bereit, obwohl ich mir nicht vorstellen konnte, dass die Mormonen unter den Gästen eins der Spiele spielen würden.

Die Gäste trudelten früh ein, beladen mit Pappeimern voller Pfefferminzeis und Kühltaschen voller koffeinfreier Cola, dazu nicht nur eine, sondern gleich drei hohe, dekorierte Torten mit einer kleinen Plastikstatue des Empire State Building. Ich nahm an, dass eine Frau alle drei Torten gebacken hatte,

wurde jedoch eines Besseren belehrt. Zu großen Anlässen dachten die Mormonen offenbar gleich.
Ich duschte und ging in mein Zimmer, um mich anzuziehen. Ich wollte das Abschiedsgeschenk meiner Großeltern tragen: einen leichten, hellblauen Anzug mit einem schwarzen Gürtel mit einem geheimen Geldfach, in dem mehrere 50-Dollar-Scheine steckten. Ich zählte gerade das Bargeld, als die Tür aufging.
Es war Opal. Sie breitete die Arme aus, und wir umarmten uns. Ihres üblichen Schmucks entledigt und in einem engen Kleid aus Kunstseide, unter dem sich die Verschlüsse ihres BHs abzeichneten, sah sie aus wie eine frisch gepflückte Blume. Und so roch sie auch.
Wir plauderten ein paar Minuten, und dann sagte ich: »Du musst mir nicht versprechen, auf mich zu warten. Das ist schon okay. Zwei Jahre sind eine lange Zeit. Ich verstehe das.«
Opal strich das Kleid über ihren Hüften glatt. »Ich hab Neuigkeiten für dich«, sagte sie. »Ich komme nach. Ich bin an der New York University angenommen worden. Überraschung!«
Ich setzte mich auf mein Bett. Opals große Neuigkeit löste bei mir nicht unbedingt ungeteilte Begeisterung aus. Sie schlang ihre kühlen Hände um mich und verschränkte sie fest zwischen meinen Schulterblättern. »Bist du glücklich?«
»Klar.«
In diesem Moment tauchte Mike im Türrahmen auf. »Du solltest besser runterkommen. Deine Mutter ist in Tränen aufgelöst. Meine Eltern haben sich in ihrem Wohnmobil eingeschlossen und streiken. Außerdem hat dein Freund, dieser Rhetoriktrainer, eine Anlage aufgebaut und spielt Discomusik.«
»Ich komme sofort«, sagte ich.

Mike trat einen Schritt zurück. »Wir wollen versuchen, das Ganze gut über die Bühne zu bringen. Breites Lächeln. Fester Händedruck. Danach bist du auf dich gestellt. Aus den Augen, aus dem Sinn«, sagte er und ging.

»Was hat er denn damit gemeint?«, fragte Opal.

»Sie glauben nicht, dass ich durchhalten werde. Sie glauben, dass ich meine Mission aufgebe.«

»Nicht, wenn ich da bin und auf dich aufpasse.«

Ich blickte zur Wand und biss die Zähne aufeinander. Ich musste dieses Mädchen loswerden.

Festliche Anlässe, die dazu gedacht waren, zu Erinnerungen zu werden – Geburtstage, Abschlussfeiern, Sommerpartys –, hatten bei mir immer das Gegenteil bewirkt. Der geringste Druck, den Augenblick zu bewahren, und mein Gehirn schaltete sich ab. So ging es mir auch mit dieser Party. Verschwommene Segenswünsche, anonyme Küsse und der vage Geschmack von Torte waren alles, woran ich mich erinnern konnte.

Bis auf Joels Rede. Sie blieb mir Wort für Wort im Gedächtnis haften. Er stellte sich auf einen Picknicktisch und schwenkte einen Salatlöffel, um die Aufmerksamkeit der Gäste zu erhalten.

»Mein Bruder war immer gut darin, etwas Neues auszuprobieren, und jetzt probiert er diese Sache. Ich hoffe, es gefällt ihm. Jedes Mal, wenn er ein neues Blatt wendet, findet er darunter ein neues Problem. Was das Werben von neuen Mitgliedern angeht, macht er das bestimmt gut, wenn er sich darauf konzentriert. Sein Verstand ist allerdings ziemlich sprunghaft. Aber das geht wohl jedem so. Ich habe nur einen Ratschlag für ihn: Sei nicht so sarkastisch.

Achte mehr auf die Gefühle anderer Menschen. Hör zu.
Um ehrlich zu sein, bin ich ein bisschen besorgt, ihn weggehen zu sehen. Ich weiß nicht, wie ich das ausdrücken soll. Er hat in seinem Leben schon viele Ausreden benutzt und nicht mehr so viele übrig. Macht das Sinn? Egal, ich erhebe mein Glas auf ihn.«
Joel hob seinen Plastikbecher, und die Gäste taten es ihm nach. »Pass da draußen gut auf dich auf, okay? Sieh zu, dass du neue Dinge probierst. Sei gütig. Wir lieben dich.«
Audrey stellte sich neben mich und legte einen Arm um mich. Ich roch, dass sie den nicht-mormonischen Punsch getrunken hatte.
»Ich weiß nicht genau, ob ich verstanden habe, was dein Bruder gemeint hat«, sagte sie, »aber es war sehr schön.« Sie drückte mich fest an sich.
Ich wusste ganz genau, was er gemeint hatte. Ich drückte zurück. Die Gäste reihten sich zu einer Schlange auf, um mir die Hand zu schütteln.

Nach einigen Turbulenzen über Wisconsin fing sich das Flugzeug wieder und glitt geschmeidig durch die Nacht. Ich schlief, eine Wange ans Fenster gedrückt, ein. Die Lüftungsdüse blies mir kühle Luft ins Gesicht. Ich wachte auf, als ein Licht anging: das Leselämpchen meiner Sitznachbarin. Ich betrachtete sie verstohlen durch halb geschlossene Augen. Mein Alter. Hübsch. Schlank. Rote Haare. Schwarze Stiefel. Irgendwas sagte mir, dass sie nicht aus Minnesota war, sondern im Osten lebte und nur zu Besuch hier gewesen war. Auf dem Schoß hatte sie das Feuilleton der *New York Times* aufgeschlagen. Die

Titelzeile handelte von einem Drama über infame französische Adelige.
Ich sah ihr beim Lesen zu. Ich fragte mich, ob sie meinen Anstecker schon bemerkt hatte; für den Fall, dass sie ihn noch nicht gesehen hatte, nahm ich ihn ab und deponierte ihn in dem Aschenbecher in der Lehne. Sie faltete ihre Zeitung zusammen und nahm von der Stewardess ein in Aluminiumfolie verpacktes Essen entgegen.
Ich streckte mich und richtete mich auf. Ich wollte, dass das Mädchen mich ansah.
»Habe ich dich geweckt?«, fragte sie. »Das tut mir wirklich Leid. Ich kann das Licht verstellen, wenn es dich blendet. Warte, es dauert nur eine Sekunde. Ich rutsche rüber.«
Erst in diesem Moment, als ich sie bitten wollte zu bleiben (nein, dein Licht stört mich nicht, wollte ich sagen, ich heiße übrigens Justin Cobb und fliege nach New York, um das Evangelium zu verbreiten, obwohl ich ehrlich gesagt daran denke zu desertieren, was ohnehin jeder mehr oder weniger von mir erwartet; als sich meine Mutter heute Abend von mir verabschiedet hat, hat sie sogar geflüstert, ich wäre jetzt frei und dass Gott wahrscheinlich auch ohne mich zurechtkäme, warum ich also nicht einfach *leben* würde. Das hast du weiß Gott verdient!), fiel mir auf, was ich im Mund hatte.